AtV

Kai Meyer, Jahrgang 1969, hat als Drehbuchautor und Journalist gearbeitet. Unlängst hat er durch zwei große historische Romane auf sich aufmerksam gemacht: DIE GEISTERSEHER und DER RATTENZAUBER (beide beim Verlag Rütten & Loening erschienen). Wie kaum ein anderer deutschsprachiger Autor versteht Kai Meyer es, eine fesselnde, faszinierende Geschichte um historische Figuren und Begebenheiten zu erzählen.

Keine Gestalt des 16. Jahrhunderts hat die Phantasie der Menschen so angeregt wie die Figur des Doktor Faustus, seines Zeichens Gelehrter und Scharlatan in einer Person. Unzählige Werke sind über ihn erschienen, doch nun präsentiert sich Faustus in ganz neuem Gewande: Als furchtloser Abenteurer zieht er umher. Mal ist er der Jäger nach verlorenen Schätzen und geheimem Wissen, dann wieder wird er von der Inquisition gejagt. Aufgezeichnet hat diese Abenteuer sein engster Vertrauter, Christof Wagner, der – wie es die Sage will – seinen Meister auf allen gefahrvollen Wegen begleitet hat.

Kai Meyer

Der Engelspakt

Die neue Historia des Doktor Faustus

Aufbau Taschenbuch Verlag

ISBN 3-7466-1302-7

1. Auflage 1996
Aufbau Taschenbuch Verlag GmbH, Berlin

Umschlaggestaltung Bert Hülpüsch unter
Verwendung eines Ausschnittes aus dem Gemälde
»Die Versuchung des heiligen Antonius«,
1515, Isenheimer Altar, von Matthias Grünewald
Satz LVD GmbH, Berlin
Druck Elsnerdruck GmbH, Berlin
Printed in Germany

Zum Spaß
&
Für Björn

Prolog

Die Dunkelheit ist ein seltsames Ding: Was, so frage ich Euch, hat es mit ihr auf sich, daß sie uns wieder und wieder mit Furcht erfüllt, Nacht für Nacht, Leben für Leben? Ich kann Euch ehrlichst versichern, ich selbst habe mein Teil an durchwachten Nächten erlebt, an halsbrecherischen Fluchten im Finstern und an Morden, ausgeführt von den schwärzesten Seelen. Ich war dabei, als die Sonne vom Himmel verschwand, obgleich es noch mitten am Tage war, und ich kenne den Qualm brennender Städte, der sich über die Länder legt und mit seinem Schatten die Menschen frißt. Doch obgleich mir all diese Dunkelheiten wohl vertraut sind, so habe ich doch nie ihr Geheimnis durchschaut, und selbst mein Meister, der große Doktor Faustus, ist zuletzt daran gescheitert.

Ich sah die Horden des Suleiman durch die Schießscharten der Wiener Tore, und die Knie haben mir geschlottert vor Angst. Und doch spüre ich dieselbe Furcht, wenn das Licht verlöscht und die Geister der Toten an den Türen rütteln.

Jeder weiß, weshalb ihn das Säbelrasseln der Türken beeindruckt (seit jenem Tag im Jahre 1529 trage ich eine unschöne Narbe an der Kehle). Warum uns aber die Nacht mit ihrer Dunkelheit verängstigt, das weiß keiner ganz genau. Zumindest hat es mein Meister nicht gewußt, und Ihr wollt nicht behaupten,

Ihr wüßtet mehr als er, nicht wahr? Gut, das will ich meinen.

Mein Meister, o ja, von ihm will ich berichten. Ihr müßt wissen, er ist nicht mehr unter uns. Der Teufel besuchte ihn des Nachts in seiner Kammer und schlug ihm den Leib in Stücke. Ich selbst war nicht dabei, das muß ich gestehen, doch der gute Doktor nahm es mir nicht übel: Er wußte wohl, daß ihm das letzte Stündlein schlug, und so schrieb er zuvor seinen Willen nieder und bedachte einen gewissen Christof Wagner mit all seinem teuren Besitz.

Und Christof Wagner, das bin ich.

Erlaubt mir einen Einschub: Ein lieber Freund von mir versucht sich gleichfalls an der Niederschrift von Faustens Leben. Er ist bald am Ende damit, doch wir wissen beide, daß er mehr mit Phantasie denn mit wahrem Wissen von den Dingen berichtet. Deshalb will ich versuchen, Euch die Wirklichkeit zu schildern, ganz so, wie ich sie am eigenen Leibe erfuhr. In einem allerdings ist mir mein Freund mit seiner *Historia von D. Johann Fausten* voraus: Er weiß genau, wie mein Meister verstarb, und er war dumm genug, mir davon zu erzählen (unter dem Siegel der Verschwiegenheit, versteht sich). Daher will ich, bevor ich aus Faustens Leben erzähle, zuerst von seinem Tode sprechen.

Mein Meister, der längst ahnte, daß sein Sterben nahte, hatte im Jahre 1540 im Dorfe Rimlich Quartier bezogen. Dies nun liegt eine halbe Meile Wegs vor Wittenberg (wo – welch Ironie des Schicksals – meine Geschichte ihren Anfang nimmt). Zwischen zwölf und ein Uhr nachts hob ein furchtbarer Wind an, der den Gasthof von allen Seiten umtobte, so daß selbst der Wirt seinen Besitz Besitz sein ließ und jammernd zu den Nachbarn floh. Zugleich drang aus der Kammer des Doktors ein grauenvolles Lärmen. (Mein Freund schreibt: »... als ob das Haus voller Schlangern, Nattern und anderer schädlicher Würmer wäre.« Nun, hier ist der gute Wille sicher mit ihm durchgegangen, denn in seinem schlichten Gemüt gehören Schlangen ebenso zum Satan wie Wein in die Schreibstube, wenn Ihr versteht, was ich meine...)

Man habe den Doktor in Todesangst schreien hören, so heißt es. Falls dem wirklich so war, es würde mir das Herz zerreißen – allerdings will ich auch dieses Detail bezweifeln. In all den Jahren an der Seite meines Meisters habe ich ihn niemals in Todesangst erlebt, erst recht nicht, daß sie ihn zum Schreien brachte (obwohl er vom Schreien was verstand – etwa, wenn ich den Schwefel verlegte).

Nun, ganz gleich, ob er schrie oder nicht, es wurde schließlich Tag, und Totenstille kehrte ein. Der Wirt trollte sich zurück in seinen Gasthof und pochte an des Meisters Tür. Als dieser keine Antwort gab, ließ der Wirt den Riegel zerbrechen. Drinnen bot sich ihm ein entsetzlicher Anblick. Boden, Wände und Decke waren voll von Blut, und das kluge Hirn des Meisters klebte wie eine zerquetschte Fliege an der Wand. Auch lagen seine Augen und etliche Zähne umher. Es heißt, der Teufel habe ihn von einer Wand zur anderen geschlagen, wie ein Waschweib den Teppich. Seine Leiche fand man schließlich draußen auf dem Misthaufen, übel zugerichtet, wie Ihr Euch denken mögt.

Ihr fragt Euch nun: Was ist das für ein Erzähler, der das Ende an den Anfang setzt? Und ich antworte: Urteilt nicht über Dinge, von denen Ihr nichts versteht! Glaubt Ihr, ich will auf der Streckbank enden? Die Geschichte, die nun folgt (und alle anderen, die ich Euch später berichten will) ist voll von Mord und Blutvergießen, von

Untaten und Blasphemie, von Verbrechen wider der Menschlichkeit – und der ein oder anderen hübschen Maid. All das gut vermengt zu einem Garn, wie man es nur noch selten findet. Und letzteres hat seinen Grund, denn Kirche und Obrigkeit sehen es nicht gern, wenn man von ihren Übeln erzählt – es sei denn, die Geschichte hat eine solide Moral. Und eine Moral sollen sie bekommen, die feisten Pfaffen und Klunkerjunker.

Kurzum: Faustens Tod (mögen seine Umstände der Wahrheit entsprechen oder nicht) gehört dazu, sonst bekämt Ihr den Rest nicht zu lesen. Und um sicherzugehen, daß all die tumben Kirchensklaven und Königstreuen diese Moral auch verstehen, steht sie gleich am Anfang:

Wer mit dem Teufel paktiert, den holt derselbe!

Das klingt nicht schön und läßt auch an Weisheit zu wünschen übrig, doch muß es wohl sein. Bitteschön, ihr hohen Herrn und edlen Damen, eure Moral! Auf daß sie euch zum Gefallen reiche!

Womit wir uns dieser Pflicht entledigt hätten und uns den wahren Werten meiner Geschichte zuwenden können. Wie gesagt, es geht um Mord und um Weiber und um ein böses Geheimnis – aber das merkt Ihr selbst noch früh genug.

Ihr seht, ich bin vorsichtig. Ich habe zuviele in den Folterkammern brüllen hören, habe zuviele gesehen, die ihr Leben auf Rad und Scheiterhaufen ließen. Oft genug schmorte ich selbst im Kerker und erfuhr die zweifelhaften Freuden des Prangers. (Habt Ihr je den Inhalt eines Nachttopfs im Gesicht gespürt? Dabei lernt Ihr das Alltägliche des Leben von einer völlig neuen Seite kennen.) Ich habe jetzt ein schönes Alter erreicht, und sterben will ich nur noch im Bett, nicht vor den Augen des geifernden Pöbels.

Mit einem Mann auf dem Scheiterhaufen beginnt auch diese Geschichte. Und auch verbrannt wird jemand gleich zu Anfang.

Ein und derselbe, sollte man meinen.

Weit gefehlt.

Kapitel 1

Der Scheiterhaufen stand bereit, und bereit war auch Faustus. Der Strick, mit dem ihn der Henkersknecht an den Pfahl fesselte, war mit Wasser getränkt, damit er in der Hitze nicht nachgab. Faustus spürte, wie die Feuchtigkeit aus dem Hanf durch seine Kleidung drang. Angesichts der Umstände war ihm die kühle Nässe nicht unangenehm; nicht mehr lange, und sie würde samt seiner selbst zu Rauch verdampfen.

Der Pfahl ragte aus einem hölzernen Podest, das man in der Mitte des Platzes errichtet hatte. An die dreihundert Menschen hatten sich an jenem Pfingstmontag des Jahres 1515 vor dem Wittenberger Schloß versammelt, um der Hinrichtung beizuwohnen. Die Aufregung war groß. Landsknechte hielten die Männer und Frauen im Zaum. Hier und da schlüpften Kinder zwischen den Beinen und Hellebarden der Soldaten hindurch und tanzten frech vor ihnen umher, bis einer sie einfing und zurück zu den fluchenden Eltern brachte. Händler boten getrocknetes Obst und süßes Backwerk feil. Ein Wirt hatte ein Bierfaß herangerollt; der Andrang übertraf seine Erwartung bei weitem, und so schickte er seinen Knecht, ein zweites Faß zu holen.

Verbrennungen im Auftrag der Heiligen Inquisition waren keine Seltenheit, doch Faustus galt als Berühmtheit, als Schwarzkünstler von Rang, und keiner wollte sein Ende missen. Nicht, weil man ihn derart verabscheute, keineswegs; die Menschen wären in gleicher Zahl herbeigeströmt, hätte Faustus ihnen eine Kostprobe seiner Zauberkünste versprochen. Man wollte unterhalten werden, ganz gleich um welchen Preis. Ob durch falschen oder Feuerzauber war nicht wichtig. Allein das Spektakel zählte. Die Menge war nicht wählerisch.

Freilich war die frohe Stimmung nicht allein der Ausdruck guter Laune. Vielmehr mochte manch einer fröhlicher scheinen, als ihm in Wahrheit zumute war. Wer Mitleid mit einem Häretiker zeigte, lief Gefahr, selbst als nächster in den Flammen zu sterben. Der Pöbel war durchsetzt von Spionen und Spitzeln. Die Ohren der Inquistion waren allgegenwärtig, und ihre Augen lauerten auf Zeichen des Verrats.

»Doktor Johannes Faustus«, rief eine Stimme über den Schloßplatz hinweg, und schlagartig verstummte die Menge. Die Ausgelassenheit wich angespannter Erwartung. Manch einer mochte frösteln, einem anderen das Herz ein wenig schneller schlagen. Die meisten aber harrten stumm und ergeben dem weiteren Geschehen.

Der Sprecher, ein großer, knöcherner Mann in den schwarzen Gewändern der Inquisition, stand auf einem ähnlichen Podest wie Faustus selbst, ihm gegenüber vor der Fassade des Schlosses. Statt mit Reisigbündeln war seine Tribüne jedoch mit Seide geschmückt, statt eines Pfahls stand obenauf ein gepolsteter Sessel. Konrad von Asendorf, Inquisitor im Auftrag des Heiligen Vaters, trat einen Schritt nach vorn bis an den Rand der Plattform. Dräuend stand er über den Köpfen des Volkes. Ein Windstoß bauschte seinen Mantel auf, und so manchem entfuhr ein erschrockenes Keuchen. Es sah aus, als wolle sich der Inquisitor auf Rabenschwingen in die Luft erheben.

»Johannes Faustus«, wiederholte Asendorf mit schnarrender Stimme, »der du dich selbst den Quellbrunn der Nekromanten nennst, den Zweiten unter den Magiern, Astrologe, Chiromant und … und …« Er verstummte und blickte wütend nach hinten zu seinem Zwergendiener, der ihm wieselflink ein Papier überreichte. »Chiromant, Aeromant, Geomant, Pyromant und Hydromant«, las er ab und schleuderte das Papier dann über die Schulter nach hinten. »Du, Johannes Faustus, der du die Heilige Kirche lästerst, dich Schwarzer Magie bedienst und den Verkehr mit dem Bocksfüßigen pflegst …« Er hielt inne und horchte zufrieden auf das erschrockene Raunen der Menge. »Du bist angeklagt, ein Ketzer zu sein und anders zu glauben und zu lehren als die römische Kirche. Das Gericht der Heiligen Inquisition hat dich deshalb zum Tode auf dem Scheiterhaufen verurteilt. Nimmst du deine Strafe an?«

Hunderte Augenpaare schwenkten aufgeregt zu Faustus hinüber, der eng verschnürt dastand und seinen Blick nicht einen Moment von der schwarzen Gestalt seines Widersachers nahm. Sein schmales Gesicht verzog sich zu einem freundlichen Lächeln, doch seine Lippen blieben geschlossen.

Der Henkersknecht trat von hinten an ihn heran und raunte ihm weithin hörbar zu: »Du mußt antworten ›Ich danke der Obrigkeit für diese Gnade‹.«

Faustus lächelte eine Spur breiter.

Der Henkersknecht grunzte zornig, zückte ein Messer und hielt es an die entblößte Kehle des Doktors. »Antworte, Ketzer!«

Faustus sagte kein Wort.

Der Knecht blickte hinüber zu Asendorf, der ihm

mit einem Wink zu verstehen gab, er solle das Messer sinken lassen. »Wir wissen seine Dankbarkeit zu schätzen«, sagte der Inquisitor gleichgültig. Dann rief er lauter: »Vollstreckt jetzt das Urteil!«

Der Henkersknecht sprang eilig vom Scheiterhaufen, während sich gleichzeitig vier Fackelträger aus der Menge lösten und von allen Seiten auf das Podest zutraten. An den Ecken der Plattform angelangt, blieben sie stehen, hielten die Fackeln mit gestreckten Armen über ihre Köpfe und drehten sich einmal um sich selbst. Die Zuschauer starrten gebannt auf die zuckenden Flammen. Das erwartungsvolle Raunen wurde lauter.

(Erlaubt mir, verehrter Leser, an dieser Stelle eine kurze Unterbrechung im Ablauf der Ereignisse. Es gibt etwas, daß Ihr über diesen besonderen Fall einer Ketzerverbrennung wissen solltet. Natürlich ist Euch klar, daß dies keine Hinrichtung wie jede andere war, einfach weil Faustus kein Mann wie jeder andere war. Für gewöhnlich vergingen zwischen Verhaftung des Delinquenten und der Vollstreckung seines Urteils mindestens vier Wochen – manchmal gar mehrere Jahre. Während dieser Zeit wurde er verhört, oftmals gefoltert und schließlich vor das hohe Gericht der Inquisition gestellt. Währenddessen kündigten die Pfaffen den Gläubigen das bevorstehende Schauspiel an, luden mit Nachdruck zur Teilnahme ein und versprachen jedem Zuschauer einen Ablaß von zehn bis vierzig Tagen. Einen Tag vor der Hinrichtung schmückte man den Platz, wo der Scheiterhaufen errichtet wurde, mit Fahnen und Girlanden, stellte Blumen in die umliegenden Fenster und Balkone und erbaute eine standesgemäße Tribüne für hohe Gäste. Am Morgen des Hinrichtungstages zog die Gemeinde in einer Prozession durch die Straßen, an ihrer Spitze eine Kongregation des heiligen Petrus des Märtyrers, einem erschlagenen Hexenjäger aus Verona, den der Papst zum Schutzheiligen der Inquisition erkoren hatte. Dumpfe Glokkenschläge begleiteten das festliche Geschehen, die Verurteilten wurden rasiert und geschoren, in weiße Gewänder gekleidet und unter viel Brimborium auf den Scheiterhaufen geführt.

Im Falle des Doktor Faustus lagen die Dinge jedoch ein wenig anders. Das mochte teils daran liegen, daß Wittenberg eine Kleinstadt war, zwar stolzer Sitz einer Universität, doch klein und ländlich nichtsdestotrotz.

Wichtiger jedoch war das Bestreben Konrads von Asendorfs, sein Opfer so schnell wie möglich den Flammen zu überantworten, so daß zwischen Verhaftung und Urteilsvollstreckung kaum ein ganzer Tag verstrich. Es hatte kein echtes Verhör gegeben, keine Folter und keine Verhandlung. Asendorf hatte sein Urteil gesprochen, und in der gleichen Stunde wurden die Flammen geschürt.

Ihr müßt wissen, Faustus und Asendorf kannten einander schon lange. Der Inquisitor jagte den Schwarzkünstler seit Jahren durchs ganze Land, von einer Grenze des Heiligen Römischen Reichs zur anderen. Es würde an dieser Stelle zu weit führen, Euch die Hintergründe dieser persönlichen Feindschaft zu schildern – doch verzagt nicht, Ihr werdet später davon hören. Vorerst soll die Feststellung genügen, daß der Inquisitor den Faustus zu seiner Nemesis erkoren hatte, seinem Erzfeind, den es um jeden Preis zu vernichten galt. So also kam es, daß die Hinrichtung an jenem Pfingstmontag mit erstaunlich niedrigem Aufwand, ohne prächtigen Blumenschmuck und Prozession vonstatten ging. Selbst der übliche Gottesdienst vor Vollstreckung des Urteils hatte sich auf wenige Gebete und ein verkürztes *Kyrie eleison* beschränkt.

Doch hört nun, wie es weiterging:)

Während die Fackelträger noch mit erhobenen Armen rund um den Scheiterhaufen Aufstellung bezogen, winkte ein Geistlicher einige Kinder herbei. Es waren drei Jungen und drei Mädchen, und alle trugen festliche Gewänder mit aufgestickten Kreuzen. In ihren Händen hielten sie schwere Bücher. Mochte der Teufel wissen, wo der Pfaffe sie aufgetrieben hatte, denn es handelte sich um Exemplare des Talmuds und Korans, um Werke der Katharer, Manichäer und Nestorianer.

Ehrenvolle Aufgabe der Kinder war es, die ketzerischen Schriften später in die Flammen zu werfen. Der Pfaffe, der die Darbietung offenbar als überraschende Gefälligkeit für den Inquisitor geplant hatte, versicherte sich mit einem Seitenblick der Gunst Asendorfs. Der Hexenjäger lächelte erfreut und schenkte dem Priester ein huldvolles Nicken.

Der Henkersknecht gab seinen Männern ein Zeichen. Alle vier senkten die Fackeln.

Ein gellender Schrei zerriß die Stille.

»*Die Pest!*« kreischte eine Stimme. »*Die Pest ist da!*«

Das erste Reisigbündel fing knisternd Feuer.

Aller Augen rasten herum. Die Menschenmenge geriet in Bewegung. Selbst Asendorf nahm den Blick vom Scheiterhaufen seines Gegners und blickte zur Quelle des Aufruhrs.

Durch das Stadttor an der Westseite des Schloßplatzes kamen zwei Wachleute herbeigestürmt. Sie hatten ihre Spieße fallengelassen und mischten sich unter die gaffenden Menschen. In einer einzigen Wellenbewegung strömten die Männer und Frauen auf sie zu.

»Die Pest ist da!« schrie der eine noch einmal. »Flieht, Leute, flieht! Die Seuche holt uns alle!«

Wittenbergs Bürgermeister sprang von seinem Platz am Fuße des Inquisitor-Podests und hob an, die Menschen zur Ruhe zu gemahnen. Sein Versuch scheiterte, bevor er überhaupt den Mund öffnen konnte.

Im gleichen Moment ertönte ein Knirschen, laut und immer lauter, dann schob sich ein Pferdekarren durch das Stadttor. Seine hölzernen Scheibenräder quietschten und krachten, während sie mühsam über das Pflaster holperten. Ein einziger Klepper hing im Geschirr und kämpfte wacker mit dem Gewicht seiner Last.

Hinten auf dem Wagen lagen Leichen. Mindestens ein halbes Dutzend. Ihre starren, verwinkelten Glieder waren mit schmutzigen Tüchern umwickelt. Eiter und dunkles Blut tränkten die Stoffe. Dort, wo die Haut der Toten zu sehen war, prangten schwarze, häßliche Flecken.

Eine krumme Gestalt, ebenfalls in Tücher gehüllt, die alleine Augen und Nase freiließen, führte das Pferd am Zügel. Sie hielt den Rücken gebeugt, keuchte bei jedem Atemzug und verfiel in ein entsetzliches Husten, würgte Schleim hoch und spie ihn angewidert aufs Pflaster – gleich vor die Füße der vorderen Zuschauer.

Die Menge schien zu explodieren. In einer einzigen, unwirklichen Eruption aus Panik und Geschrei strömte der Pöbel auseinander, sternförmig, fort von dem Karren und seiner tödlichen Fracht. Brüllend flohen die Männer und Frauen, rannten sich gegenseitig über den Haufen, kreischten und heulten, als sei ihnen der Leibhaftige selbst auf den Fersen. Bürgermeister und Stadtrat ergriffen die Flucht, ebenso die Landsknechte, der Henker und seine Leute.

Asendorf blickte sich fassungslos um und mußte mitansehen, wie ihn sein Gefolge im Stich ließ. Er zögerte einen Augenblick, halb zornig, halb verwirrt, dann entschloß er sich selbst zur Flucht. Mit wehenden Gewändern sprang er vom Podest und rannte mit einigen der Stadtoberen durch eine Seitentür ins Schloß.

Es schienen kaum wenige Herzschläge vergangen, dann war der Platz geräumt – bis auf den gefesselten Faustus und den Pesttransport. Die Menschen waren in ihre Häuser geflohen, die Obrigkeit hatte hinter den Mauern des Schlosses Zuflucht gefunden. Als letzter warf der Priester das Tor der Schloßkirche hinter sich zu. Er suchte mit dem halben Dutzend Kinder Schutz unter dem Mantel des Herrn. Die häretischen Bücher lagen achtlos im Schmutz vor dem Scheiterhaufen, manche aufgeklappt, andere zerfleddert. Lose Seiten flatterten im Wind.

Faustus starrte voller Erstaunen auf den Pestkarren, der sich mit knirschenden Rädern über den Schloßplatz quälte. Die Gestalt an den Zügeln würdigte ihn keines Blickes, als sie den Scheiterhaufen passierte. Einen Moment lang hatte Faustus geglaubt, Verbündete seien ihm unverhofft zur Hilfe gekommen, doch je weiter sich der Karren von ihm fort bewegte, desto geringer wurde seine Zuversicht. Als der Leichenwagen schließlich vor der Schloßkirche zum Stehen kam, war Faustus klar, daß dies keine List seiner Freunde darstellte. Man war keineswegs gekommen, um ihn zu retten.

Schlimmer noch: Einer der Fackelträger hatte vor seiner Flucht Feuer an den Scheiterhaufen gelegt. Rechts von Faustus brannte das Reisig lichterloh, und es war allein eine Frage der Zeit, ehe die Flammen auf den Rest des Podests übergreifen würden. Schon spürte er die brüllende Hitze auf der Haut, fühlte, wie sich seine

Kleidung erwärmte und ihm der Schweiß in Strömen aus den Poren schoß. Er hatte sich geschworen, vor Asendorfs Augen kein Zeichen von Furcht oder Reue zu zeigen. Doch, zum Teufel damit, der Inquistor war geflohen; er würde nicht mitansehen können, wie sein Opfer sich gegen den Tod auflehnte.

Mit aller Kraft stemmte Faustus sich gegen die Fesseln. Erst gaben sie einen Fingerbreit nach, dann aber hielten sie straff und stramm seiner Gegenwehr stand. Die Flammen loderten höher und höher. Immer lauter wurde ihr Knistern und Fauchen, immer heißer ihre tödliche Glut. Die Hitze begann weh zu tun.

Der krumme Pferdeführer umrundete derweil sein Gefährt. Plötzlich gerieten die Leichen in Bewegung. Glieder wurden gestreckt, Gesichter gehoben. Blitzschnell sprangen die sechs Gestalten von dem Karren und rannten hinüber zur Kirchentür. Zwei von ihnen warfen sich kraftvoll dagegen, und sogleich flog das Portal krachend nach innen. Auch der Pferdeführer straffte sich, entwickelte mit einem Mal erstaunliche Behendigkeit und folgte den übrigen ins Innere des Gotteshauses. Innerhalb weniger Atemzüge stand der Karren verlassen da, und die eben noch Toten waren in der Kirche verschwunden.

Faustus bemerkte es aus den Augenwinkeln, doch er hatte bei weitem andere Sorgen. Das Reisig brannte jetzt in einem Halbkreis um den Scheiterhaufen. Schon bald würde sich der Flammenring schließen. Und doch blieb alles Zerren und Ziehen an den Fesseln ohne Wirkung. Faustus klebte wie festgeschmiedet am Pfahl.

Aus dem offenen Kirchentor ertönte Geschrei, dann stürmten die Kinder mit wehenden Gewändern ins Freie. Heulend rannten sie davon und verschwanden in einer nahen Gasse.

Wenige Herzschläge lang herrschte Stille. Dann sprangen sechs der insgesamt sieben Gestalten aus dem Tor. Hinter ihnen drang Rauch durch das Portal. So schnell sie konnten überquerten die Maskierten den Platz und verließen die Stadt durch das Westtor.

Verzweifelt sann Faustus nach Rettung. Seine Gedanken tobten. Irgendeinen Weg mußte es geben, irgendein Mittel, der Feuersbrunst zu entkommen. Die Enden des Flammenkreises rückten unerbittlich aufeinander zu. Es blieb kaum noch Zeit. Die Hitze wurde unerträglich. Es roch nach Verschmortem, und es dauerte einen Augenblick, ehe Faustus begriff, daß sich seine Haare zu kräuseln begannen. Die Welt um ihn herum zerfloß allmählich zu einem trüben Gemisch aus Licht und Schatten.

Mit einem Schrei stürmte die siebte Gestalt aus der Kirchentür. Die Tücher, die sie sich um den Kopf geschlungen hatte, brannten lichterloh. Keuchend zerrte sie an den Bandagen. Das letzte, was Faustus erkannte, war, daß es sich um eine junge Frau handelte, der Statur nach eher ein Mädchen. Dann raubte ihm die Hitze für einen kurzen Moment die Besinnung.

Augenblicke später war er wieder bei Bewußtsein, und nichts hatte sich an seiner Lage geändert. Die Flammen tobten unvermindert. Höchstens ein Schrittweit trennte den Flammenring um den Scheiterhaufen von seiner Bestimmung.

Da bemerkte Faustus, wie sich seine Fesseln lösten. Das Mädchen huschte neben ihm übers Podest, in einer Hand ein blitzendes Messer. Ihr Kopf war eine rauchende Brandwunde. Ein Wunder, daß sie nicht die Besinnung verlor. Sie sprang vom Rand der Plattform hinab aufs Pflaster und folgte ihren Gefährten stolpernd durchs Stadttor, ohne ein Wort, ohne sich umzusehen. Faustus blieb keine Zeit, über das Wunder nachzudenken. Mit letzter Kraft schüttelte er die Fesseln ab, löste sich vom Pfahl und taumelte vom Podest in die Freiheit. Hinter ihm schloß sich mit einem Fauchen der Flammenring. Der Scheiterhaufen verwandelte sich in ein Inferno aus Höllenhitze und berstendem Holz. Das Knistern wurde zum Brüllen, das Feuer zum Fanal.

Faustus schleppte sich strauchelnd davon, gleichfalls in die Richtung des Stadttors, als plötzlich noch etwas geschah.

Der Priester taumelte kreischend aus der Kirche. Sein Gewand brannte lichterloh, ebenso seine Haare, seine Hände, sein Gesicht. Wie ein heidnischer Feuergott tanzte er in irren Verrenkungen vor dem Portal, sein Körper eine einzige Zuckung, geschüttelt von der grausamen Qual, mit der die Flammen seine Glieder verzehrten. Schließlich brach er leblos zusammen und verbrannte.

Faustus blieb keine Zeit, darüber nachzudenken. Irgend jemand mußte vom Schloß aus das Geschehen beobachtet haben. In wenigen Augenblicken würden sich die ersten ins Freie wagen, zumal immer mehr Rauch aus der Kirche drang. Im Inneren des Gebäudes tobte ein Feuer. Die maskierten Brandstifter hatten ganze Arbeit geleistet.

Bis zum Stadttor waren es nur noch wenige Schritte. Faustus bewältigte sie nur langsam, viel zu langsam. Er war nicht wirklich verletzt, aber die Hitze hatte seinen Körper geschwächt und ihn all seiner Kräfte beraubt. Er taumelte durch den Torbogen und blickte hinaus in die weite Landschaft. In der Ferne glaubte er sieben Gestalten auf Rössern zu sehen, die über die Felder davongaloppierten. Die Pferde mußten hier draußen bereitgestanden haben. Faustus wünschte sich mit aller Kraft, daß auch auf ihn eines wartete, doch seine Hoffnungen wurden enttäuscht. Kein Pferd weit und breit. Seine Befreiung war nicht geplant gewesen. Das Mädchen hatte nur Mitleid mit ihm gehabt.

Wenn er fliehen wollte, so mußte er es allein tun. Ganz auf sich gestellt. Ohne weitere Hilfe.

Es war nicht das erste Mal, daß er aus Asendorfs Fängen entkam. Doch nie zuvor war er seinem Schicksal so knapp entronnen. Der Inquisitor hatte ihn schon früher gefangen und eingekerkert, ihn sogar dem hochnotpeinlichen Verhör – der Folter – unterzogen. Trotzdem war Faustus stets der letzten aller Strafen entgangen. Und wieder war es ihm gelungen. Es fragte sich nur, wie lange.

Faustus schlug sich seitwärts ins Gebüsch, das an dieser Stelle bis an die Stadtmauer wucherte. Äste und Dornen stachen in seine Haut, doch der Schmerz, den sie verursachten, war nichts gegen die qualvolle Glut des Scheiterhaufens.

Auf der anderen Seite des Tores wurden Rufe laut. Offenbar hatte man den Schwindel bemerkt und die Leiche des Priesters entdeckt. Jemand schrie nach Wasser, um das Feuer in der Kirche zu löschen. Zugleich ergoß sich ein Dutzend bewaffneter Landsknechte aus dem Stadttor, um die Täter zu fassen. Wütend und verwirrt blickten sie sich um, als niemand zu sehen war.

Faustus beobachtete sie durch die Zweige: Eine stetig wachsende Zahl von Männern in geschlitzten, bunten Pluderhosen, breiten Kuhmaulschuhen und kurzen, engen Ärmeljacken. Auf den Köpfen trugen sie Kappen und federgeschmückte Barette, und da war keiner, der nicht mit Schwert, Spieß oder gar einer Handbüchse bewaffnet war.

Faustus befand sich in keiner beneidenswerten Lage. Asendorfs Schergen wußten, daß ihn die Flucht vom brennenden Scheiterhaufen geschwächt haben mußte. Seine einzige Hoffnung war, daß sie annehmen würden, er sei gemeinsam mit den Brandstiftern zu Pferd entkommen. Vielleicht würden sie darauf verzichten, die nähere Umgebung zu durchsuchen.

Doch seine Zuversicht wurde von neuem enttäuscht. Einer der Landsknechte, offenbar ihr Hauptmann, schrie lautstark Befehle, und sogleich schwärmten die Soldaten in alle Richtungen aus. Mit grimmigen Mienen und gezückten Waffen stampften sie durch Wiesen und Geäst, stachen mit ihren Klingen in verdächtiges Buschwerk und blickten mißtrauisch hinter jeden Baum. Faustus sah mit Erschrecken, wie gleich vier von ihnen schnurstracks auf sein Versteck zukamen. Einen Augenblick lang erwog er, ob es gelingen könnte, sie alle kraft seines Geistes zu beeinflussen, doch er wußte, daß der Versuch zum Scheitern verurteilt war. Er war schwach, außer Atem und beim besten Willen nicht in der Lage, sich in diesem Zustand zugleich auf vier fremde Geister einzustellen. Alles, was ihm blieb, war die Flucht.

So leise wie möglich drehte er sich um und hastete gebückt durchs Gebüsch. Es war nur eine Frage der Zeit, bis sie ihn bemerken würden, und der gefürchtete Moment kam schneller, als ihm lieb sein konnte. Einer der Landsknechte schrie auf, zeigte mit dem Schwert auf ihn und rief die anderen herbei. Die vier Männer, die Faustus am nächsten waren, setzten sich sogleich auf seine Spur, und auch die übrigen kamen eilig herbeigerannt.

Sein Vorsprung war nicht groß, zwanzig, höchstens dreißig Schritte, und obgleich seine Beine lang waren, fehlte ihnen jetzt doch die Kraft, den Verfolgern davonzulaufen. Es war aussichtslos. Keuchend hetzte er durchs Unterholz, schlug Zweige und Blattwerk beiseite, rannte entlang der Stadtbefestigung nach Norden und wußte doch, daß er den Männern nicht entkommen konnte. Fraglos würden sie sich aufteilen und versuchen, ihn einzukesseln. Er hatte keinen Zweifel, daß es ihnen gelingen würde.

Er hörte ihre Rufe erst hinter, dann auch in einigem Abstand neben sich. Baumstämme und Äste verbargen sie vor seinen Augen, was seine Ungewißheit nur noch erhöhte. Er hatte das Gefühl, daß sie überall um ihn waren, und etwas sagte ihm, daß dieser Eindruck nicht täuschte. Die Jagd war längst entschieden. Das Wild saß in der Enge.

Er wollte nach links ausweichen, fort von der Stadt, durch die Bäume hindurch und hinaus ins freie Land, doch von dort waren die Schritte und Flüche seiner Verfolger nur allzu deutlich zu hören. Rechts von ihm befand sich die Stadtmauer. Die einzige Fluchtmöglichkeit war demnach geradeaus, und dort würden sie ihm früher oder später den Weg abschneiden. Ebensogut konnte er gleich stehenbleiben und sich geschlagen geben.

Während er diese Möglichkeit noch erwog, kam das Ende früher als erwartet. Plötzlich brachen vor ihm zwei Gestalten aus dem Gebüsch. Es gelang ihm eben noch, seine Schritte zu bremsen, sonst wäre er in ihre ausgestreckten Klingen gerannt. Wortlos blieb er stehen, rang sich ein bitteres Lächeln ab und ließ sich widerstandslos festnehmen. Überall um ihn herum traten Landsknechte aus dem Unterholz und richteten ihre Waffen auf ihn. Einige beschimpften ihn lautstark, doch er ließ ihre Tiraden wirkungslos von sich abprallen und hoffte nur, daß sie ihn nicht auf der Stelle töten würden. Der Hauptmann erreichte ihn als letzter und gab schneidend Befehl, ihn unversehrt in die Stadt zu bringen. So nahmen ihn die Soldaten widerwillig in ihre Mitte und führten ihn unter manchen Stößen und Beschimpfungen zurück zum Stadttor.

Auf dem Schloßplatz hatten sich wieder zahlreiche Bürger eingefunden, die verstört auf die lodernden Reste des Scheiterhaufens und durch das rußige Kirchentor blickten. Das Feuer im Inneren war offenbar gelöscht, es konnte nicht groß gewesen sein. Die Leiche des Priesters lag verborgen unter einer Decke. An ihren Rändern kräuselte sich dürrer Rauch empor.

Man schenkte Faustus und dem Trupp der Landsknechte kaum Beachtung. Einige Frauen standen weinend in der Nähe des toten Pfaffen, andere bemühten sich, einen Blick ins Innere der Kirche zu erhaschen. Nur einige Kinder, die ihre Fröhlichkeit viel schneller als die Erwachsenen zurückerlangt hatten, hüpften ausgelassen vor den Füßen der mürrischen Soldaten und schnitten Faustus Grimassen.

Die Landsknechte führten ihn durch eine lange Straße zum Rathaus auf dem Marktplatz. Drinnen erwarteten ihn der Inquisitor und sein Gefolge. In einem hölzernen Saal mit Deckenleuchter und großen, hellen Fenstern saß Konrad von Asendorf auf einem hochlehnigen Stuhl, strich sich unablässig übers Kinn und musterte seinen Gefangenen aus dunklen, grundlosen Augen. Sein Zwergendiener saß im Schneidersitz neben ihm am Boden und hielt eine geschlossene Bibel in den kleinen Händen. Das Buch war fast so groß wie sein Oberkörper. In jeder anderen Lage hätte Faustus gelächelt; seit er Asendorf kannte, ließ sich der Hexenjäger von dem kleinen Mann die Heilige Schrift nachtragen, ganz gleich, wo er sich aufhielt. Der Bibelzwerg, ein häßlicher Kerl mit knorrigem Gesicht und feuerrotem Haar, schien mit dieser Aufgabe vollauf zufrieden.

Hinter dem Inquisitor standen weitere seiner Gefolgsleute, darunter einige, die ihn stets begleiteten, und andere, die sich für die Zeit seines Besuchs aus der Wittenberger Bürgerschaft rekrutierten. Da war ein hagerer Vikar, der für Asendorf die lästige Pflicht der Nachforschungen über die Lebensumstände eines Angeklagten übernahm; es gab zwei Qualifikatoren, Männer des Rechts, deren Aufgabe es war, die Urteile des Inquisitors so vorzuformulieren, daß sie der weltlichen Gesetzgebung nicht widersprachen; dazu kamen ein Notar, der mit seiner Unterschrift die Aussagen des Beschuldigten bestätigte, ein Prokuror, der als Mönch während der Verhandlung die Rolle des kirchlichen Anklägers übernahm, außerdem drei weitere Männer und Frauen – zweifellos Familiares, geheime Denunzianten, welche die Angeklagten zum Geständnis überreden sollten. Sie waren von allen Knechten des Hexenjägers die schlimmsten, denn die Familiares unterstanden keinem Gericht, genossen völlige Straffreiheit und verfuhren mit dem gemeinen Volk nach eigenem Gutdünken. Oft genug erpreßten sie reiche Bürger mit der Androhung, sie auf den Scheiterhaufen zu bringen; wer nicht zahlte, starb in den heiligen Flammen.

Zu Faustus' Überraschung gab Asendorf seinem Anhang einen Wink, zu verschwinden. »Laßt mich einen Augenblick mit dem Angeklagten allein«, befahl er leise und doch eindringlich genug, daß niemand zu widersprechen wagte. Es war ungewöhnlich, daß ein Inqusitor das geheime Gespräch mit einem Beschuldigten suchte. Vor allem bei den beiden Rechtsgelehrten mußte dieses Vorgehen auf stillen Widerspruch stoßen, denn Asendorf zeigte damit nur zu deutlich, wie wenig er sich um die Gesetze scherte.

Die Prozession der Männer und Frauen verschwand schweigend durch die Tür. Faustus blieb mit dem Hexenjäger zurück. Allein der Bibelzwerg saß noch reglos zu Asendorfs Füßen auf dem Parkett, als gehöre er zum Mobiliar der Halle. Der Befehl des Inquisitors schien für den Kleinen nicht zu gelten.

Asendorf, immer noch in seine schwarzen Gewänder gehüllt, den Kopf mit einer Kappe bedeckt, lehnte sich in seinem Stuhl zurück und betrachtete Faustus mit scharfem Blick. Man hatte dem Gefangenen beide Hände auf den Rücken gebunden. Sein schmächtiges Gesicht war rußverschmiert, die einfache Kleidung schmutzig. Bei jedem anderen hätte Faustus den Versuch unternommen, den Willen seines Gegenübers kraft seiner Gedanken zu brechen. Doch an Asendorf war er mit derlei schon bei früheren Begegnungen gescheitert. Der Hexenjäger sprach, wie zudem die meisten Menschen, nicht auf geistige Beeinflussung an. Das letzte Mal, als Faustus diese Fertigkeit erfolgreich hatte einsetzen können, lag über ein Jahr zurück. Einem zahlenden Publikum mochte er diesen Trick noch gelegentlich vorgaukeln können – meist mit gedungenen Helfern, die sich als beeinflußte Opfer ausgaben –, doch in Wahrheit war es mit seinen Kräften nicht allzu weit her.

»Du bist des Todes, mein Sohn«, sagte Asendorf und preßte die blutleeren Lippen aufeinander. Er mochte dies für ein Lächeln halten. »Du weißt es, und ich weiß es. Du stehst im Bund mit dem Widersacher. Du bist ein Verführer zum Bösen und ein Betrüger, wie es keinen anderen geben mag.«

Faustus hob die Schultern und schwieg. Es hatte keinen Sinn, dem Inquisitor zu widersprechen. Vielmehr war er neugierig, was Asendorf ihm zu sagen hatte. Weshalb ordnete er nicht gleich eine erneute Hinrichtung an?

»Dein Tod ist seit langem beschlossene Sache, und ich muß dir nicht sagen, daß es eigentlich nichts geben dürfte, daß mich von seiner Vollstreckung abhalten sollte.« Asendorf stützte sich mit dem rechten Ellbogen auf die Armlehne und begann erneut, über sein Kinn zu streichen. Mit der anderen tätschelte er dem Bibelzwerg den Kopf, der daraufhin eilig die Heilige Schrift aufschlug und mit tonlosen Mundbewegungen zu rezitieren begann. Kein Wort kam dabei über seine Lippen. Der Kleine war keinesfalls stumm, das wußte Faustus; offenbar wollte Asendorf seiner eigenen Rede durch das stille Bibelzitat religiöses Gewicht verleihen.

»Ich weiß, du bist ein gelehrter Mann«, fuhr der Hexenjäger fort. »Und ich glaube, du bist klug genug zu begreifen, welch günstiges Angebot ich dir machen will.«

Hier horchte Faustus auf, doch er tat es insgeheim, ohne Asendorf den Triumph seiner Aufmerksamkeit zu gönnen. Schweigend harrte er allem weiteren.

»Du hast gesehen, was auf dem Schloßplatz geschehen ist«, sagte der Inquisitor. »Ich weiß, daß manch einer glaubt, du selbst stecktest hinter dem feigen Anschlag auf das Haus Gottes und das Leben des armen Priesters«, – demütig schlug er ein Kreuzzeichen –,« doch ich glaube nicht daran. Man mag dir vieles vorwerfen können, Faustus, doch Rachsucht an einem Unschuldigen gehört meines Erachtens nicht dazu. Ich bin nicht sicher, weshalb man dich trotzdem aus deiner mißlichen Lage befreit hat, doch damit mag ich mich später beschäftigen. Jetzt geht es mir um etwas anderes.«

Faustus begann zu ahnen, daß die Ereignisse vielleicht noch eine Wende zum Besseren nehmen mochten, vielleicht Kerkerhaft statt Feuertod. Doch was Asendorf dann sagte, übertraf seine kühnsten Erwartungen:

»Ich werde dich freilassen.«

Faustus schenkte ihm einen zweifelnden Blick und sprach zum ersten Mal, seit ihn die Soldaten hierhergebracht hatten. »Aus welchem Grund solltet Ihr das tun?«

Der Inquisitor verzog das Gesicht zu einem gequälten Grinsen. »Oh, glaube ja nicht, daß mir diese Entscheidung leichtfällt. Und sei versichert, keinesfalls bewahrt sie dich vor weiterer Verfolgung durch die Heilige Inquisition. Im Gegenteil: Hast du erst erreicht, was ich von dir verlange, werde ich meine Anstrengungen, deiner habhaft zu werden, vervielfachen. Ich jage dich bis ans Ende der Welt, wenn es sein muß, und ich schwöre dir hier, im Angesicht des Herrn, daß du brennen wirst, Faustus. Du *wirst* brennen.«

Er seufzte tief und preßte sein Kinn mit Daumen und Zeigefinger so fest zusammen, daß jede Farbe daraus entwich. »Doch bis dahin verlange ich deine Unterstützung. Ich will wissen, wer das Feuer in der Kirche gelegt hat, bei dem der Priester ums Leben kam. Und du bist der Mann, der mir seine Mörder ausliefern wird.«

Faustus schwieg, während der Bibelzwerg mit seiner lautlosen Lesung fortfuhr.

»Du kennst dich aus in Ketzerkreisen«, fuhr Asendorf fort. »Es wird dir nicht schwerfallen, herauszufinden, wer hinter dem Anschlag steckt. Ich will alles von dir: Namen, Gründe, Verbindungen zu anderen häretischen Zirkeln. Alles, verstehst du?«

»Ich kann Euch nicht helfen«, widersprach Faustus ruhig. Selbst wenn er gewollt hätte – und davon war er weit entfernt –, er wußte nicht, wie er das Gewünschte erfahren sollte. Und keinesfalls würde er irgend jemanden an die Inquisition ausliefern, ganz gleich, welches Verbrechen er begangen hatte.

Asendorf schüttelte unwillig den Kopf. »Ich könnte dir drohen, Faustus. Ich könnte dir erklären, was meine Leute mit dir anstellen werden, wenn du nicht tust, was ich verlange. Doch ich weiß, wie wenig ich dich mit Worten beeindrucken kann. Deshalb werde ich zu einem anderen Mittel greifen, dich zu überzeugen. Sag mir, Faustus, wo ist der Hund, an dem dein Herz so hängt?«

Faustus stand da wie vom Blitz getroffen. Er gab sich Mühe, weiterhin unbeteiligt und gleichgültig zu erscheinen, doch dem Hexenjäger konnte nicht entgangen sein, wie seine Züge bei der Erwähnung Mephistos gefroren. Faustus hatte geglaubt, der Hund sei davongelaufen, als Asendorfs Schergen ihn festnahmen.

Der Inquisitor brachte das erste ehrliche Lächeln zustande. »Nun, du kannst es dir denken, nicht wahr? Um ehrlich zu sein, meine Leute wollten die Bestie erschlagen – sie hat einigen von ihnen böse Bißwunden zugefügt –, doch es gelang mir, sie davon abhalten. Und als ob das nicht Grund genug wäre, mir dankbar zu sein, will ich dir das Tier sogar zurückgeben – sobald du mir alle Namen nennst! Habe ich mich klar genug ausgedrückt, *Doktor* Faustus?«

Faustus gab keine Antwort. Asendorfs Drohung

mochte auf ihre Weise lächerlich erscheinen. Ein Hund im Tausch gegen Menschenleben – die Entscheidung sollte so schwer nicht fallen. Doch mit Mephisto hatte es auf vielerlei Art besondere Bewandnis (von der Ihr, geduldiger Leser, später mehr erfahren sollt).

»Du wirst herausfinden, wer hinter dem Tod des Priesters steckt«, sagte Asendorf scharf und beugte sich vor. Dabei stieß seine Hand gegen den Kopf des Bibelzwergs, der daraufhin erschrocken keuchte und einen Augenblick lang um Fassung rang. Der Inquisitor bemerkte, daß die Bibellesung stockte, und schenkte dem Zwerg einen drohenden Blick. Der häßliche Kerl begann am ganzen Körper zu zittern und beeilte sich, in hündischer Ergebenheit fortzufahren.

»Warum liegt Euch ausgerechnet an diesen Ketzern soviel?« fragte Faustus, nachdem er seine Beherrschung wiedererlangt hatte. »Sicher verärgert Euch nicht allein, daß sie Euer kleines Schauspiel von vorhin verdorben haben.«

Asendorf bohrte seinen Blick in Faustus' Augen. »Dies war nicht der erste Vorfall dieser Art. Sie schlagen überall zu, im ganzen Reich. Der Heilige Stuhl sieht es nicht gern, wenn man seine Statthalter verbrennt.«

Da mußte Faustus mit einem Mal lachen. »Herrgott, Asendorf, heißt das, man gab Euch den Auftrag, diese Menschen zu fassen? Ist es das, was Euch in solche Verzweiflung treibt, daß Ihr sogar mich dafür laufen laßt?«

Der Inquisitor zuckte zurück, als hätte Faustus ihm ins Gesicht geschlagen. Er ließ sich gegen die Stuhllehne fallen und krampfte seine Finger um die Armstützen. »Was interessiert es dich, selbst wenn dem so wäre?«

Faustus lachte noch immer, wohl wissend, wie sehr

er den Hexenjäger damit erzürnte. Asendorf mochte ein paar Jahre älter sein als er selbst – Faustus zählte zum Zeitpunkt dieser Begebenheit dreißig Lenze –, doch was der Inquisitor ihm an Erfahrung voraus hatte, machte Faustus durch eine gehörige Portion Dreistigkeit wett. Mein Meister war schon damals einer, der selbst im Angesicht des Satans zu lachen vermochte, und ich bin sicher, er tat genau das, als der Bocksfüßige ihn schließlich zu sich holte.

Asendorf, der es trotz aller Macht und Grausamkeit an Imposanz nicht mit dem Leibhaftigen aufnehmen konnte, mußte den Spott des Schwarzkünstlers hilflos über sich ergehen lassen. Denn mein Meister – der damals freilich noch nicht mein Meister war – wußte nun, wie sehr der Inquisitor auf ihn angewiesen war. Und Faustus gedachte, seinen Vorteil gnadenlos auszuspielen. Er wollte Asendorf winseln sehen.

Doch soweit ließ der Inquisitor es nicht kommen. »Du wirst über mein Angebot nachdenken, Faustus. Heute nacht, im Kerker. Morgen erwarte ich deine Antwort – und du weißt, welche ich meine.«

Damit schlug er vor Faustus ein nachlässiges Kreuzzeichen, als wolle er ihn für die Nachtruhe segnen, rief nach den Wachen und ließ den Gefangenen abführen.

»Steckt ihn ins Verlies!« rief er hinter ihnen her und schlug zugleich seinem Bibelzwerg auf den Schädel. »Laßt ihn hungern und laßt ihn frieren! Laßt ihn leiden wie seinen Hund!«

Es muß ihn mehr als gekränkt haben, daß Faustus selbst da noch schallend lachte.

Kapitel 2

Dies war der Punkt, an dem ich selbst die große Bühne betrat. Ich schlitterte mitten ins Spielgeschehen, ohne einen Schimmer, was mich erwarten mochte. Und, glaubt mir, ich tat es nicht ohne Getöse. Ja, in der Tat, die Kulissen erbebten ob dieses Augenblicks, und Ihr, die Damen und Herren in den vorderen Rängen, Ihr solltet Euch in acht nehmen, denn meine Anwesenheit in dieser Geschichte ist nicht ohne Folgen. Paßt auf, daß Euch keine wirbelnde Schwertspitze streift. Und, Pardon, es mag vorkommen, daß meine Büchse sich in die falsche Richtung entlädt. Duckt Euch, wenn Ihr könnt.

Es ist an der Zeit, ein paar Worte über mich selbst zu verlieren. Meinen Namen verriet ich Euch bereits, doch hier ist er noch einmal: Christof Wagner. Merkt ihn Euch gut. Ihr mögt auch außerhalb dieser Zeilen noch von ihm hören.

Ich ward geboren zu Wittenberg, so sagte man mir im Waisenhaus, und dort wuchs ich auf. Meine Kindheit war ereignislos, genauso meine Jugend – bis zu jenem Tag, da ich meinen Meister traf.

Gestattet mir trotzdem in aller Kürze, von meinem Leben *vor* diesem entscheidenden Tag zu berichten. Ich bin Waise, so lang meine Erinnerung zurückreicht. (Man hat mir vorgeworfen, ich sei der Sohn einer Hündin, was nicht möglich ist – sicher hätte ich mich dann besser mit des Meisters Töle, mit Mephisto, verstanden. Unser Verhältnis aber war zeitlebens, nun, nennen wir es – gespalten.)

Ich weiß nicht, wer mein Vater war, und auch an meine Mutter fehlt mir jedes Andenken. Früh ging ich bei einem Mönch in die Lehre, doch lernte ich von ihm nicht das Rezitat frommer Bibelsprüche und Kirchenlieder, sondern vielmehr die Kunst des Bierbrauens. Er war alt und fett, an einer Hand fehlten ihm zwei Finger, und seine größte Sorge war weniger sein Seelenheil (oder gar das meine) als sein unmäßiger Stuhlgang, der ihn mindestens sechs- bis siebenmal am Tag von seiner Arbeit fortriß. Da war es nötig, daß jemand während dieser Zeit seine Aufgaben übernahm, und dieser jemand war ich.

Es gab noch einen zweiten Knecht in seinen Diensten, einen mürrischen Mann, viel älter als ich selbst. Er behauptete, er habe mit den Spaniern die Mauren aus Granada vertrieben und an der Seite Vasco da Gamas das Kap der Guten Hoffnung umschifft. Was immer davon auch der Wahrheit entsprach – er verstand es meisterlich, mit Schwert und Dolch umzugehen. Stets, wenn der alte Mönch sich zur Verrichtung seines leidigen Geschäfts in die Wälder schlug, berichtete mir mein Gefährte von seinen Abenteuern in fremden Ländern, an der Seite großer Heroen und in den Armen schöner Frauen. Sicher entstand damals schon der Wunsch in mir, es ihm einmal gleichzutun. Schließlich faßte ich mir ein Herz und bat ihn, mich in der Kunst des Kampfes zu unterweisen, und zu meiner Freude willigte er ein. So lernte ich leidlich, mit der Klinge zu spielen, mit dem Bogen zu schießen und mich auf dem Rücken eines Pferdes zu halten. Letzteres wohl nur mit Vorbehalt: Zur Übung diente mir des

Mönchs Brauereigaul, ein lahmes, behäbiges Tier, das selbst die Großmutter des Kaisers Maximilian hätte reiten können.

Ein guter Bierbrauer wäre nie aus mir geworden, doch der Mönch zahlte mir zwei Gulden im Monat, mehr, als mancher Handwerksknecht von seinem Meister erhielt. Davon lebte ich und konnte stets ein paar Kreuzer beiseite legen. Mehr noch: Der gute Mann war so freundlich, mir ein kleines Vermögen von dreißig Gulden zu hinterlassen – mit der Auflage allerdings, mir davon ein Studium an der Universität zu Wittenberg zu finanzieren. Der Alte war ein guter Freund eines hiesigen Doktors der Theologie, und jener nahm mich unter seine Fittiche, zahlte mir monatlich einen Teil meines Erbes aus und sorgte dafür, daß ich meine Zeit tatsächlich mit dem Lesen kluger Schriften verbrachte, statt mit Kumpanen durch die Schänken zu ziehen und mich an den Freuden des Lebens zu ergötzen. Heute weiß ich dies zu schätzen, damals aber verging kein Tag, an dem ich meinem Gönner nicht Pest und Syphilis an den Hals wünschte. Freilich war ich dankbar genug, um zu erkennen, daß er es gut mit mir meinte, und im großen und ganzen kam ich all meinen Pflichten nach. So wurde aus Wagner, dem Waisenkind und Bierbrauer, Wagner, der Studiosus.

Doch genug davon. Ich spanne Euch auf die Folter (ein Wortspiel, übrigens, mit dem gerade ich nicht spaßen sollte, geriet ich doch selbst oft genug in die Fänge derselben).

Ihr wollt wissen, wie es dem Faustus erging?

So höret denn von meinem heldenmutigen Versuch, ihn aus dem Kerker zu befreien.

***

Das Gefängnis lag unweit des Augustinerklosters im Osten Wittenbergs, eingelassen in die Stadtbefestigung. Es war ein grobgemauerter, zweigeschossiger Bau, in dessen oberem Stockwerk der Hauptmann der Stadtwache residierte. Auf ebener Erde gab es einige Zellen mit vergitterten Luken, doch der Hauptteil der Kerkeranlagen lag unterirdisch, besaß keine Fenster und war, wie ich schon bald erfahren sollte, ein ganz und gar unleidlicher Ort.

Es gibt wenig, womit ich meinen heillosen Leichtsinn entschuldigen kann. Denn wer ist unter gewöhnlichen Umständen schon so dumm, einen Gefangenen der Inquisition aus einem bewachten Stadtkerker befreien zu wollen? Nun, genau das war mein Plan – das heißt, weniger der meine, als jener meines damaligen Mäzens. Tatsächlich war ich dem guten Mann zu einigem Dank verpflichtet, wiewohl ich niemals mein Leben für ihn aufs Spiel gesetzt hätte – unter gewöhnlichen Umständen, wie gesagt. Leider waren eben die Umstände gegen mich. Tatsächlich erpreßte mich der alte Sack – Gott erbarme sich seiner Seele! – und drohte mir, das Erbe meines Lehrherrns einzubehalten, falls ich ihm nicht mit einer kleinen Gefälligkeit zur Seite stünde. Diese kleine Gefälligkeit war, wie Ihr Euch denken könnt, Faustens Befreiung. Nichts weiter als das.

Mir liegt nicht viel an Reichtum und Besitz, und ich liebe das Leben. Zweifellos hätte manch anderer in meiner Lage seinen Hut genommen und wäre von dannen gezogen, ohne Geld und ohne Segen, doch dafür mit der Aussicht, noch einige Jahre länger unter den Lebenden zu weilen. Ich aber war jung und übermütig und glaubte, einer wie der Faustus würde sich zweifellos dankbar erweisen – mit einem magischen Sack voll

Gold, beispielsweise, einem, der sich vielleicht von alleine nachfüllt...

Nun müßt Ihr wissen, daß über Faustus ein ganzer Berg von Gerüchten umging. Es hieß, er könne alles vollbringen, was auch Christus vollbrachte, so oft und wann er wolle. Man munkelte, er habe einige der wichtigsten Zauberbücher verfaßt, etwa Teile des *Picatrix* und das *Secreta secretorum*, das lange Zeit dem Aristoteles zugeschrieben wurde. Selbst am *Buch der Geheimnisse* sollte er beteiligt gewesen sein, was sich allerdings später als Unsinn erwies. Fest steht, er war ein Meister der Kabbala, kannte sich aus in den Lehren der Gnosis und unterhielt freundschaftlichen Beziehungen zu zahllosen Gelehrten und Alchimisten jener Zeit.

Man erzählte sich, er sei als Sohn armer Bauern zur Welt gekommen, die ihn in ihrer Not dem reichen Bruder seines Vaters in Verwahrung gaben. Jener lebte zu Weimar und hatte selbst keine Nachkommen, so daß er ihn zum Erben seines Reichtums machte und nach Ingolstadt auf die hohe Schule schickte. Faustus sollte dort Theologie studieren, kam aber in unselige Verbindung zu umherreisenden Zigeunern und Tataren, lernte von ihnen das Handlesen und vielerlei weitere Zauber und verlegte sein Studium sodann auf die Astronomie und Astrologie. Auf anderem Gebiet brachte er es gar bis zum doctor medicinae. Faustus galt als ausgesprochener Epikureer und besserte, nachdem er sein Erbe verpraßt hatte, durch Jahrmarktsgaukelei und den ein oder anderen Zauber seinen Geldbeutel auf. Gelegentlich nahm ihn ein Landesfürst auf und erhoffte sich von ihm magischen Beistand gegen Feinde, in Regierungsgeschäften und, allzu oft, im Liebeswerben.

Viel wurde später über seinen Pakt mit dem Teufel

geredet. Faustus, der es durchaus genoß, das eine oder andere Gerücht durch Taschenspielertricks und unheilschwangere Aussprüche zu nähren, äußerte sich niemals dazu, er stritt nichts ab und bestätigte nichts. Nachdem ich ihn eine Weile kannte, hörte ich auf, ihm Fragen darüber zu stellen, denn sie führten zu nichts, außer daß sich seine Stirn umwölkte und ich sein Gepäck tragen mußte. Was keinesfalls heißt, daß ich die Wahrheit nicht doch noch erfuhr.

Dies also war das, was man sich über meinen künftigen Meister erzählte, abends am Feuer oder bei der Arbeit auf den Feldern. Sein Name geisterte durch Studierzimmer und Gelehrtenstuben, durch Thronsäle und Fürstengemächer. Man kannte ihn im Norden wie im Süden, und die Pfaffen predigten seine Verdammnis von den Kanzeln. Er war Doktor Faustus – Chiromant, Aeromant, Pyromant und Hydromant –, und ich bin stolz auf jedes Jahr, das ich an seiner Seite verlebte.

Freilich, bis es soweit war, mußte ich ihn erst aus dem verflixten Kerker befreien. Damals versprach ich mir von meinem Gelingen wahrlich nicht mehr als ein paar Gulden und die ein oder andere magische Gefälligkeit.

So erinnerte ich mich denn an das, was mein Gefährte in den Diensten des Braumeisters mich gelehrt hatte, besorgte mir einen scharfen Dolch, nahm all meinen Witz und Wagemut zusammen und machte mich auf, mein Vorhaben in die Tat umzusetzen.

Ich erwähnte schon, daß das Gefängnis an die Stadtmauer grenzte. Am Fuße ihrer Außenseite fiel der Boden für einige Schritte steil ab, war bedeckt von dichten Ginsterbüschen und mündete in ein wildwucherndes Geflecht von Hecken und Sträuchern. Von einem Studienkameraden, einem aufstrebenden Mediziner, der einige Jahrzehnte später in der Schlacht zu Mühlberg die Wunden des Herzogs Alba kurieren sollte, hatte ich erfahren, daß es einen schmalen Schacht gab, der vom Gefängnis aus unter der Stadtmauer hindurch bis in eben jenes Buschwerk führte. Dort endete er an einem engen Eisengitter. Mein Freund stand während seiner Studien einem örtlichen Medicus zur Seite, der sich ab und an um die Gesundheit der Gefangenen kümmerte. Bei solchen Besuchen im Kerker hatte er erfahren, daß die Wärter alle Abfälle – vom Nachttopf bis zu Körperteilen – in ein Loch im Boden warfen. Von hier aus gelangte der Müll durch den Schacht bis hinaus an die Außenmauer, wo sich die Flüssigkeiten in die Büsche ergossen, die größeren, festen Bestandteile sich aber im Gitter verfingen. Zweimal im Jahr mußten unglückliche Gefangene in den Schacht hinabsteigen und die entsetzlichen Reste beiseite schaffen.

Dabei war unter den Eingekerkerten bekannt geworden, daß sich das Eisengitter durch die jahrzehntelange Nässe und Fäulnis gelockert hatte. Rost hatte die Stangen zerfressen, und es genügte – so zumindest hieß es – ein starker Tritt, um das Gitter zu zerbrechen. Den Gefangenen nutzte dies wenig, denn es war unmöglich, aus ihren Zellen zu entkommen und den Fluchtweg nach außen zu nutzen. Umgekehrt aber mochte es einem Mann durchaus gelingen, von der Außenseite nach innen zu gelangen – ein Vorhaben, das freilich niemand vorhersah.

Diesen Mangel an Weitsicht gedachte ich mir zunutze zu machen. Ich schlich also nach Anbruch der Dunkelheit durchs Stadttor, schlug mich seitwärts in die Büsche und suchte, bis ich die angegebene Stelle entdeckte. Um ehrlich zu sein – und obgleich das meine

Leistung schmälern mag –, dauerte diese Suche nicht allzu lang, denn der Gestank, den der schreckliche Pfuhl verbreitete, lastete weithin über der Gegend.

Das Gitter glotzte wie ein rundes, schwarzes Auge aus dem Hang. Es maß etwa die Spanne meines Oberkörpers. Davor waren in einem Umkreis von ein bis zwei Schritten sämtliche Pflanzen abgestorben. Mochten Bauern auch Mist auf ihre Felder karren, damit ihre Saat gut gedieh – zuviel des Guten behagte offensichtlich keinem Gewächs. Der Anblick, der sich mir bot, belegte dies zur Genüge.

Der Boden vor dem Gitter war mit dunkler, ranziger Schlacke bedeckt, ein widerlicher Schlamm aus menschlichen Ausscheidungen, Essensresten und manch totem Aasfresser, dem der Genuß des fauligen Morasts das Leben gekostet hatte. Der Gestank spottete jeder Beschreibung. Wohlweislich hatte ich mir ein Halstuch eingesteckt, das ich mir nun vor Mund und Nase band. Es schmälerte die Tortur nur unerheblich.

Des weiteren hatte ich mir von einem Nachbarn ein Paar hoher Stulpenstiefel entliehen, als dieser sie abends zum Lüften vor die Tür stellte. Zweifelsohne würde er sich am Morgen wundern, wie sie *nach* der Lüftung rochen, denn nun stieg ich mit ihnen mitten in die blasige Brühe. Fädenziehend und mit schlürfenden Lauten stiefelte ich vorwärts bis zum Gitter.

Immer wieder rief ich mir die Drohung meines Oheims ins Gedächtnis: Brachte ich Faustus nicht wohlbehalten zum vereinbarten Treffpunkt, sähe ich keinen müden Kreuzer mehr. Die Aussicht, fortan auf alle Bequemlichkeit verzichten und für mein Auskommen arbeiten zu müssen, trieb mich schleunigst vorwärts. Der alte Schweinehund hatte mich vollends in seinen geizigen Klauen.

Ich erreichte das Gitter und umfaßte es mit beiden Händen (die Handschuhe hatte ich am Nachmittag auf dem Markt, nun ja, erstanden). Ich zerrte und ruckte, der Schweiß quoll mir aus allen Poren, doch schließlich gaben die ersten Eisenstreben nach. Mit einem häßlichen Knirschen brach das durchrostete Gitter aus seiner Verankerung. Ich stemmte es verächtlich zur Seite und blickte angstvoll in den Schacht, der sich dahinter auftat. Zwei Ratten sprangen aufgescheucht zur Seite.

Vor mir lag eine enge Röhre, annähernd rund und einen guten Schritt im Durchmesser. Sie führte ziemlich steil nach oben, doch die Wände waren grob und kantig, so daß sie Fingern und Füßen reichlich Halt bieten mochten. Andererseits waren sie fingerdick mit fettigem Auswurf und allerlei Pilzen bedeckt, was jeder Kletterei zuwiderwirkte. Bevor ich aber auch nur den Versuch wagen konnte, mich durch den Schacht in die Höhe zu schieben, mußte ich erst über einen kniehohen Haufen von Unrat steigen, der sich hinter dem Gitter verfangen hatte. Ich wagte nicht, seine Bestandteile genauer zu betrachten. Die Versuchung, meinen Wohlstand fahrenzulassen, unverrichteter Dinge umzukehren und meinem Vormund zu erklären, wohin er sich seine Gulden schieben könne, war übermächtig. Trotzdem ging ich weiter.

Im Schacht herrschte völlige Dunkelheit. Es gelang mir tatsächlich, mich mühsam entlang der Schräge in die Höhe zu schieben, wenngleich mir die Enge und der wahrlich teuflische Gestank zu schaffen machten. Jeden Augenblick erwartete ich, daß man von oben eine weitere Ladung von Nachttöpfen über mich entleeren würde. Doch – welch Glück im Unglück! – der gefürchtete Moment blieb aus.

Schließlich schien mir trübes Fackellicht entgegen, gelblich und zuckend, und da wußte ich, daß ich zumindest die erste Hälfte meines Weges bewältigt hatte. Die Vorstellung, dieselbe Strecke wieder zurückklettern zu müssen, stimmte mich nicht eben hoffnungsvoll.

Das letzte Stück des Schachtes führte senkrecht nach oben, doch schließlich erreichte ich trotz aller Widrigkeiten eine ummauerte Öffnung im Boden des Kerkerkellers. Eine hüfthohe Brüstung umschloß das Loch. Als ich vorsichtig darüber hinwegblickte, sah ich zu meiner Erleichterung, daß die Kammer leer war. Der Gestank des Schachtes kam mir erstmals zugute; kein Wächter wollte sich in seiner Nähe aufhalten. Langsam und lautlos kletterte ich über die Brüstung, zog das Tuch vom Gesicht und schnappte nach Atem. Die abgestandene, stickige Luft des Verlieses erschien mir herrlich erfrischend und klar.

Ich zog den Dolch. Und obgleich ich nicht gedachte, ihn wirklich einzusetzen, beruhigte mich doch sein Gewicht in meiner Hand. Behutsam, nun wieder durch das Tuch maskiert, schlich ich zur offenen Tür der unterirdischen Kammer und blickte hinaus auf einen Korridor. Rechts und links davon lagen die Zellen der Gefangenen hinter schweren Holztüren. In jeder gab es eine kleine Öffnung, durch die man ins Innere schauen konnte. Ich zählte ein Dutzend Türen. Faustus konnte hinter jeder davon hocken. Ich lauschte auf die Stimmen der Kerkerwächter und hörte ihr rohes Gelächter. Unmöglich, abzuschätzen, wieviele es waren. Ihr Lärmen drang aus einer offenen Tür am anderen Ende des Gangs.

Zwei Fackeln tauchten die Umgebung in flackerndes Halblicht. Ein letztes Mal erwog ich die Möglichkeit umzukehren, dann nahm ich all meinen Mut zusammen und trat in den steinernen Flur. Bei jedem Schritt behielt ich den Durchgang zur Wächterkammer im Blick. Ich trat an die erste Verliestür und sah durch die Öffnung hinein. Der Raum dahinter war dunkel und offenbar unbelebt. Weiter zur nächsten Tür. Dort saß ein bärtiger Kerl und starrte blicklos ins Leere. Noch eine Tür und noch eine.

Hinter der siebten schließlich fand ich jenen, den ich suchte. Faustus stand aufrecht in der Kerkerkammer, als sei er bereit zum sofortigen Aufbruch. Er rührte sich nicht, sah mir aber direkt in die Augen, als ich durch das Guckloch ins Innere blickte. Ein Schauer kroch mir über den Rücken. Hatte er wissen können, daß ich kam? Ahnte er, daß man ihn retten wollte, oder wußte er es gar? Er war ein Magier, natürlich, und Maier vermögen in die Zukunft zu blicken. Folglich mußte er den Ausgang meines Befreiungsversuchs längst kennen.

Er stand da wie erstarrt, kerzengerade, ein Lächeln auf den Lippen. Er trug weite schwarze Kleidung, die an einigen Stellen zerrissen war. Weitere Anzeichen davon, daß er dem Scheiterhaufen nur mit Mühe und Not entgangen war, gab es nicht. Offenbar hatte man ihm Gelegenheit gegeben, sich Ruß und Schmutz vom Leib zu waschen.

Die Zellentür war von außen versperrt. Ich schob den Riegel beiseite und verfluchte insgeheim das schabende Geräusch, das ich dabei verursachte. Aus der Kammer der Wächter erklang gröhlendes Gelächter. Keiner schien etwas bemerkt zu haben.

Ich zog die Tür auf und erschrak. Faustus stand gleich dahinter, kaum eine Fingerlänge von mir entfernt. Ich spürte seine Nähe wie ein plötzlicher Wechsel von

Wärme zu Kälte. Er hatte schneeweiße Haut, und sein Gesicht war lang und kantig wie ein Eiskristall. Sein ganzer Körper schien mir ebenso hoch wie zerbrechlich, leicht wie eine Wasserspinne. Pechschwarzes Haar wuchs in einem wirren Wust über seiner Stirn und fiel hinab bis auf die Schultern. Er war viel jünger als ich erwartet hatte. Auf dem Scheiterhaufen hatte ich ihn nur aus der Ferne gesehen, doch da war er mir sehr viel älter erschienen. Vielleicht lag das daran, daß ein wahrer Magier schlichtweg alt sein *mußte*; ein langer Bart und tiefe Falten gehörten ebenso dazu wie ein Zauberstab. Faustus besaß nichts von alldem.

Vielleicht, so überlegte ich, hielt er sich auf übernatürliche Weise jung. Möglicherweise war es gar der Teufel selbst, der ihm die ewige Jugend geschenkt hatte. Instinktiv wich ich einen Schritt nach hinten.

Faustus schien die Bewegung so zu verstehen, daß ich Platz für ihn machte, doch tatsächlich hatte ich nur Angst. Er trat an mir vorbei auf den Gang und wandte sich wortlos zu jenem Durchgang, durch den ich gekommen war. Seine Schritte wirkten weder erhaben noch allmächtig; statt dessen strebte er mit allzu menschlicher Eile dem Fluchtloch entgegen.

Ich drückte die Tür zu und legte den Riegel vor. Wieder das verdammte Geräusch. Faustus war bereits in der Kammer am Ende des Flurs verschwunden, als ich mich gleichfalls umdrehte und ihm nachfolgen wollte.

Im selben Moment ertönte hinter mir ein lauter Schrei: »Der Gefangene flieht!«

So schnell ich konnte rannte ich los, ohne mich umzusehen, den Gang hinunter, an den Zellentüren vorbei. In den Kammern erwachten die Gefangenen aus ihrer Erstarrung. Einige begannen, an den Türen zu rütteln. Mit einem Mal war das ganze Verlies von ohrenbetäubendem Lärm erfüllt.

Als ich den Raum erreichte, sah ich gerade noch, wie Faustus schwarzer Haarschopf hinter der Brüstung des Abfallochs untertauchte. Hinter mir ertönten weitere Rufe. Rüstzeug klirrte. Stiefel schepperten über Stein. Einer der Verfolger war direkt hinter mir. Ich spürte ihn mehr, als daß ich ihn sah. Er schrie mir irgend etwas in den Nacken; in der Hetze des Augenblicks verstand ich kein Wort.

Ohne mich zu vergewissern, ob Faustus bereits in Sicherheit war, schwang ich mich über die Brüstung und verschwand mit einem wilden Aufschrei im Schacht. Ich schabte an den Wänden vorüber, holte mir in einem einzigen Augenblick eine ganze Fülle von Abschürfungen und blauen Flecken und rutschte dann den gewundenen Tunnel hinab. Ich riß die Arme vor den Kopf, um ihn vor abstehenden Steinkanten zu schützen, und sauste brüllend in die Tiefe.

Mit einem widerlichen schmatzenden Laut klatschte ich schließlich in die Schlackepfütze am Fuße des Schachts. Benommen und mit schmerzenden Gliedern blieb ich einen Moment lang liegen. Ich erwartete, daß Faustus, wenn ich die Augen aufschlug, bereits aufrecht dastehen würde, mit sauberer Kleidung und ungeduldigem Blick. Doch als ich endlich zu mir kam und mich umsah, da saß der große Magier ebenso erbärmlich wie ich selbst inmitten schwarzen Schlamms.

Murrend und stöhnend rappelten wir uns auf.

»Wir müssen uns beeilen«, keuchte ich. »Die Soldaten werden bald hiersein.«

Faustus nickte und fragte: »Wer seid Ihr, junger Freund?«

Ich nannte ihm meinen Namen.

»Und wer schickt Euch?«

Ich schüttelte unwillig den Kopf und machte mich daran, durch Ginster und Dornensträucher einen Weg zu bahnen. »Später«, gab ich ihm zur Antwort. »Folgt mir, dann werdet Ihr Euren Wohltäter treffen.«

Er eilte mit großen Schritten hinter mir her. »So wie ich es sehe, seid erst einmal Ihr selbst mein Wohltäter.«

»Später ist genug Zeit, um sich dafür erkenntlich zu zeigen«, entgegnete ich und gratulierte mir selbst für meinen einfühlsamen Hinweis auf die erwartete Belohnung.

Wir zwängten uns wortlos durchs Geäst. Hinter uns wurden Stimmen laut. Auf den Zinnen der Stadtmauer regte sich etwas, Fackeln huschten in der Dunkelheit hin und her. Die Bahn, die wir ins Buschwerk schlugen, war nicht zu übersehen. Unser einziger Vorteil war der Vorsprung, den wir vor unseren Verfolgern hatten.

Nach einer Weile erreichten wir einen schmalen Pfad, der schon bald im Wald verschwand. Ihm folgten wir, dann wandte ich mich rechterhand ins Unterholz. Faustus folgte mir bereitwillig. Wir kamen an einen schmalen Bach, kaum mehr als ein Rinnsal, dessen eiskaltes Wasser mir gerade bis zu den Knöcheln reichte. In der Hoffnung, die Strömung würde unsere Spuren verwischen, liefen wir durchs Wasser nach Norden, immer auf der Hut, auf dem kiesigen Grund nicht den Halt zu verlieren. Ich war sicher, daß man Hunde zu unserer Verfolgung einsetzen würde, doch auch sie würden im Wasser Mühe haben, unsere Fährte aufzunehmen. In der Ferne hörte ich bereits ihr Kläffen und Winseln.

Wir mochten eine halbe Meile durch den Bach gelaufen sein, als ich Faustus zuzischte, die Böschung zur Rechten zu erklimmen. Dahinter lag eine Waldlichtung, auf der ich am Nachmittag zwei Pferde bereitgestellt hatte. Ich hatte sie im Auftrag meines Vormunds von einem durchreisenden Händler kaufen müssen (von seinem Geld, versteht sich). Daran mag man erkennen, wieviel dem alten Bastard an Faustus' Freiheit lag.

Auf den Pferden galoppierten wir entlang eines Waldweges weiter gen Norden, bogen am Waldrand in westliche Richtung und ritten von dort aus eine ganze Weile geradeaus über weite, gewellte Wiesen, bis wir ein einsames Haus erreichten. Es thronte auf einem kahlen Hügel, weithin sichtbar im Mondschein. Das Gebäude besaß zwei Stockwerke. Das Dach war an einer Seite zusammengesackt und hing durch wie ein Stück Zeltplane. Die Fenster waren winzig klein, die Haustür zweiflügelig. An der Südseite des Hauses kauerte ein niedriger Schuppen; er lehnte sich schief gegen die Mauer wie ein altes Weib nach einem mühsamen Gang zum Marktplatz.

Der Hügelkuppe selbst entsprossen ein paar einsame Halme und wiegten sich lautlos im Wind. Der Westhang endete in weiteren dichten Wäldern, die tief hinein ins Nachtdunkel reichten.

Vor dem Eingang zügelten wir die Pferde. Darüber hing ein Holzschild mit eingebranntem Schriftzug: *Siechenhaus*.

»Stellen wir die Tiere im Schuppen unter«, sagte ich, »sonst sieht man schon von ferne, daß wir hier sind.«

Faustus lächelte, als belustige es ihn ungemein, daß ich hatte annehmen können, er käme nicht selbst auf diesen Einfall. Wir brachten die Pferde in den Schuppen, wo bereits ein drittes Tier an einem Balken festgemacht war. Mein Patron war also schon hier.

Eilig liefen wir zur Haustür, und zum ersten Mal beobachtete ich bewußt, wie Faustus sich bewegte. Mehr noch als bei seinem ersten Anblick schien er mir nun wie eine große Heuschrecke, mit seinen langen, dünnen Gliedern, die sich ungewöhnlich flink voranbewegten. Ich wußte nicht, ob Magier auch mit dem Schwert umzugehen verstanden, doch Faustus' augenfällige Gewandheit war die beste Voraussetzung für einen geschickten Fechter.

Ich wollte eben die Tür öffnen, als sie von innen her aufgerissen wurde. Mein Vormund stand im Rahmen, ein schwarzer Scherenschnitt gegen das Licht einer einsamen Kerze. Seine Tonsur glänzte wächsern.

»Los, herein mit euch!« raunte er uns zu und trat zur Seite.

Faustus und ich traten ein, und mein erpresserischer Mäzen warf die Tür hinter uns zu. Dann kam er auf Faustus zu, schüttelte ihm die Hand und umarmte ihn. Der Doktor erwiderte die Geste ohne Vorbehalt.

»Luther«, sprach Faustus voller Wärme, »ich ahnte, daß Ihr dahintersteckt.«

Es war ungewöhnlich, daß er ihn beim Familiennamen nannte. Ich kannte ihn nur als Bruder Martinus, Halter des Lehrstuhls für Theologie an der Universität zu Wittenberg. Ihn hatte der selige Braumeister zu meinen Vormund bestimmt. Sicher, Martinus meinte es gut mit mir. Doch änderte das nichts an der schmachvollen Tatsache, daß er mich aufs Übelste genötigt hatte, mein eigenes Leben für das des Doktors aufs Spiel zu setzen. Jetzt erst wurde mir klar, wie gefährlich nah ich selbst am Scheiterhaufen vorbeigeschlittert war – vorausgesetzt, Asendorfs Schergen hätten nicht gleich kurzen Prozeß mit mir gemacht.

Martinus hatte eine ausgeprägte, weit vorgewölbte

Stirn, die seinem Blick stets etwas Finsteres verlieh. Seine Nase war groß und bucklig, die Wangenknochen scharf. Er hatte ein tiefes Grübchen unterhalb der Unterlippe, so daß es aussah, als verziehe er den Mund immerzu im Trotz. Sicherlich ging das nicht allzu nah an der Wahrheit vorbei: Sein Widerstand gegen alles und jeden, vor allem aber gegen den Heiligen Stuhl, war eines seiner hervorstechendsten Merkmale. Manch einer sagte ihm eine große Zukunft voraus. Ich selbst aber glaubte damals viel eher, daß auch er eines Tages zu weit gehen und bei der Inquisition in Ungnade fallen würde. Stets und ständig schwafelte er davon, das Übel an seiner Wurzel zu packen und die Kirche von Grund auf neuzugestalten; ein Traum, den insgeheim so mancher hegte, wenngleich keiner wagte, ihn so deutlich auszusprechen, wie Bruder Martinus dies tat. Nein, dachte ich damals, mit einem wie ihm mußte es ein ungutes Ende nehmen – freilich wurde ich bald schon eines Besseren belehrt.

»Ich bin froh, Euch wiederzusehen«, polterte Martinus und wischte sich Schweiß vom kahlrasierten Kopf. Allein ein dunkler Haarkranz war ihm von seiner einstigen Lockenpracht geblieben (an die zu erinnern er nie müde wurde). Ein paar Jahre später kehrte er der Tracht der Augustinermönche den Rücken und ließ sein Haar wieder wachsen, was ihm, wie ich fand, weitaus besser zu Gesichte stand.

»Ihr seid ein wahrer Freund in der Not, Luther«, entgegnete Faustus und löste sich aus der Umarmung des Mönchs. »Aber verratet mir, wer dieser mutige Junge ist, den Ihr zu meiner Rettung entsandt habt.«

Martinus blickte mich an, lächelte breit und schlug mir so kräftig auf die Schulter, daß ich fast zu Boden ging. »Der treue Wagner, mein Mündel. Er studiert die

Theologie, genau wie einst Ihr selbst. Ein guter Junge – allerdings mit einem eigenen Willen. Ich mußte ihn, nun, überreden, Euch aus dem Kerker zu holen.« Dabei lachte er schallend.

Überreden! Der Hundsfott!

»Ein eigener Wille ist ein kostbares Gut«, sagte Faustus, nickte mir anerkennend zu und ließ sich dann auf den nächstbesten Stuhl fallen. Das Holz knirschte nicht einmal, so leicht war der Körper des Doktors. Vor ihm auf dem Tisch stand die einzige Kerze im Raum. Das Licht zuckte über Faustus' Kalkgesicht und ließ es noch eingefallener erscheinen.

Aus dem Gespräch, das sich nun zwischen den beiden entsponn, erfuhr ich, woher ihre Bekanntschaft rührte: Im Julius des Jahres 1505, recht genau vor einer Dekade also, hatte der Doktor meinen Vormund in der Nähe von Erfurt vor einem Blitzschlag gerettet. Während des Dialogs im Siechenhaus blieb mir der genaue Ablauf jenes Ereignisses verborgen, später aber erfuhr ich am eigenen Leib, wie Faustus es verstand, durch magische Kräfte den Weg eines Blitzes von seinem Opfer fortzulenken. Auch mein Leben rettete der Doktor auf diese Weise, wenngleich es mich keinesfalls dazu bewegte, sogleich in die Arme der Kirche zu fliehen und das Schicksal des dicken Martinus zu teilen.

Faustus erzählte uns, wie sich die Schergen der Inquisition seiner bemächtigt hatten: In einem nahen Dorf hatte er vor zwei Tagen auf dem Marktplatz die Wurzel eines Galgenbaumes freigelegt, um zwischen ihren Strängen nach jungen Alraunen zu suchen. Er gestand ein, daß er dabei unvorsichtig vorgegangen sei, denn die empörten Dorfbewohner hatten ihn – wohl in Aussicht auf einen kirchlichen Ablaß – hinterrücks niedergeschlagen und der Inquisition überantwortet. Konrad von Asendorf, der sich durch Zufall oder Fügung ganz in der Nähe aufhielt, frohlockte angesichts dieses Glücks, beanspruchte die Gefangennahme für sich und verurteilte sein Opfer innerhalb weniger Stunden zum Tod in den Flammen.

Martinus schüttelte sich vor Lachen, als Faustus von seinem Mißgeschick auf dem Dorfplatz erzählte, wechselte dann aber abrupt die Stimmung und fluchte lautstark über die Ablaßpolitik der Kirche. »Heutzutage kann sich jeder Dummkopf durch Geld oder Gefälligkeit von seinen Sünden freikaufen«, wetterte er und hängte einen tiefempfundenen Sermon über den Niedergang des Christentums hintan. Weder Faustus noch ich unterbrachen ihn, nickten vielmehr an den nötigen Stellen und verbargen unsere Ungeduld hinter Masken höflicher Aufmerksamkeit.

Nachdem Martinus geendet hatte, ergriff Doktor Faustus eilends das Wort: »Mir scheint, wir sollten bald von diesem Ort verschwinden«, sagte er. »Asendorfs Männer werden die Umgegend absuchen. Mein Leben ist dem Inquisitor teuer, in seiner jetzigen Lage mehr denn je.«

Daraufhin berichtete er uns, wie es ihm seit seiner Flucht vom Scheiterhaufen ergangen sei. Vor allem beim Gespräch mit Asendorf ging er freimütig in jedes Detail. Da erst begriff ich, von welchem Ausmaß das Verbrechen war, das ich mit Faustens Befreiung begangen hatte. Der Inquisitor war auf die Hilfe des Doktors angewiesen, da es sonst keine Spur zu den Mordbrennern zu geben schien. Wenn Faustus ihm nicht half, die schuldigen Ketzer aufzudecken, würde Asendorf vor dem Heiligen Stuhl ganz buchstäblich »zu Kreuze kriechen« müssen. Ich erwähnte dies treffliche Wortspiel, doch keiner der beiden Älteren lachte; vergrätzt hielt ich mich fortan mit solcherlei Späßen zurück.

Was die Flucht aus dem Wittenberger Land anging, waren die beiden Freunde einer Meinung. »Asendorf wird nicht davon ablassen, Euch zu jagen«, bestätigte Martinus. »Sicher wäre es gut, wenn Ihr für eine Weile ganz aus den Augen der hiesigen Obrigkeit verschwändet.«

Faustus nickte. »In der Tat. Und wie ich Euch kenne, lieber Luther, wißt Ihr bereits eine Möglichkeit.«

Bruder Martinus, dem diese Worte sichtlich schmeichelten, lächelte beschämt. »Nun«, begann er gedehnt, »sicher wäre es kein Zeichen von Klugheit, hätte ich Euch befreit, nur um Euch sogleich wieder schutzlos den Klauen der Kirche auszuliefern.«

Ich kochte innerlich vor Wut über die Worte des Mistkerls. Ich war es, der Faustus befreit hatte, nicht er. Allein die Vorstellung, wie sich Martinus mit seinem Wanst durch den Schacht gequält hätte, besserte meine Laune augenblicklich; ich sah ihn vor mir, mit wedelnden Beinen, keuchend und schimpfend, wie er in dem Loch steckte gleich einem Weinpfropf. Ja, dieser Gedanke gefiel mir in der Tat.

»Traft Ihr je mit Sachsens Kurfürst zusammen?« fragte Martinus an Faustus gewandt.

»Mit Friedrich?« fragte dieser. »Nein, niemals.«

Martinus schmunzelte zufrieden. »Der Alte ist mir wohlgesonnen. Wir unterhielten uns einst über das verruchte Wesen der Kirche ...« Hier spare ich Martinus' übliche Rede zu seinem Lieblingsthema aus, mit der er uns selbst in diesem Augenblick nicht schonte.

Anschließend sagte er: »Wie dem auch sei, Friedrich steht auf meiner Seite und hat mir mehr als einmal angeboten, in schlechten Zeiten den Schutz seiner Mauern zu suchen. Als ich erfuhr, daß Ihr, Faustus, Euch in dieser Gegend aufhaltet, sandte ich vorsorglich einen Brief an meinen Gönner. Er sollte ihn spätestens übermorgen erreichen. Darin erwähnte ich, daß es nötig sein könnte, einem guten Freund und Kampfgefährten Unterschlupf zu gewähren – Ihr seht, meine Voraussicht war nicht unbegründet. Friedrich hält sich zur Zeit auf der Wartburg auf. Ihr kennt sie sicher: Sie reckt ihre Türme über Eisenach, unten an der Grenze zum Hessischen, fünf Tagesritte von hier.«

Martinus erhob sich von seinem Stuhl, trat an ein Bündel, das in einer Ecke des Raumes lag, und zog ein gefaltetes Papier hervor. »Friedrich schrieb mir schon vor Monaten diesen Passierschein. Mein Name steht darin, doch weiter südlich kennt niemand mein Gesicht. Es sollte Euch keine Schwierigkeit bereiten, damit bis zur Wartburg zu gelangen. Sagt allen, die Euch fragen, Euer Name sei Luther, und zeigt Ihnen dieses Papier. Man wird glauben, Ihr reist unter dem Schutze des Kurfürsten. Ich bin sicher, Friedrich wird Euch auf der Burg warmherzig empfangen, denn er haßt die Allmacht der Pfaffen. Ich bürge für Euch mit meinem Namen, allein das wird ihm genügen.«

Faustus nahm den Passierschein zögernd und mit sichtlicher Rührung entgegen. »Ich weiß nicht, ob ich Euer Angebot annehmen kann, lieber Freund.«

»Ach was!« rief Martinus aus. Seine wegwerfende Geste verriet Großmut, die der alte Knauser mir gegenüber nie hatte walten lassen. »Die Stunde, in der ich selbst Friedrichs Hilfe benötigen werde, wird noch lange nicht schlagen. Und bedenkt: Ihr könnt meine Unterstützung nicht ablehnen, denn der Kurfürst erwartet Euch bereits – spätestens dann, wenn mein Brief bei ihm eintrifft.«

Nun, wir alle wissen, wie es tatsächlich kam: Im Jahre 1521, sechs Jahre später, verhängte der Reichstag zu Worms eine Ächtung über den aufmüpfigen Mönch. Seine reformerische Lehre wurde verboten, ihm selbst drohten Kerker und Schlimmeres. Damals entschloß sich Kurfürst Friedrich zum Eingriff und gewährte Martinus Unterschlupf auf der Wartburg. Dort residierte er als »Junker Jörg« und begann mit der Übersetzung des Neuen Testaments. In jenem Jahr traf ich ihn wieder, wir saßen lange beisammen und leerten so manchen Becher (wobei sich sein Geiz als der alte erwies, denn die Zeche überließ er mir).

Im alten Siechenhaus bei Wittenberg ahnte freilich keiner von uns, was die Zukunft bringen würde – Faustus vorsichtig ausgenommen. Bruder Martinus griff erneut in sein Bündel und zog zwei Kutten der Augustinermönche hervor.

»Nehmt sie, sie werden Euch während der Flucht von Nutzen sein«, sagte er.

Man mag es mir als Dummheit auslegen, doch zu jenem Zeitpunkt glaubte ich noch, beide Kutten seien für Faustus. Ich wunderte mich allerdings, weshalb mir die eine kürzer als die andere erschien, zog es jedoch vor, zu schweigen.

Faustus nahm auch die Kleidungsstücke an sich, doch seine Miene blieb voller Zweifel. »Und Ihr denkt, Friedrich wird einem gesuchten Ketzer Einlaß gewähren?«

Martinus nickte eilig. »Glaubt mir, mein Wort bedeutet ihm viel. Ich habe Euch als vortrefflichen Gelehrten geschildert, und freilich wird er Euren Namen längst kennen. Friedrich ist ein großzügiger Mann, mit dem Herzen am rechten Fleck.«

Tatsächlich wurde später im gemeinen Volk behauptet, zu Friedrichs Sterbestunde seien überall im Land Regenbögen erstrahlt, und Martinus selbst sollte berichten, im Augenblick von Friedrichs letztem Atemzug sei »ein Kind zu Wittenberg ohne Haupt geboren und noch eines mit umgekehrten Füßen.« Luther blieb bis zuletzt ein Mann starker Worte.

Ich ahnte, daß sich das Gespräch dem Ende entgegenneigte, und noch immer war kein Wort über meine Belohnung gefallen. Daher mühte ich mich redlich, den Augenblick des Aufbruchs hinauszuzögern. »Was aber«, so fragte ich, »wenn auf dem Weg Asendorf selbst des Doktors habhaft wird? Sicher wird er sich durch keinen Passierschein der Welt beeindrucken lassen.«

Faustus runzelte die weiße Stirn. »Dem gilt es durch Eile entgegenzuwirken.«

»Das ist wahr«, bestätigte Martinus. »Das Schreiben des Fürsten kann euch nur vor Übeln auf dem Weg bewahren, nicht aber vor Asendorfs Männern. Wenn sie euch einholen, seid ihr allein aufeinander gestellt.«

Aufeinander? Ich war nicht ganz sicher, wie er das meinte. Fraglos konnte er nicht wirklich glauben, ich würde mich Faustus anschließen!

»Ganz richtig«, sagte Martinus lachend, als er meine Gedanken erriet. »Du, bester Wagner, wirst mit dem Doktor gehen.«

Ich sprang auf, mit solcher Heftigkeit, daß der Stuhl hintüber kippte. »Keinesfalls!« entfuhr es mir lautstark. »Ich bin kein Ketzer und will keiner sein. Ich habe mein Leben einmal zu oft aufs Spiel gesetzt. Das muß genügen!«

»Ich fürchte, dir bleibt keine andere Wahl«, widersprach Martinus. »Bleibst du in Wittenberg, wird man dir zweifelsohne auf die Spur kommen. Vergiß nicht, du hast einen gesuchten Ketzer befreit.«

Plötzlich begriff ich, daß er all das von Anfang an geplant hatte. Schnaubend vor Wut ballte ich die Fäuste, um auf ihn loszugehen. »Ihr habt mich in mein Verderben laufen lassen! Ihr seid ein schöner Vormund! Erst droht Ihr mir, mein Geld zu rauben, dann zerstört Ihr mein Leben!«

Martinus wich meinem zornigen Angriff mit erstaunlicher Behendigkeit aus und bückte sich dann hinab zu seinem Bündel, ganz so, als sei er sicher, daß ich es kein zweites Mal versuchen würde. »Dein Geld, das habe ich hier. Gut, daß du mich daran erinnerst.«

Damit zog er einen ledernen Beutel hervor, in dem es versöhnlich klimperte. »Ich habe deinen Besitz verdoppelt, mein junger Freund«, sagte er und hielt mir den herrlichen Schatz entgegen. »Nicht, weil ich deine Dienste kaufen will, sondern weil das Studium an der Seite eines Mannes wie Faustus Unbehaglichkeiten mit sich bringt, die man mit klingender Münze wenigstens zum Teil beheben kann.«

»Studium?« fragte ich überrascht und griff dabei eilig nach dem Beutel, bevor Martinus seine Meinung ändern konnte. Ich war sicher, daß die Aufregung ihn in einen Zustand zeitweiliger Umnachtung gestürzt hatte; wie sonst ließ sich seine plötzliche Freigiebigkeit erklären?

»Ja, mein Lieber. Faustus wird fortan dein Lehrer sein«, entgegnete Martinus. »Vorausgesetzt, er ist einverstanden.« Damit wandte er sich erwartungsvoll an den Doktor.

Es fiel schwer, dessen Miene richtig zu deuten. Es war offensichtlich, daß ihn der Gedanke an einen Klotz am Bein nicht freudig stimmte. Andererseits stand er gleich in zweifacher Schuld: Zum einen bei Martinus, der seine Rettung veranlaßt, zum anderen bei mir, der sie ausgeführt hatte. Offenbar galt ihm Dankbarkeit soviel, daß er Martinus' Bitte nicht von vornherein ablehnte – wenngleich ich mir genau das wünschte. Hatte ich mich nicht eben erst an das gesicherte Dasein gewöhnt? An das geruhsame Leben, das Studium der Bücher? Sollte ich all das jetzt aufgeben, allein für die Aussicht auf unstete Wanderschaft? An der Seite eines verurteilten Ketzers noch dazu!

Faustus ließ sich Zeit, ehe er zur Antwort anhob. Und selbst dann noch dauerte es eine Weile, bis sein Mund die Worte formte: »Meinethalben soll er mitkommen«, sprach er und wandte sich dann direkt an mich. »Bist du gelehrig, sollst du mein Schüler sein. Bist du es nicht, trennen wir uns auf der Wartburg.«

Der Höflichkeit halber hätte er ein »Einverstanden?« anfügen können, doch das tat er nicht. Für ihn waren seine Worte Beschluß.

Auch Martinus gab sich damit zufrieden, und mich selbst fragte ohnehin keiner mehr. Ich öffnete den Mund, um zu widersprechen, als Faustus plötzlich den Zeigefinger an seine Lippen hob und lautlos vom Stuhl sprang. Eilig löschte er die Kerze und huschte ans Fenster. Ich sah unsicher zu Martinus hinüber, doch in der Dunkelheit war sein Gesicht kaum mehr als ein Schemen. Mit einem Mal überkam mich Furcht. Sollte das bedeuten –

»Wir sind entdeckt!« zischte Faustus.

Er starrte angestrengt hinaus in die Nacht. Martinus und ich traten an ein Fenster auf der anderen Seite des Eingangs und taten es ihm gleich. Vor den trüben Scheiben war nichts als mitternächtliche Schwärze. So sehr ich mich auch bemühte, etwas zu erkennen, Gestalten vielleicht oder nur eine Regung – ich sah nichts außer Finsternis. Martinus und ich wechselten einen

Blick, er zuckte mit den Schultern. Gemeinsam schauten wir fragend zu Faustus hinüber.

Der Doktor war indes in hektische Betriebsamkeit geraten. Er sprang zum Tisch und schob ihn von innen gegen die Haustür.

»Glaubt Ihr, daß sie das aufhalten wird?« wagte ich zweifelnd anzumerken.

Faustus schenkte mir einen zornigen Blick. »Helft mir lieber, statt sinnlos herumzureden!«

Dabei drehte er den Tisch auf die Seite, so daß die Platte an der Tür lehnte. »Den Schrank, dort drüben!« befahl er. Martinus und ich beeilten uns, ihm ohne Widerspruch beizustehen. Gemeinsam schoben wir einen schweren Eichenschrank mit zerbrochenen Türen gegen den Tisch. Noch immer zweifelte ich: Was half es, die Tür zu versperren, wenn allein im Erdgeschoß ein halbes Dutzend Fenster nach außen wiesen?

»Und nun?« fragte ich.

Draußen in der Nacht erklang ein gedämpfter Schrei. Es mochte ein Tier gewesen sein oder auch ein verstelltes Kommando. Mit einem Mal glaubte ich Faustus aufs Wort: Asendorfs Männer hatten den Hügel umstellt. Wahrscheinlich rückten sie schon in geschlossener Formation den Hang herauf, leise, gebückt, die Waffen gezogen. Die Erkenntnis der Tragweite meines Bubenstücks durchmischte sich jetzt mit dem Begreifen, daß der einzige Weg heraus geradewegs auf den Scheiterhaufen führte. Wer Ketzer unterstützte, war selber einer. Das Gesetz der Heiligen Inquisition ließ in dieser Hinsicht keine Fragen offen.

Plötzlich packte Faustus mit einer seiner knochigen Hände Martinus' Oberarm. »Wo ist die Falltür?« fragte er.

Falltür? Was meinte er?

Martinus deutete auf die Feuerstelle des offenen Kamins, die groß genug war, daß vier Menschen nebeneinander darin hätten Platz finden können. »Dort vorn«, sagte er, löste sich von Faustus und eilte hinüber. Mit dem Fuß begann er, kalte Asche vom Boden der Feuerstelle zu scharren. Darunter kam eine eiserne Platte zu Vorschein. Als Martinus mit der Ferse darauf pochte, ertönte ein hohler, dumpfer Klang.

»Woher wußtet Ihr, daß es hier eine Falltür gibt?« fragte ich Faustus verblüfft.

Der Doktor eilte zu Martinus und zog mit ihm an einem rostigen Haltering im Boden. Erst als ich den beiden zur Hilfe kam, gelang es mit vereinten Kräften, die geheime Öffnung freizulegen.

Martinus wandte sich noch einmal um und griff nach seinem Bündel. Es war lang und sperrig, als bewahre er darin Eisenstangen oder Schwerter auf. Er warf es in die dunkle Tiefe, und schon nach einem Herzschlag hörten wir den Aufprall. Martinus sprang todesmutig hinterher.

Ich war der nächste, doch bevor ich mich an der Kante herablassen konnte, hielt Faustus mich für einen Moment an der Schulter zurück. »Merk dir gut: Bei geheimen Treffen wie diesem, wähle immer einen Ort, an dem es mehr als einen Ausgang gibt.«

»Dann wußtet Ihr, daß Ihr Euch auf Martinus verlassen könnt«, stellte ich erstaunt fest.

Faustus nickte. »Er wäre niemals so dumm gewesen, uns beide und sich selbst in eine Falle zu locken. Wenn er dieses Haus als Ort unserer Zusammenkunft wählte, mußte es einen geheimen Fluchtweg geben. Abgesehen davon: Viele Siechenhäuser im ganzen Land besitzen unterirdische Keller und Katakomben. Während der großen Pestepidemien war keine Zeit, die Leichen der

Kranken, die hier zusammengepfercht wurden, von einem Ort zum anderen zu transportieren. Man warf sie einfach durch Falltüren hinab in die Tiefe, bahrte sie bestenfalls dort unten auf.«

Ich nickte, beeindruckt, wie viel von diesem Mann zu lernen war. Vielleicht war der Wechsel meines Lehrherrn doch zu meinem Besten.

Ich sprang wagemutig in die Tiefe und spürte bereits im nächsten Augenblick harten Boden unter den Füßen. Eilig trat ich zur Seite, um auch meinem neuen Meister den Zutritt zur Unterwelt der Pestleichen zu ermöglichen. Es dauerte einen Moment, dann sprang er hinter mir hinab. Ich fragte mich, was er oben noch getan haben mochte, das seine Flucht verzögert hatte; dann erkannte ich das Seil, dessen eines Ende er in Händen hielt. Die andere Seite mußte er an einen zweiten Ring an der Unterseite der Eisenplatte befestigt haben. Zu dritt zogen wir daran und schlossen so den Zugang hinter uns. Einen winzigen Moment bevor die Platte zurück in ihre Fassung krachte, hörte ich, wie oben im Haus die Fenster zersplitterten. Asendorfs Männer strömten herein. Unser Vorsprung war denkbar gering.

Martinus zog aus seinem Bündel eine Fackel und entzündete sie. In ihrem Schein erkannten wir, daß wir uns am oberen Ende eines abschüssigen Tunnels befanden. Rechts und links von uns waren Gittertüren im Gestein eingelassen. Die gesamte Umgebung ähnelte verblüffend den unterirdischen Kerkergewölben, aus denen ich Faustus befreit hatte.

Der Doktor band das Ende des Seils eilig um eines der Gitter, zog es straff und vertaute es mit einer Reihe komplizierter Knoten. Asendorfs Männer würden nun auf gehörige Schwierigkeiten stoßen, wenn sie versuchten, die Falltür zu öffnen.

»Was sind das für Verliese?« fragte ich, während wir den finsteren Gang hinabeilten.

Martinus, der mit seiner Fackel voranlief, gab mir die Antwort: »Keine Verliese«, sagte er knapp. »Hier unten wurden jene Pestkranken eingesperrt, die der Schwarze Tod gräßlich entstellt hatte. Hätte man sie oben im Haus behalten, hätten alle Neuankömmlinge, bei denen zum Teil nur der Verdacht auf Krankheit bestand, unweigerlich die Flucht ergriffen. So landeten die schweren Fälle hier unten, damit es oben nicht zur Rebellion kam.«

Das schien mir Sinn zu machen. Die Pest war noch lange nicht besiegt, immer wieder flackerte sie überall in Europa von neuem auf. Im Wittenberger Land lag die letzte verheerende Seuche bereits Jahrzehnte zurück. Aus jener Zeit stammte diese Anlage. Siechenhäuser gab es Hunderte im ganzen Reich; ihr einziger Zweck war es, die Kranken an einem Ort zusammenzupferchen, um so zu versuchen, die Gefahr der Ansteckung in den Städten geringzuhalten – mit mäßigem Erfolg.

Der Gang führte in einem langgestreckten Bogen nach unten. Ich hoffte, daß unter den Wittenberger Landsknechten, die Asendorfs Truppe zweifellos verstärkten, keiner war, der den geheimen Ausgang kannte.

Nach einer Weile blieben die Gittertüren hinter uns zurück. Zu beiden Seiten des Tunnels waren nun Nischen aus dem massiven Stein der Wände gehauen. In vielen moderten spröde Gebeine.

»Können wir uns daran nicht mehr anstecken?« fragte ich ängstlich; Vorsicht ist bis heute eine meiner vordersten Tugenden geblieben.

»Wir wollen es nicht hoffen«, gab Faustus zur Antwort. Ich vermochte nicht zu erkennen, ob er die Worte ernst meinte oder vielmehr nur meine Unwissenheit belächelte. Ich entschied mich vorsorglich für letztere Möglichkeit. Trotzdem spürte ich am ganzen Leib ein entsetzliches Jucken. Ich war dankbar für die Dunkelheit; ansonsten hätte ich kaum der Versuchung widerstehen können, meine Haut nach schwarzen Blasen abzusuchen.

Wir eilten weiter den Gang hinab, während hinter uns das Pochen auf der Falltür heftiger wurde.

»Werden sie uns folgen können?« fragte ich.

Faustus schüttelte den Kopf. »Das glaube ich nicht. Sie werden statt dessen in die Umgebung ausschwärmen. Auch sie können sich denken, daß dieser Gang nicht endlos ist. Irgendwo müssen wir wieder hinaus ins Freie. Wenn wir Pech haben, erwarten sie uns dort.«

Meine Hoffnung auf einen glücklichen Ausgang unserer Flucht verrauchte ins Nichts. Asendorf und die seinen waren nicht zu unterschätzen; wir waren nicht die ersten Menschen, auf die der Inquisitor Jagd machte.

Der Geheimgang endete an einer Mauer. Über unseren Köpfen befand sich eine weitere Falltür, die nach oben führte. Martinus stieß mit der Fackel danach, doch die einzige Folge war, daß sich ein Funkenregen auf unsere Häupter ergoß.

Faustus hielt ihn zurück. »Bevor wir dort hinaufsteigen und vielleicht keine Zeit zum Gespräch bleibt, muß ich Euch um etwas bitten, Freund Luther.«

»So bittet«, erwiderte Martinus ungeduldig.

»Der Priester«, sagte Faustus. »Der Priester, der von den Ketzern in seiner Kirche verbrannt wurde, kanntet Ihr ihn?«

Martinus hob die Schultern. »Flüchtig. Wir unterhielten uns das eine oder andere Mal. Aber ich besuche die Messe im Kloster, nicht die in der Schloßkirche. Weshalb wollt Ihr das wissen? Wenn Asendorf uns fängt, wird er Euch sein Angebot kaum ein zweites Mal machen.«

»Ich brauche sein Angebot nicht«, entgegnete Faustus geheimnisvoll. »Gab es irgendwelche Besonderheiten im Lebenswandel des toten Priesters?«

Martinus trat rastlos von einem Fuß auf den anderen; es war ihm nicht recht, noch länger hier unten aufgehalten zu werden. »Er kam vor gut zehn Jahren nach Wittenberg. Er war schon alt, und er machte auf mich den Eindruck eines gelehrten, weitgereisten Mannes. Es hieß, er habe eine Weile im Ausland gelebt, doch ich weiß nicht, was davon der Wahrheit entspricht. Es wird so vieles gefaselt, so vieles, das ohne jede Bedeutung ist. Dabei ist es doch die Kirche, um die es gehen sollte, denn allein sie – »

»Ja, ja«, unterbrach Faustus ihn unhöflich. »Fällt Euch sonst noch etwas zur Person des Toten ein?«

Martinus schüttelte gekränkt den Kopf. »Nein.«

Mein neuer Meister seufzte, dann legte er seinem Freund die Hand auf die Schulter. »Nichts für ungut«, bat er und wandte sich dann an mich: »Steig auf die Schultern dieses wertvollen Mönches. Vielleicht gelingt es dir, die Falltür zu öffnen. Aber gib acht, daß keiner von Asendorfs Männer obendrauf steht.«

Martinus entrang sich ein Lächeln und bückte sich, damit ich seine breiten Schultern besteigen konnte. Ich war damals achtzehn Jahre alt und beileibe kein Federgewicht. Ich war größer als Martinus (wenn auch nicht so lang wie Faustus), und es muß kein Leichtnis für ihn gewesen sein, mich in die Höhe zu stemmen. Er tat es trotzdem ohne Murren, auf daß ich schon Augenblicke später beide Hände gegen das kalte Eisen der Falltür pressen konnte.

Mit einem Keuchen gelang es mir in der Tat, die Platte aus ihrer verkrusteten Verankerung zu lösen. Durch einen schmalen Spalt, kaum so breit wie mein kleiner Finger, drang mir frische Luft entgegen. Da erst wurde mir klar, wie erbärmlich es in dem unterirdischen Grabtunnel stank. Ich drückte fester, jetzt in groben, rhythmischen Stößen, bis die Platte sich vollends anheben und zur Seite schieben ließ. Mühevoll versuchte ich, die Dunkelheit mit Blicken zu durchdringen. Breite Farnwedel bedeckten von außen die Öffnung.

»Zieh dich nach oben«, raunte Faustus hinauf und löschte zugleich die Fackel, damit ihr Schein uns nicht verriet.

Ich tat, wie mir geheißen, stieß mit dem Kopf durch Farnblätter und zog schließlich auch den Rest meines Körpers ins Freie. Vorsichtig sah ich mich um, von der Schulter abwärts immer noch von den Pflanzen verborgen. Um mich waren Wald und dichtes Unterholz. Es war immer noch stockfinster. Durch die Äste konnte ich die funkelnden Sterne am Nachthimmel erkennen. Zwanzig Schritte weiter zu meiner Rechten schien der Wald zu enden; dahinter erhob sich in einiger Entfernung, eher zu erahnen als wirklich zu sehen, der Hügel mit dem Siechenhaus. Von dort erklangen die Rufe unserer Verfolger. Fackeln huschten über die Hänge, Irrlichter in der kühlen Nacht.

»Ihr könnt heraufkommen«, flüsterte ich über die Schulter in den Einstieg hinab. Dann bahnte ich mir so geräuschlos wie möglich einen Weg aus dem Dickicht. Nach einer Weile wunderte ich mich, warum keiner der beiden anderen nachkam. Schließlich erreichte mich das leise Rufen meines Meisters. Ich eilte sogleich zurück und bemerkte, daß der Doktor zwar bereits inmitten der Farnsträucher saß, es ihm aber nicht gelang, den schweren Martinus allein durch die Öffnung zu ziehen.

Unwillig sah er zu mir auf. »Du mußt noch viel lernen, mein Junge.«

Ich verkniff mir ein Grinsen und hockte mich neben ihn. Martinus reichte mir von unten das schwere, sperrige Bündel entgegen, ich nahm es und legte es beiseite. Dann zogen wir den Mönch mit vereinten Kräften ins Freie.

Martinus sah aus, als wolle er mich mit einer ganzen Fülle von Flüchen bedenken, zog es aber angesichts der Gefahr für uns alle vor, zu schweigen.

Als wir schließlich außerhalb des Farndickichts standen, entrollte Martinus am Boden sein Bündel, und zum Vorschein kamen ein Schwert und zwei mannslange Holzstäbe. Die Klinge stak in einer einfachen Scheide. Ihr Griff war durch einen verschnörkelten Gitterkorb geschützt. Es war zweifellos eine wertvolle Waffe.

Um so erstaunter war ich, als Martinus sie mir achtlos entgegenhielt. »Hier, das ist für dich«, sagte er. »Du kannst doch damit umgehen, nicht wahr?«

Ich konnte mein Glück kaum fassen und entrang mir ein fades »Leidlich«. Eine solche Waffe, ganz für mich allein! Sollte ich Martinus all die Jahre über fälschlich des Geizes bezichtigt haben? Die vergangenen Stunden stellten das Bild, das ich mir von ihm gemacht hatte, vollends auf den Kopf.

»Und diese beiden«, sagte der Mönch und nahm die Kampfstäbe zur Hand, »sind wohl uns beiden angemessen.« Dabei überreichte er einen an Faustus, der ihn prüfend in den Händen wog. Schließlich nickte er zufrieden.

Außer den Waffen befanden sich in dem Bündel noch zwei weitere Fackeln und ein zugezurrter Beutel, kindskopfgroß, den Martinus Faustus übergab. »Das eine oder andere darin mag Euch von Nutzen sein. Es wird nicht die Dinge aufwiegen, die Asendorf Euch abnahm, aber es war alles, was ich in der Eile besorgen konnte.«

Faustus band sich den Beutel an den Gürtel, dann schüttelte er Martinus warmherzig die Hand. »Ich danke Euch noch einmal«, flüsterte er.

Wir machten uns auf den Weg und gelangten nach einigem Umherirren auf einen schmalen Pfad. Hinter uns waren noch immer die Rufe unserer Jäger zu hören. Immer häufiger hörte ich es von allen Seiten im Unterholz knistern. Mancher Laut mochte von Tieren herrühren, doch ich bezweifelte nicht, daß Asendorfs Männer längst den Wald durchkämmten.

Nach einer Weile erreichten wir einen kleinen Tümpel inmitten hoher Tannen. Hier erwarteten uns drei weitere Pferde. Martinus hatte in der Tat an alles gedacht. Ich bewunderte ihn dafür, daß er in der Kürze der Zeit solch aufwendige Vorbereitungen hatte treffen können.

So schnell es der enge Pfad durch die Wälder zuließ, galoppierten wir davon. Es gab keinen Anhaltspunkt dafür, welche Himmelsrichtung wir einschlugen, doch Martinus wies uns kundig den Weg. Mir schien eine kleine Ewigkeit vergangen, ehe wir endlich den Waldrand erreichten. Von dort aus folgten wir einem Weg durch offene Felder, der uns schließlich bis zu einem Kreuzweg unter einer hohen, weitgefächerten Linde führte.

Martinus zügelte sein Roß, wir anderen taten es ihm gleich.

»Von hier aus müßt ihr den Weg allein finden«, sagte er.

Ich begriff, daß die Stunde des Abschieds gekommen war. Und was ich nie für möglich gehalten hätte, geschah: Ich spürte Trauer darüber. Mochte ich den groben Mönch auch noch so oft verflucht haben, so hatte ich ihn doch über die Jahre hinweg liebgewonnen.

Faustus und er schüttelten sich erneut die Hände. »Denkt an die Kutten«, empfahl Martinus. Meine eigene steckte noch zusammengeknüllt hinter meinem Gürtel. Das Schwert hatte ich am Sattel des Pferdes befestigt. »Ihr seid jetzt Augustinermönche«, flachste mein scheidender Vormund.

»Wird man Euch in Wittenberg nichts Übles wollen?« fragte ich.

Martinus schüttelte den Kopf. »Keiner hat mich hier gesehen. Niemand wird mich verdächtigen. Und falls man mich fragt, was aus dir geworden ist, werde ich sagen, du seist bei Nacht und Nebel fortgegangen. Sicher werden sie irgendwann, was dich betrifft, die richtigen Schlüsse ziehen, aber mir droht keine Gefahr. Hab also keine Angst um mich, mein Junge.«

Wir umarmten uns in aller Eile, dann ritt er mit zum Gruß gereckten Arm davon, ohne ein weiteres Wort, ohne sich umzusehen.

Faustus schenkte mir ein aufmunterndes Lächeln. Ich nickte ihm stumm zu, zog mir die Kutte über den Kopf und bemühte mich, an all die guten Dinge zu denken, die vor mir liegen mochten. Es gab viele liebe Bekannte, aber kaum einen engen Freund, den ich in Wittenberg zurückließ, und selbst der Krämerstochter, die mir manch heißen Blick geschenkt hatte, weinte ich nicht nach. Nein, die einsame Träne, die ich vergoß, galt Bruder Martinus.

Nachdem auch Faustus die Mönchskutte übergestreift hatte, ließ er sein Pferd wenden.

»Nach Süden«, rief er munter, trat seinem Tier in die Flanken und sprengte eilends voran.

Ich ritt an seiner Seite, ebenso schnell, ebenso aufgeregt, doch in Gedanken ganz woanders.

Kapitel 3

Wir ritten die Nacht hindurch bis in den späten Vormittag. Als die Sonne ihren höchsten Stand erreichte, überschritten wir die Grenze zum Mansfelder Land. Vor uns lag der Harz. Von einem Hügel aus sahen wir, wie er sich wuchernd nach Süden und Westen erstreckte: Eine wilde, bergige Landschaft, bedeckt von schwarzen Forsten, die sich bis ins Unendliche dehnten. Die Hänge waren hoch, mitunter steil und felsig, die Täler grundlos und dunkel. Eisige Bäche schoßen geschwind in die Tiefe, und die kargen menschlichen Ansiedlungen zu beiden Seiten unseres Weges wurden seltener und verschwanden schließlich ganz. Die unheimlichen Wälder schienen sich vor uns zu öffnen und wieder zu schließen, nachdem wir sie einmal betreten hatten. Ein Gefühl angstvoller Beklemmung beschlich mich, während wir auf engen, unbelebten Pfaden vorwärtsritten.

Ich war überzeugt, daß uns hier von Asendorfs Seite aus keine Gefahr mehr drohte. Faustus aber erging sich in düsteren Warnungen, den Feind niemals zu unterschätzen.

»Ich bin sicher«, sagte er, »Asendorf wird uns weiterhin jagen. Er wird uns hetzen bis ans Ende seiner Tage, da besteht kein Zweifel.«

»Dann glaubt Ihr, er ist noch hinter uns?« fragte ich eingeschüchtert.

Faustus nickte unheilschwanger. »Ganz bestimmt sogar. Wir sehen ihn nicht, aber jeder Moment des Verschnaufens kann unser letzter sein. Ich kenne den Hexenjäger – er ist beharrlich in seinem Streben.«

So zogen wir weiter durch die Wälder, ohne eine menschliche Seele zu treffen. Nach einer Weile bemühte ich mich, der urwüchsigen Gegend eine natürliche Schönheit abzugewinnen, doch es blieb bei dem hehren Versuch. Selbst zwitschernde Vögel schienen mir hier wie die Vorboten kommenden Unglücks. Hinter jedem Baumstamm, jenseits jeder Kehre mochten die Geister des Waldes auf uns lauern. Ich erinnerte mich an all die Legenden von grausamen Hexen und Harzer Riesen, an Kobolde, Wichtel und Erdgespenster. Ich war stets ein Mann, der Aberglauben von Wahrheit zu unterscheiden wußte, doch auf jener Flucht, gejagt von den Schergen des Inquisitors und gefangen in einer Landschaft, die so eindeutig nicht für uns Menschen gemacht war, zitterten mir die Knie vor Angst.

Ich beschloß, mich von den bösen Ahnungen abzulenken und das Gespräch mit Faustus zu suchen.

»Meister – wenn ich Euch fortan so nennen darf –, warum habt Ihr Bruder Martinus nach dem toten Priester befragt?«

Der Trab seines Pferdes ließ die zurückgeschlagene Kapuze des Doktors auf und nieder wippen. Er blickte starr geradeaus, als könnten seine Augen durch die Mauer des Waldes hindurchblicken, nach Süden, in freundlichere Landen.

Schließlich erwiderte er: »Ich wollte wissen, ob es einen Grund für die Mordbrenner gab, den Pfaffen zu töten. Dafür aber mußte ich mehr über sein Leben erfahren, mehr über seine Vergangenheit.«

»Und?« fragte ich weiter. »Wißt Ihr nun mehr?«

»Du hast es doch selbst gehört, Wagner, der Priester war ein gescheiter, weltgewandter Mann.«

»Aber das reicht nicht aus, um mehr über seinen Tod herauszufinden«, widersprach ich.

»So, glaubst du? Nun, wie wäre es dann mit dem Hinweis, daß er einst im Ausland lebte?« Das Frage-Antwort-Spiel schien ihn zu belustigen.

Ich hob schweigend die Schultern und wich einem tiefhängenden Fichtenzweig aus.

»Warten wir ab«, sagte Faustus. »Es mag die Zeit kommen, da uns dieser Hinweis und manch anderer ein Bild der Wahrheit vermitteln wird.«

»Ich nahm an, Ihr wolltet dem Inquisitor gerade deshalb entkommen, um ihn nicht in dieser Sache unterstützen zu müssen?« Die Beharrlichkeit meines Meisters erstaunte mich. Wozu das alles?

Faustus schüttelte den Kopf. »Ich werde keinen Finger krümmen, um Asendorf zu helfen. Doch was spricht dagegen, herauszufinden, was mit diesem und den anderen Priestern geschah?«

»Über die Ihr alle nichts wißt«, wagte ich einzuwenden und erwartete sogleich eine Schelte.

Doch Faustus verzichtete darauf, mich zu maßregeln. Vielleicht gefiel es ihm gar, daß da einer war, der ihm trotzte. »*Noch*, mein guter Wagner, noch weiß ich nichts darüber.«

»Dann wollt Ihr die Sache wirklich weiterverfolgen?«

»Hast du etwas Besseres vor?«

Das hatte ich in der Tat, wenngleich ich mich nicht getraute, es laut auszusprechen: Ich wollte von Faustus lernen, in Laboratorium und Lesesaal. Keineswegs stand mir der Sinn danach, ihm als Handlanger bei solcherlei Unsinn zur Seite zu stehen.

Faustus schien in meinem Innersten zu lesen: »Du solltest dich mit dem Gedanken vertraut machen, daß eine Lehre bei mir nicht damit getan ist, sich die Nase mit dem Staub alter Bücher zu pudern. Siehst du hier irgendwo eine Bibliothek? Oder auch nur ein Bücherregal? Eben, mein Bester. Ein Studiosus unter Doktor Faustus lernt sein Geschäft mit den Händen im Schmutz, beim Pflücken von Wunderwurzeln und in der Walpurgisnacht hoch auf dem Blocksberg. Die brave Zeit des Sitzens ist vorbei. Von heute an wirst du die wahren Geheimnisse erlernen, jene, die in keinem Folianten geschrieben stehen – zumindest nicht in solchen, wie du sie aus Wittenberg kennst. Sei bereit für Neues, Wagner, und sei in Teufelsnamen *offen.*«

Seine Worte waren nicht ohne Wirkung, wenngleich sie mich ein wenig kränkten. Ich war keiner, dessen Füße unterm Studienpult verstaubten, von morgens bis abends, sommers wie winters. Hatte ich ihm nicht meine Tatkraft bewiesen? War nicht ich es gewesen, dem er sein Leben verdankte?

»Das weiß ich alles«, sagte er, ohne daß ich meine Gedanken in Worte gefaßt hätte. Herrgott, konnte er wahrlich in meinen Schädel blicken? »Du besitzt Wagemut und ein gewisses Geschick«, fuhr er fort, obgleich ihm mein Erschrecken kaum entgangen sein konnte. »Das waren die Voraussetzungen, aufgrund derer ich dich in meine Dienste nahm. Nun aber gilt es, dich auch für die höheren Dinge als tauglich zu erweisen. Nicht allein Witz ist gefragt, sondern Weisheit.«

Daraufhin schwieg ich und tat wohl auch gut daran, denn Faustus trieb sein Pferd plötzlich zur Eile, galoppierte bis zur nächsten Biegung und blieb dort stehen. Aufmerksam schien er in die Wälder zu lauschen.

Ich blieb eine Weile zurück, um ihn nicht zu stören, dann schloß ich auf. Noch immer wagte ich nicht zu sprechen.

Ein Knirschen und Knarren zerriß die Stille, ein langgezogener, jammervoller Laut wie von berstendem Holz. Vor meinen Augen erstand das dämonische Bild eines Riesen, der sich mit Pranken und Füßen einen Weg durch die Wälder bahnte. Fauchend und zornig trampelte der Gigant eine Schneise ins friedliche Grün. Vögel stoben auf und stiegen flatternd gen Himmel. Baumstämme knickten wie Grashalme.

Und tatsächlich illustrierte mein Hirngespinst das andauernde Knirschen aufs Trefflichste. Ich zweifelte nicht, daß ich mit meiner Ahnung richtig lag. Wir hatten einen der Geister des Waldes geweckt. Nun kam er, um grausame Rache zu nehmen.

Faustus trieb sein Tier weiter vorwärts. Ich wollte ihn zurückhalten, wagte aber nicht, mich als Feigling zu erweisen. So ritt ich todesmutig hinter ihm drein, verkrampft vom Kinn bis zur Sohle, bebend und bereit, mit meinem Leben abzuschließen.

(Euch, kopfschüttelnder Leser, sei versichert, daß auch ich gelernt habe, daß es weder Riesen noch Waldgeister gibt. Aber bedenkt meine angstvolle Lage: Hinter uns der sichere Tod in Gestalt der Heiligen Inquisition, um uns das unerforschte Waldland, und vor uns eine Quelle übler Laute. Bedenkt gefälligst Eure eigene Verfassung in solch einem Augenblick, ehe Ihr die meine verurteilt!)

Langsam ritten wir weiter den Waldpfad entlang. Ich mühte mich, einen heimlichen Blick in Faustus' Gesicht zu werfen, doch er befand sich vor mir, und sein schwarzer Haarwust machte es unmöglich, seine Züge zu erkennen. Das Geräusch hielt an, es knirschte ohne Unterlaß. Und je weiter wir ritten, desto lauter wurde es.

Die Sonne hatte fast ihren höchsten Stand erreicht. Sie tauchte den geschlängelten Weg zwischen den Bäumen in helles Frühlingslicht. Ihr gleißender Schein verdrängte meine Verzweiflung ein wenig. Ich hob das Gesicht, um es von dem feurigen Glutball erwärmen zu lassen. Schon spürte ich, wie meine furchtsame Anspannung nachließ. Funken tanzten hinter meinen geschlossenen Lidern. Die Wärme prickelte wohlig auf meiner Haut.

Plötzlich war mir, als schiebe sich etwas vor die Sonne. Ein kühler Schatten huschte über mein Gesicht. Als ich die Augen öffnete, waren sie von der Helligkeit betäubt, und einen panischen Moment lang war ich völlig geblendet. Erst als sich meine Blicke klärten, erkannte ich, daß die Sonne unverändert am blauen Himmel hing. Auch Faustus verriet keine Sorge. Hatte ich mich getäuscht?

Keineswegs, denn im selben Augenblick verdunkelte erneut ein mächtiger Schatten das glühende Gestirn. Hoch erhob er sich über die Wipfel der Bäume, lang und schwarz, seine Form von den gleißenden Strahlen verzerrt. Erschrocken keuchte ich auf und riß mit aller Kraft am Zügel des Pferdes. Wiehernd bäumte es sich auf, ich spürte noch, wie ich den Halt verlor, dann stürzte ich hinterrücks ins Leere und prallte schmerzhaft auf den Waldweg. Wie betäubt taumelte ich auf die Füße, hörte erneut das furchtbare Knirschen, sah mich um – und erblickte Faustus, der sich schüttelte vor Lachen.

»Was, mein lieber Wagner, bezweckt Ihr mit dieser amüsanten Darbietung, wenn die Frage gestattet ist?« Sein Gesicht hatte zum ersten Mal einen Hauch von

Farbe bekommen, so sehr belustigte ihn mein Sturz vom Pferd.

»Ich ... nun ...« Weiter kam ich nicht, denn wieder schob sich ein Schatten über den Weg und verdunkelte die Sonne.

Nun erkannte ich freilich, was ihn verursachte. Vor uns, auf einer Erhebung im Wald, stand eine Mühle. Sie war von hier aus nicht zu sehen, doch ragten ihre Flügel über die Bäume hinaus, und bei jeder Drehung schoben sich ihre Enden nacheinander vor die Sonne. Von ihnen rührte auch das erbärmliche Knirschen, denn der Wind ließ die hölzernen Gewinde ächzen.

Kleinlaut enthielt ich mich jeder Erklärung, packte mein Pferd am Zügel und schwang mich stumm zurück in den Sattel. Mein Hintern schmerzte, ebenso mein Rücken, doch gab ich mir alle Mühe, mein Leid zu überspielen. Ein schöner Zauberlehrling war ich; witterte ich doch schon hinter den Flügeln einer Mühle magische Gefahren.

Griesgrämig kauerte ich im Sattel und blickte starr auf Faustus, der nun wieder vor mir ritt und gelegentlich fröhlich vor sich hinlachte. Mürrisch stellte ich fest, daß der Mann mehr Humor besaß, als erwartet – wenn auch zum falschen Zeitpunkt. Ha, warte nur, dachte ich, es kommt der Moment, an dem ich über dich lache! Um nichts in der Welt hätte ich dies laut ausgesprochen; wenngleich mir Faustens Fähigkeit einfiel, meine Gedanken zu lesen. Doch falls er es wirklich vermochte, so hielt er sich nun zurück. Wahrscheinlich beschäftigten ihn längst ganz andere Dinge.

Wir kamen um eine Wegkehre, ritten einen ansteigenden Pfad hinauf, und plötzlich stand die Mühle vor uns. Sie war nicht allzu groß, ein häßlicher Kegel aus grobem Stein, an dessen Vorderseite sich das riesige

Kreuz der Windflügel drehte. Es gab einen niedrigen Anbau, über dessen Tür ein hölzernes Schild in der Brise schaukelte. *Zur schönen Müllerin* stand darauf in liebloser Handschrift. Der Besitzer unterhielt neben seiner Mühle auch die einzige Schänke diesseits der Berge – eine Verbindung, die keinesfalls selten war. Viele Müllersleute im ganzen Land nutzten den Umstand, daß alle Bauern der Umgebung gezwungen waren, die Ernte bei ihnen mahlen zu lassen. So wurden die Mühlen überall zum Treffpunkt, und nicht wenige betrieben einen Ausschank. Oftmals war damit mehr zu verdienen als mit dem schlichten Getreidemahlen.

Vor dem Gasthaus standen zwei Pferdewagen, beladen mit vollen Mehlsäcken. Aus einem offenen Fenster erklangen Stimmen. Offenbar nutzten die Bauern den Besuch beim Müller für ein paar Krüge Bier, von denen ihre Weiber nichts ahnten.

Wir banden unsere Pferde vor dem Eingang an. Bevor wir eintraten, zischte Faustus mir zu: »Denk daran, wir sind Augustinermönche auf dem Weg nach Süden. Überlaß mir das Reden.«

Innerlich rümpfte ich die Nase ob diesen Mißtrauens, tat aber, was mein Meister verlangte.

Die schöne Müllerin, die das Türschild versprach, entpuppte sich als feister Kerl mit buschigen, schwarzen Augenbrauen und schweißglänzender Glatze. Seine riesigen Hände sahen aus, als mahle er das Korn mit den Fingern; der Bierkrug, den sie hielten, verschwand fast völlig darin. Er saß mit zwei Bauern und ihren vier Knechten an einem runden Tisch und war allein an seiner ledernen Schürze zu erkennen. Als wir eintraten verstummte das Gespräch der Männer, und der Müllerwirt stand auf.

»Seid willkommen«, sagte er freundlich, wohl, weil man in dieser Gegend gläubig war und unsere Mönchskutten Eindruck machten.

Faustus erwiderte den Gruß. »Bruder Martinus«, stellte er sich vor und ließ mich selbst außer acht. Na schön, dachte ich mir, verschwinde ich halt in seinem Schatten, wenn er es will. Sollte er sich beim nächsten Mal doch selbst befreien.

Mein Meister bat um eine Mahlzeit und zwei Krüge mit klarem Wasser (*Wasser!* Ich traute meinen Ohren nicht!). Außerdem fragte er, ob es möglich sei, für einige Stunden zu ruhen.

Der Wirt erwiderte, er habe in seinem Haus keine Gastzimmer, wolle zwei Dienern Gottes aber gern seine eigene Kammer zur Verfügung stellen. Faustus nahm das Angebot an und sagte, der Segen des Herrn sei dem guten Mann dafür sicher. Die Bauern verabschiedeten sich, und wir blieben allein mit dem Müller zurück. Er beeilte sich, uns ein karges Mahl aufzutragen – Brot, Butter und paar Scheiben fetten Käse – und setzte sich dann wie selbstverständlich zu uns an den Tisch. Da seine Kundschaft fort war, blieb ihm offenbar keine Arbeit zu tun.

»Gestattet mir die Frage«, bat Faustus, »aber woher nehmen die Bauern das Getreide, das sie Euch bringen? Mir scheint, es gibt hier nur Wald und keine Felder.«

Der Müller grinste und entblößte sein lückenhaftes Gebiß. »Überm Hügel gibt's ein Tal, wo ein kleines Dorf liegt. Die Leute dort haben schon vor Generationen ein paar von den Hängen gerodet. Aber Ihr habt recht, Bruder, mein Geschäft läuft nicht gut. Das wenige Korn, das die kleinen Felder abwerfen, lastet mich kaum aus. Mir bleibt gar nichts anderes übrig, als Bier und Wein auszuschänken. Das stärkt mir ein wenig den Rücken, wenn ich so sagen darf.«

Faustus nickte verständnisvoll. Wir hatten beide während der ganzen Zeit unsere Kapuzen hochgeschlagen, um uns nicht durch die fehlende Tonsur zu verraten. Faustus schwarze Mähne quoll trotzdem darunter hervor. Den Müller schien dies nicht zu stören. Er war sichtbar glücklich, ein paar neue Gesichter zu sehen. Trotz seiner plumpen Gestalt besaß er ein sanftes Gemüt.

»Sagt, wie ist Euer Name?« fragte mein Meister.

»Friedbert«, entgegnete der Mann, lehnte sich zurück und nahm vom Nachbartisch, an dem zuvor die Bauern gesessen hatten, seinen halbvollen Bierhumpen.

Faustus schob sich ein großes Stück Käse in den Mund und sagte kauend: »Sicher erhofft Ihr Euch von zwei Durchreisenden Neuigkeiten aus der weiten Welt.« Tatsächlich war es üblich, daß man als Gast von dem berichtete, was man an kleinen und großen Ereignissen auf seinem Weg geschaut hatte. In abgelegenen Landstrichen wie diesem war das für die Einheimischen die einzige Möglichkeit, zu erfahren, was im übrigen Reich vor sich ging.

Der Müller lächelte und nahm einen Schluck von seinem Bier. »Schön wär's, wenn Ihr Neues zu erzählen wüßtet, Bruder Martinus. Hier bei uns tut sich so wenig, daß man ganz krank wird vor Einsamkeit.«

»Ich fürchte leider, ich muß Euch enttäuschen«, sagte Faustus. »Wir erfahren selbst nur wenig von dem, was außerhalb unserer Klostermauern geschieht. Und auf dem Weg läßt uns das Gebet wenig Zeit, nach rechts und links zu schauen.«

Die scheinbare Leichtigkeit, mit der er dem armen Tropf die Hucke voll log, stimmte mich ärgerlich. Zugleich aber wußte ich natürlich, daß uns keine Wahl blieb. So verlockend es auch war, dem einsamen Müller ein Stück der Wahrheit zu offenbaren und ihm so als Dank für seine Gastfreundschaft eine Freude zu bereiten, so gefährlich war es auch. Faustus hatte vollkommen recht: Kein Unbeteiligter durfte in diese Sache gezogen werden. Unsere Feinde waren keine Räuber und Banditen; nein, wir flohen vor den Schergen der Kirche, und nirgends war deren Macht so groß wie unter der unbedarften Landbevölkerung.

Der Müller verzog traurig den Mund, zuckte aber dann mit den Schultern. »Vieles weiß ich ohnehin schon von den Gauklern, die gestern bei mir haltmachten.«

»Gaukler?« fragte Faustus scheinbar gleichgültig, doch ich bemerkte am Zucken seiner Brauen, daß er hellhörig wurde.

Friedbert nickte gefällig. »Ein Wanderzirkus. Lagert unten im Dorf. Nur eine kleine Truppe, doch was für eine, sage ich Euch!«

»Erzählt«, bat mein Meister und grub die Zähne tief ins Brot.

So erfuhren wir, daß am gestrigen Tag vier bunte Planwagen vor der Mühle gehalten hatten. Herunter sprang eine Horde ungewöhnlicher Gesellen, Männer wie Frauen. »Lieber Himmel, die hättet Ihr sehen müssen«, schwärmte Friedbert begeistert. »Da war ein Weib mit einem Bart, der ihr bis über die Titten – verzeiht, Bruder – bis zum Bauchnabel reichte. Ein anderer hatte drei Arme und nur ein einziges Auge auf der Stirn. Geschaudert hab ich, als ich das sah, Gott ist mein Zeuge! Dann waren da zwei junge Weibsbilder, die an den Leibern zusammengewachsen waren, genau hier …« Er stand auf und zeigte auf sein breites Gesäß. »Ein Mann war so dünn wie ein Gerippe, aber gesoffen hat er wie ein Brotbäckerknecht. Hat 'ne Menge Münzen springen lassen. Und sein Weib hättet Ihr sehen sollen, dreimal so fett wie ich selbst. Himmelherrgott, zwei Kerle haben sie aus dem Wagen heben müssen. Fast blieb sie in meinem Eingang stecken! Es waren auch viele Normale dabei, sahen aus wie ich und Ihr. Feuerschlucker und Musikanten, denk' ich mal. Hatten auch 'ne Tänzerin dabei, ein ganz junges Ding, zart wie eine Waldelfe, aber das war eher ein trauriger Anblick: Die Kleine hatte wohl 'nen Unfall. Mußte eine Ledermaske tragen, überm ganzen Kopf. Hat sich irgendwo das Gesicht verbrannt, hat mir der Dürre erzählt.«

Faustus und ich hatten dem erregten Vortrag des Müllers höflich und mit gelinder Neugier zugehört, doch man mag sich vorstellen, daß wir bei seinen letzten Sätzen fast am Brot erstickten. Wir wechselten einen hastigen Blick; ich war stolz darauf, daß wir beide den gleichen Gedanken hatten. Ein Mädchen mit verbranntem Gesicht! Sicher, es mochte Zufall sein, doch lag es nicht nahe, an ein ganz bestimmtes Mädchen zu denken? An jenes, dessen Kopfwickel sich bei der Flucht aus der brennenden Kirche entzündet hatten? Jenes Mädchen, das Faustus vom Scheiterhaufen befreit hatte?

(Nun kann ich ahnen, daß Ihr, strenger Leser, mir soviel Willkür des Schicksals schwerlich abnehmen mögt. Und Ihr habt recht: Auch ich selbst vermochte kaum an eine solche Fügung zu glauben. Doch war es in Anbetracht der Umstände nicht mehr als recht und billig, Näheres über jenen Wanderzirkus erfahren zu wollen? Haltet also Eure Häme im Zaum, bis Ihr die Hintergründe kennt.)

»Und diese Truppe lagert noch immer im Dorf?« fragte Faustus mit äußerster Ruhe.

Der Müller nickte. »Jawohl. Zwei Tage wollten sie bleiben und ein paar Kröten mit ihrer Gaukelei verdienen. Und morgen dann weiterziehen zum nächsten Ort.« Er lachte bitter. »Ich hab denen gesagt, daß sie hier in den Wäldern wenig Glück haben werden. Es gibt kaum Dörfer hier. Aber vielleicht wollen die ja auch nur für 'ne Weile ungesehen bleiben, irgendwo fernab der Straßen.«

Mein Meister krauste die Stirn. »Wie kommt Ihr darauf?«

»Na ja«, sagte Friedbert, »ich hatte so den Eindruck, daß sie Sorgen haben. Weiß nicht genau, warum. Aber die Anführerin von denen hat mich gefragt, ob hier oft Landsknechte vorbeiziehen.«

»Und was habt Ihr erwidert?« wollte Faustus wissen.

Der Müller sah ihn erstaunt an, und ich fragte mich, ob Faustus die Bauernschläue seines Gegenübers nicht unterschätzte. Sicher mochte Friedbert nun ahnen, daß auch uns nur wenig an einer Begegnung mit Soldaten lag. »Tja, ich hab gesagt, manchmal kommen welche her, aber nur ganz selten. Und daß sie nichts zu befürchten haben, wenn sie hier eine Nacht oder so bleiben. Hoffe, ich hab da nichts Falsches gesagt. Würde mich traurig machen, wenn denen was passieren täte.«

Ich sah Faustus an und wartete auf das, was er antworten würde, doch im selben Augenblick begriff ich, wie Friedbert seine Worte gemeint hatte: Der Müller vermutete *uns* als mögliche Verräter. Sicher, wir hatten weder Frauen mit Bart noch saufende Gerippe vorzuweisen. Zudem glaubte er, wir seien Geistliche. Fürchtete er, wir seien im Auftrag der Inquisition hinter den Gauklern her? Es wäre nicht das erste Mal gewesen, daß die Kirche Zirkusleute als Ketzer verbrannte.

Faustus rettete die Lage mit gehörigem Geschick: Er machte seinerseits ein Eingeständnis und zerstreute so die Zweifel des Müllers. »Uns liegt selbst wenig an einem Zusammentreffen mit Landsknechten«, sprach er aus, was Friedbert längst ahnen mußte. So trat er nichts an Boden ab und gab dem Müller trotzdem das Gefühl, ihn zu einem Eingeweihten zu machen. Damit mußte er erheblichen Eindruck schinden.

Und in der Tat – Friedbert lehnte sich vertraulich zu uns herüber und flüsterte: »Hab gleich geahnt, daß Ihr keine Mönche seid, Ihr beiden. Seid selbst auf der Flucht, was? Na klar, wer sonst kommt schon in unsere Gegend. Aber keine Angst, von mir habt Ihr nichts zu befürchten. Bin immer auf der Seite derer, die den Obrigen eins auswischen.« Er lachte rauh. »Und darauf einen Schluck!« Damit stemmte er seinen Krug an die Lippen und leerte ihn in einem einzigen Zug.

Faustus und ich nippten zaghaft an unserem Wasser. Ach, wie hätte ich mir gewünscht, selbst mit feinem Wein oder Bier auf den neuen Vertrauten anzustoßen! Aber nein, wir mußten ja beim Wasser bleiben. Wieder einmal verfluchte ich meinen neuen Meister. Kreuzbrave Zeiten schienen meiner zu harren. Himmel, der Kerl war keuscher als der gottesfürchtige Bruder Martinus; der hatte zumindest einem guten Trunk nicht widerstehen können.

»Wie steht's nun mit der Kammer?« fragte Friedbert und erhob sich. »Ich will Euch gleich zwei Liegen bereiten.«

»Später, mein Freund«, sagte Faustus zu meinem Erschrecken. Waren mir nicht wenigstens ein paar Stunden Schlaf vergönnt? Wir hatten pausenlos im Sattel gesessen, die ganze Nacht und den Morgen hindurch.

»Mein Freund und ich wollen noch ein paar Schritte durch die Wälder laufen und in uns gehen«, sagte Faustus augenzwinkernd zum Müller.

Friedbert grinste. »Aber sicher können Eure Pferde zu fressen vertragen, oder? Hafer ist keiner da, aber Heu könnt Ihr haben.«

Faustus nickte. »Habt Dank.« Er griff unter seine Kutte und zog einen Gulden hervor. »Hier, für die Zeche«, sagte er und reichte dem Müller die Münze.

Der starrte sie ungläubig an. »Aber, Herr, das ist zuviel ...«

Allerdings, das fand ich auch – von einem Gulden konnte ein Knecht seine Frau und sich selbst zwei Wochen lang ernähren!

Faustus schüttelte den Kopf und drückte Friedbert die Münze in seine haarige Pranke. »Nehmt und seht nach den Pferden. Ihr seid ein braver Mann und habt entsprechende Entlohnung verdient.« Damit stand er auf und gab auch mir das Zeichen zum Aufbruch.

Wir ließen den glücklichen Riesen stehen und traten ins Freie. Bei den Pferden verharrten wir kurz. »Nehmen wir die Waffen mit?« fragte ich und fügte mißmutig hinzu: »Wohin wir auch immer gehen mögen ...«

Faustus lächelte und legte mir eine Hand auf die Schulter. »Sei nicht wütend«, sagte er.

»Bin ich nicht.«

»Natürlich bist du's.«

»Keineswegs.«

»Aber sicher.« Faustus lächelte noch immer. »Und was die Waffen betrifft: Wir lassen sie hier. Zwei Mönche, die mit Schwert und Knüppel in ein Dorf marschieren, könnten mehr Aufsehen als nötig erregen.«

»Dann wollt Ihr ins Dorf?«

»Natürlich«, entgegnete er, »wohin sonst?«

Ich selbst hätte mich für die dumme Frage ohrfeigen mögen. Das Mädchen mit der Ledermaske. Wir mußten erfahren, was es mit ihr auf sich hatte. Und wo sonst als im Lager der Gaukler hätten wir die Wahrheit herausfinden können?

So liefen wir den Waldweg talwärts, den auch die Bauern mit ihren Karren genommen hatten. Nach wenigen Schritten wandte ich mich erneut an meinen Meister:

»Herr, erlaubt mir eine Frage.«

»Seit wann so zurückhaltend?«

»Nun«, begann ich zögernd, »ich wundere mich bereits seit unserer Flucht aus dem Siechenhaus über etwas, das Ihr im Zusammenhang mit Eurem Gespräch mit Asendorf erwähntet.«

»Und das wäre?«

»Ihr spracht von einem Hund, der Euch viel bedeutet. Und doch habt Ihr ihn seither nicht mehr erwähnt, ja, Ihr scheint ihn nicht mal zu vermissen.«

Faustus blieb ruhig. »Woraus schließt du das?«

Ein wenig verdattert dachte ich darüber nach, dann erwiderte ich: »Ihr verliert kein Wort über ihn. Sicher, Euer Leben bedeutet Euch mehr als das eines Hundes, aber ...«

»Nein«, unterbrach er mich barsch, »du bemühst dich zu folgern, siehst aber nur eine einzige Möglichkeit, jene, die du sehen willst.«

Ich verstand nicht, was er meinte. »Aber, Meister, Ihr ...«

Wieder fiel er mir ins Wort. »Du urteilst vorschnell, Wagner. Ich spreche nicht über Mephisto – denn das ist sein Name –, aber das bedeutet nicht, daß mein eigenes Leben von höherem Wert ist als das seine.« Er klang jetzt fast ein wenig ungehalten.

»Ich wollte Euch nicht zu nahe treten«, entschuldigte ich mich.

»Wähle jetzt nicht den einfachsten Weg«, sagte er und sah mich düster an. Ich fragte mich verwirrt, was ich falsch gemacht hatte. »Bleib bei deinen Thesen«, fuhr er fort. »Aber argumentiere! Du stellst nur vage Behauptungen auf, doch wo sind die Begründungen?«

Jetzt begriff ich, daß dies die erste Lektion meines neuen Lehrherrn war. Das beruhigte mein schlechtes Gewissen ein wenig, schmälerte jedoch kaum meine Verwirrung. »Ich weiß nicht«, stammelte ich und verdammte mein mangelndes Sprachgeschick. »Ich glaubte einfach, daß Ihr den Hund aufgegeben habt, im Austausch gegen Eure eigene Rettung.«

Faustus schloß einen Herzschlag lang die Augen und seufzte. »Lieber Wagner«, sagte er schließlich, »du mußt noch soviel lernen. Wie soll je ein wahrer Gelehrter aus dir werden, wenn du an Aufgaben wie dieser scheiterst. Hör zu: Die Tatsachen sind zweierlei. Zum ersten: Mephisto befindet sich in Asendorfs Gewalt und dient ihm als Geisel. Und zum zweiten: Ich habe während des ganzen Weges nicht davon gesprochen. Deine Schlußfolgerung ist, daß ich das arme Tier aufgegeben habe -- wobei deine Überzeugung daher rührt, daß Mephisto eben *nur ein Tier* ist. Diese Gewißheit aber verstellt dir den Blick auf andere mögliche Wahrheiten. Streich das vorgefaßte Urteil aus deinem Gedächtnis und überlege erneut.«

Ich gab mir Mühe, seinen Gedankengängen zu folgen, und grübelte, während wir den Weg ins Tal fortsetzten, über weitere Möglichkeiten nach. Schließlich sagte ich: »Es wäre denkbar, daß Asendorf den Hund gar nicht einfing, denn er gab Euch keinen Beweis dafür.«

Faustus' Antwort verriet weder Ablehnung noch

Zustimmung. »Hätte ich dann über die Annahme seines Angebotes nachgedacht?«

»Aber ja«, entgegnete ich schnell. »Ihr zeigt große Anteilnahme an dem Fall des verbrannten Priesters. Und obgleich ich die Gründe nicht kenne, scheinen sie mir doch für Euch selbst von Wichtigkeit zu sein. Denn selbst wenn Ihr die Lösung des Rätsels, also die Täter, enthüllen könntet, könntet Ihr kaum damit zu Asendorf zurückgehen; er würde Euch mit oder ohne die Mordbrenner töten lassen. Also habt Ihr einen Grund für Eure weiteren Nachforschungen, der über das Schicksal des Hundes hinausgeht.«

Nun lächelte mein Meister. »Siehst du, so gefällst du mir besser. Jetzt versuchst du, den Dingen auf den Grund zu gehen, und läßt dich nicht allein von vagen Eindrücken leiten. Trotzdem: Denk weiter nach. Fällt dir noch eine dritte Begründung für meine Teilnahmslosigkeit gegenüber Mephisto ein?«

»Nun, daß Euch das Tier am Herzen liegt, habt Ihr bereits zugegeben. Einverständnis mit seiner Gefangenschaft kann also kein Grund für Euer Verhalten sein.«

»Das ist richtig.«

»Dann weiß ich nur noch eine einzige Möglichkeit«, sagte ich. »Es wäre durchaus möglich, daß – »

»*Halt!*«

Faustus' Befehl riß mich aus dem feingeschliffenen Bogen meiner Argumentation. Einen Moment lang glaubte ich, er hätte einen erneuten Fehler in meiner Gedankenfolge entdeckt. Dann aber sah ich, daß er stehenblieb. Im selben Augenblick packte er mich schon an der Schulter, riß mich zurück und zog mich mit sich ins Dickicht. Dort fielen wir hinter einem Gebüsch auf die Knie.

Ich öffnete den Mund, um zu fragen, was geschehen sei, doch Faustus brachte mich mit barscher Geste zum Schweigen.

»Dort vorn!« flüsterte er beinahe lautlos und deutete mit dem Zeigefinger durch den Wald.

Hinter den Stämmen erkannte ich das Tal und mit ihm die Hütten des Dorfes. Wir mochten kaum mehr hundert Schritte entfernt sein. Zahlreiche Bäume verstellten uns die Sicht (verstellten *mir* die Sicht, muß es richtig heißen, denn Faustus hatte längst gesehen, was zwischen den Häusern vor sich ging).

Mein Meister deutete weiter nach rechts, wo der Weg eine Schleife machte, bevor er an unserem Versteck vorüberführte. Kurz hinterm Ortsausgang entdeckte ich ein halbes Dutzend Landsknechte, die vom Dorf hinauf zur Mühle ritten.

Natürlich! schoß es mir durch den Kopf; die Bauern hatten geplaudert. Die Soldaten hatten sie nach uns befragt, und sicher hatten die Männer nichts Eiligeres zu tun gehabt, als von den beiden Mönchen oben in der Mühle zu berichten. Dies wiederum bedeutete, daß das Dorf schon in der Hand des Hexenjägers war.

»Sie müssen direkt hinter uns gewesen sein, ohne daß wir sie oder sie uns bemerkten«, zischte Faustus unbehaglich. Er war es nicht gewohnt, daß er seinen Feinden allein durch Glück entging. »Während wir beim Müller saßen, müssen sie uns überholt haben.«

Alles weitere war offensichtlich: Nachdem Asendorfs Männer im Dorf Erkundigungen eingeholt hatten, ritten einige nun zurück zur Mühle, um dort nach den beiden Mönchen zu suchen. Noch aber konnten sie nicht sicher sein, daß sich Faustus und ich unter deren Kutten verbargen.

»Was nun?« fragte ich leise. Die schreckliche Erkenntnis, wie knapp wir der Gefangennahme entgangen waren, war mir tief in die Knochen gefahren.

Faustus gab mir mit einem Wink zu verstehen, ihm zu folgen. Er schob sich weiter durchs Unterholz, dem gegenüberliegenden Waldrand entgegen. Es dauerte nicht lange, da blickten wir verborgen hinter den äußeren Stämmen ins Tal hinab. Wir befanden uns auf einer felsigen Klippe, von der aus wir beste Sicht auf das Geschehen im tieferliegenden Dorf hatten.

Ein gutes Dutzend Landsknechte lagerte auf dem Dorfplatz, um den herum an die zwanzig, höchstens dreißig Hütten und Häuser standen. Es war eine klägliche Ansiedlung, und die Menschen, die dort lebten, mußten am Rande der Armut vegetieren. Auf der anderen Seite der Ortschaft breiteten sich an einem Hang mehrere Felder aus. Rings um Dorf und Äcker schloß sich der tiefe, dunkle Forst.

Außer den Soldaten befand sich auf dem Dorfplatz ein Großteil der Bewohner, aneinandergerückt zu einem furchtsamen Pulk aus Frauen, Männern und Kindern. Sie wurden nicht bedroht oder gar mit Waffengewalt in Schach gehalten, doch es war allzu ersichtlich, daß die waffenstarrende Truppe sie ängstigte. Landsknechte waren für viele der einfachen Menschen gleichbedeutend mit Plünderung, Schändung und Mord – eine Erfahrung aus zahllosen Kriegen und Scharmützeln, die immer wieder zwischen einzelnen Fürstentümern und Landstrichen entflammten.

Freilich stand dem Anführer der Soldaten der Sinn nach Höherem. Konrad von Asendorf saß im Sattel seines Pferdes, einem prächtigen Hengst, der so schwarz war wie die Gewänder seines Herrn. Er unterhielt sich mit einem bärtigen Mann, offenbar dem Sprecher der Dorfbewohner. Asendorf sah zornig aus. Auf einem Pony an seiner Seite hockte der häßliche Bibelzwerg.

Neben dem Inquisitor stand ein zweiter Reiter in der prunkvollen Kleidung eines Kirchenfürsten. Er trug weite, goldbestickte Gewänder und eine passende Haube auf dem Kopf. Sein Roß war mit einem wertvollen Sattel und glitzerndem Gehänge geschmückt.

Ich deutete auf den Mann. »Wer ist das?«

Faustus, der neben mir auf der Klippe lag und über den Rand hinweg in die Tiefe starrte, schwieg erst eine Weile, dann ließ er sich zu einer Antwort herab. »Ortwin DeAriel, Kardinal im besonderen Auftrag des Heiligen Stuhls. Papst Leo betreut ihn in der Regel mit Aufgaben, die ein gewisses Maß an Geheimhaltung erfordern. DeAriel hat es durch geschicktes Taktieren innerhalb der Kirchenhierarchie verstanden, über vier Päpste hinweg im Amt zu bleiben. Er hat heute noch dieselbe Macht inne wie unter der Regentschaft Alexanders VI., mehr noch sogar. Wo andere Kardinäle mit den Heiligen Vätern kommen und gehen, ist es DeAriel gelungen, von Papst zu Papst an Einfluß zu gewinnen.«

»Wenn sogar Leo im fernen Rom an uns gelegen ist und er einen seiner mächtigsten Männer schickt, besteht dann überhaupt noch Hoffnung?« fragte ich niedergeschlagen.

Faustus schüttelte den Kopf und lächelte bitter. »Es würde mir schmeicheln, wäre DeAriel wegen uns im Land. Aber das wäre zuviel der Ehre. Nein, der Kardinal überwacht die Nachforschungen in der Sache der toten Priester. Papst Leo muß sehr an der Aufklärung dieser Morde gelegen sein.«

»Was aber sucht er dann unten im Dorf?«

»Asendorf wurde beauftragt, die Ketzer, die für die

Anschläge verantwortlich sind, ausfindig zu machen und zu richten«, erklärte Faustus. »Er scheint nach wie vor zu glauben, daß ich ihn auf die Spur der Täter führen kann. So macht er Jagd auf uns und hofft, zugleich auch die Morde aufzuklären. DeAriel wird den nötigen Druck auf ihn ausüben.« Nun grinste er fast schadenfroh. »Der arme Asendorf sitzt ganz schön in der Klemme.«

»Bedeutet das nicht, daß Asendorf seine Anstrengungen verstärken wird?«

»Genau«, gab Faustus zur Antwort. »Doch sieh nur, was jetzt geschieht ...«

Meine Augen folgten seinem Blick ins Tal. Tatsächlich gerieten die Reihen der Landsknechte in Bewegung. Auf einen Befehl Asendorfs hin sprangen einige auf ihre Rösser und preschten auf den Tieren quer durchs Dorf bis zu einer Wiese am anderen Ende der Ortschaft. Dort standen vier kunterbunte Planwagen, um die sich einige Männer und Frauen in ebensolcher Kleidung scharten. Außer den Pferden, welche die Wagen zogen, graste nahebei noch ein halbes Dutzend weiterer Tiere.

Die Landsknechte bezogen in einem weiten Kreis um das Lager der Zirkusleute Aufstellung. Keiner stieg vom Pferd. Asendorf, sein Bibelzwerg und DeAriel folgten in gemächlicherem Trab. Sie passierten den Ring der Soldaten, der sich nun mit jedem Schritt, den sich die beiden Anführer der Gauklertruppe näherten, enger zusammenzog.

Faustus stieß mich an. »Komm mit, wir müssen dort hinunter!«

»Was?« entfuhr es mir viel zu laut. »Das kann nicht Euer Ernst sein.«

»Schweig still und folge mir!« gebot er unwillig und

machte sich daran, verborgen hinter Büschen und vereinzelten Bäumen den Steilhang hinabzuklettern.

Ich zitterte vor Angst. Meine Kleidung unter der groben Kutte war schweißgetränkt. Faustus war mein Lehrherr; ich mußte tun, was er verlangte. Und wohin sonst hätte ich auch gehen können? An der Mühle erwartete mich das gleiche Schicksal wie unten im Dorf. Mir blieb gar keine andere Wahl, als dem Doktor zu folgen.

Ich hatte Mühe, auf lockerem Geröll und zwischen vorspringenden Felsnadeln mit ihm Schritt zu halten. Faustus erwies sich als geschickter Kletterer, und es dauerte nicht lange, da kauerte er im Buschwerk am Fuße des Abhangs und wartete ungeduldig, daß auch ich unten eintraf.

Gemeinsam näherten wir uns schließlich dem Dorf, schnell, gebückt, immer darauf bedacht, nicht ins Blickfeld der Landsknechte zu geraten. Wir schlugen einen Bogen um die äußeren Hütten und Ställe, nutzten ein paar verdutzte Rinder als willkommenen Schutz vor Entdeckung und gelangten endlich bis auf etwa zwanzig Schritte an das Lager der Gaukler. Die Wiese, auf der die Planwagen standen, grenzte an den Wald, und so verbargen wir uns am äußeren Rande des Unterholzes. Von hier blickten wir durch Zweige und Laub direkt auf die Gauklertruppe, die Landsknechte und die beiden Klerikalen. Mit Mühe konnten wir Teile ihrer Worte verstehen.

Für die Zirkusleute sprach eine junge Frau, höchstens dreißig Jahre alt, mit langem schwarzem Haar und dunklen, feurigen Augen. Sie trug lederne Hosen und ein weißes Hemd mit brauner Weste. Mit bewundernswertem Mut trat sie Hexenjäger und Kardinal höflich, aber nicht demütig entgegen. Ihre Worte klangen fest und furchtlos.

Die übrigen Gaukler standen unsicher und erwartungsvoll hinter ihrer Anführerin. Nun sah ich auch, was der Müller gemeint hatte: Da war eine Frau, fett wie ein Weinfaß, die einen dürren, knochigen Kerl an der Hand hielt. Im Hintergrund standen die beiden verwachsenen Mädchen, und auch das bärtige Weib war in der Gruppe zu erkennen. Hinzu kam ein gutes Dutzend weiterer exotischer Gestalten; die meisten verdankten ihre Auffälligkeit jedoch eher Farbe und Schnitt ihrer Kleidung, bunte Gecken in Flickenmänteln, weiten Glitzerstoffen, einer gar mit Turban. Auch sah ich einen, der nur ein Auge besaß, das beachtlich weit auf die Stirn gerückt war; das andere war zugewachsen. Einen dritten Arm, wie Friedbert berichtet hatte, entdeckte ich wohl nicht an ihm. Auch von dem Mädchen mit der Ledermaske war von meinem Platz aus nichts zu sehen.

Kardinal DeAriel überließ das Reden dem Inquisitor. In seiner Stellung war er nur dem Heiligen Vater verpflichtet. Es war nicht seine Aufgabe, sich mit minderem Volk abzugeben.

Das Gespräch zwischen Asendorf und der Gauklerin war bereits weit fortgeschritten, als wir unbemerkt unser Versteck bezogen. Offenbar verdächtigte der Hexenjäger die Zirkusleute, zwei Ketzern Unterschlupf zu gewähren – keine Frage, wen er damit meinte. Die junge Frau stritt alle Vorwürfe ab. Asendorf wurde ihrer Unschuldbeteuerungen allmählich müde und gab seinen Leuten einen Wink. Der Ring der Landsknechte brach auseinander, als die Männer von ihren Pferden sprangen und sich daranmachten, die Planwagen zu durchsuchen.

Ein Gaukler wollte ihnen den Weg verwehren, doch einer der Soldaten holte mit dem Schwert aus und versetzte dem Mann im Narrenkostüm einen Hieb mit der flachen Klinge. Obwohl der Schlag nicht tödlich war, ging der Mann blutend zu Boden. Die Waffe hatte ihn über dem Ohr getroffen, und ein roter Schleier legte sich über seine Züge. Ein lautstarkes Murren ging durch die Reihen der Gaukler, doch keiner wagte, sich den Landsknechten zu widersetzen. Asendorf war im recht; die Jagd nach Ketzern rechtfertigte vor dem Gesetz selbst die schmutzigsten Mittel. Die Gaukler konnten froh sein, wenn der Inquisitor ihnen die Folter ersparte, um Faustus' und meinen Aufenthaltsort zu erfahren.

Auch die Anführerin der Gaukler hielt sich mühevoll zurück. Ihr war anzusehen, mit welcher Wut und Verachtung sie das Tun der Soldaten erfüllte, doch sie war klug genug, nicht zu widersprechen. Statt dessen ging sie mit zweien ihrer Gefährten neben dem Verletzten in die Knie und lenkte sich mit seiner Pflege vom brutalen Treiben der Landsknechte ab.

Asendorfs Männer nahmen sich jeweils zu dritt einen Planwagen vor, warfen Kleidung und Utensilien der Gaukler ins Freie und wüteten wie Barbaren. Im letzten der Wagen wurden sie offenbar fündig, denn einer stieß einen Ruf aus, und sogleich eilten ihm zwei andere zur Hilfe. Gemeinsam zerrten sie eine schlanke Gestalt ins Freie.

Es war ein junges Mädchen, gekleidet nur in ein leinenes Nachtgewand. Sie sackte sogleich zusammen, als ihre Füße das Gras berührten. Ihr Kopf war vollständig von einer engen, dunkelbraunen Ledermaske bedeckt. Weder Haar noch Gesicht waren zu erkennen. Allein ihre zierlichen Arme und die sanften Rundungen unter dem Hemd verrieten Jugend und Geschlecht.

Zweifellos war dies die verletzte Tänzerin, von der Friedbert gesprochen hatte. Ich blickte zu Faustus hinüber, doch er zuckte mit den Schultern. Er vermochte selbst nicht zu erkennen, ob dies das Mädchen vom Wittenberger Schloßplatz war. Offenbar war es mit der Gedankenleserei des Doktors doch nicht soweit her, wie ich bislang vermutet hatte.

Die Anführerin der Gaukler ließ jetzt von dem Niedergeschlagenen ab und trat schützend vor das Mädchen mit der Maske.

»Ihr sucht Männer, oder?« rief sie den Landsknechten wütend entgegen. »Selbst ihr müßt erkennen, daß dies kein Mann ist. Und ganz sicher ist sie nicht Doktor Faustus.« Sie hatte beide Hände zu Fäusten geballt und sah aus, als wolle sie sich jeden Augenblick auf den erstbesten der Soldaten stürzen.

»Er ist ein Gestaltwandler«, behauptete einer der Landsknechte, wohl in der niederen Absicht, einen Blick unter das Hemd des Mädchens zu werfen.

Die Anführerin erkannte sein Trachten. »Wagt es nicht!« brüllte sie ihm ins Gesicht.

Der Kerl packte eines ihrer Handgelenke, wollte sie an sich reißen und hatte die Zähne schon zum Triumph gefletscht, als ihm das Lachen abrupt verging. Blitzschnell und mit dem Geschick einer Schlange entwand sich die schwarzmähnige Frau seinem Griff, zog ihm mit der anderen den Dolch aus dem Gürtel, sprang flink um ihn herum und hielt ihm die Klinge an die Kehle.

Um sie herum rissen die Landsknechte ihre Schwerter aus den Scheiden. Einige brachten ihre Büchsen in Anschlag. Sofort waren die Frau und ihr Opfer umringt.

Da tat Asendorf etwas, das ich ihm nicht zugetraut hätte; es paßte schlichtweg nicht in das Bild des finsteren Unholds, das ich mir von ihm gemacht hatte.

Der Hexenjäger schwang sich vom Pferd und trat mitten unter die Soldaten.

»Haltet ein!« rief er vermittelnd. Dann beugte er sich zu der mordlustigen Gauklerin hinüber und raunte ihr einige Worte ins Ohr. Zögernd ließ sie den Dolch sinken und gab den Gefangenen frei. Sogleich wollten sich mehrere Männer auf sie stürzen, doch Asendorf hielt sie mit einem scharfen Befehl zurück. Offenbar hatte er jeden Geschmack an den Gauklern verloren. Er wollte die Ketzer, nicht eine Horde dummer Zirkusgecken – dies waren in der Tat seine Worte.

Kardinal DeAriel sah erst auf Asendorf, dann auf die Planwagen; seine Miene verriet nicht, was in ihm vorging. Schließlich wendete er wortlos sein Pferd und ritt zurück zum Dorfplatz. Die Lage entspannte sich. Der Inquisitor stieg auf sein Roß, und die Landsknechte kehrten den Gauklern murrend den Rücken. Augenblicke später standen die Zirkusleute allein auf der Wiese, während sich der kriegerische Troß zurück zur Dorfmitte wälzte.

»Was habt Ihr nun vor?« fragte ich meinen Meister.

Faustus blickte starr auf das Mädchen mit der Maske. »Ich muß mit ihr sprechen.«

»Aber wie wollt Ihr das anstellen?« fragte ich verzweifelt; ich fürchtete, daß er uns nur noch tiefer ins Unglück stürzen würde.

Der Doktor dachte eine Weile lang nach, dann schüttelte er den Kopf, als führten seine Gedanken zu keiner vernünftigen Lösung. »Es hilft alles nichts«, sagte er schließlich, »wir müssen zu ihnen gehen. Die junge Frau, mit der Asendorf sprach, schien dem Inquisitor nicht allzu wohlgesonnen.«

»Natürlich nicht«, sagte ich leise und mehr zu mir selbst, »sie verbrennt schließlich Priester.«

»Das bleibt abzuwarten«, widersprach Faustus. »Zumindest wird sie nicht versuchen, uns an Asendorf ausliefern.«

»Was macht Euch da so sicher? Weshalb sollte sie die Gefahr eingehen, sich selbst und ihre Leute ans Messer zu liefern? Ich für meinen Teil würde zwei wildfremde Ketzer durchaus der Obrigkeit melden, wenn ich dadurch das Leben meiner Gefährten retten könnte.«

Faustus lächelte. »Du bist auch kein Gaukler.«

Erst später, nachdem ich auf anderen Reisen mehr über das Wesen der fahrenden Spielleute erfahren hatte, sollte ich die Worte meines Meisters gänzlich begreifen. Gaukler lebten in einer eigenen Welt. Regeln und Gesetze des gewöhnlichen Volkes hatten für sie keine Gültigkeit. Wohin sie ihr Weg auch führte, verbreiteten sie Fröhlichkeit und Freude, doch sie wußten sehr wohl, daß das Publikum sie hinter der Maskerade aus Gelächter und Geschrei verachtete. Ihr Berufsstand galt als lasterhaft und liederlich, oft wurden ihnen Diebstahl und Raub vorgeworfen. So kam es, daß die Zirkusleute ihren Zuschauern zwar nach außen hin zu Diensten waren, sie aber insgeheim aus tiefstem Herzen haßten. Und mehr noch als für Bürger und Bauern galt dies für die Männer, die sie regierten. Kirche und Kaiser waren ihnen aufs höchste zuwider.

Faustus, den seine Wege schon durch viele Länder und Städte geführt hatten, wußte das. So erachtete er die Gefahr, von den Gauklern ausgeliefert zu werden, als denkbar gering. Freilich statt mir dies mitzuteilen, zog er es vor, zu schweigen, und ließ mich in meinen Befürchtungen schmoren. Auch dies war eine Seite meines Meisters, jene des listigen Schwarzkünstlers, der es liebte, andere in Angst und Schrecken zu versetzen.

Wir warteten ab, bis sich die Landsknechte zurückgezogen hatten. Dann umrundeten wir die Wiese, bis sich die Planwagen zwischen uns und dem Dorf befanden. Von dort aus überquerten wir das offene Gelände. Vom Waldrand bis zum Lager war es nicht weit, fünfzehn, höchstens zwanzig Schritte, doch die Strecke schien mir unendlich. Mir war, als versanken meine Füße im weichen Erdreich, so ängstigte mich die Vorstellung, den schützenden Wald zu verlassen und ins Freie zu treten. Ich betete zu Gott, daß Asendorf die Gauklerwagen nicht von den Hängen aus beobachten ließ. Andernfalls war unser Schicksal besiegelt.

Ungehindert erreichten wir den ersten Wagen und preßten uns eng an seine Rückseite. Die Stimmen der Gaukler waren von hier aus deutlich zu vernehmen. Sie planten einen eiligen Aufbruch.

Plötzlich bemerkte ich neben mir eine Bewegung. Ich sah zur Seite – und blickte direkt ins Gesicht eines Jungen. Er war wohl dabei gewesen, die Unordung, welche die Landsknechte angerichtet hatten, aufzuräumen, als er uns durch Zufall entdeckte. Er starrte uns aus großen Augen an, ich starrte zurück – und handelte. Blitzschnell packte ich ihn und preßte meine Hand auf seinen Mund. Er begann zu strampeln und um sich zu schlagen, doch war er viel jünger als ich und entschieden zu schwach, um es mit mir aufzunehmen. Schließlich gab er nach. Zumindest glaubte ich das bis zu jenem Moment, da ich bemerkte, daß Faustus vor mich getreten war. Streng blickte er dem Jungen in die Augen. Und da begriff ich, weshalb der Kleine seinen Widerstand aufgab. Mein Meister hatte ihm allein durch Geisteskraft seinen Willen aufgezwungen; offenbar gelang ihm bei Kindern durchaus, was ihm mit Älteren nicht glücken wollte.

Stumm gab er mir ein Zeichen, den Jungen loszulassen. Ich tat es, und der Kleine machte sogleich einen Schritt von mir fort, blieb dann aber stehen und sah Faustus erwartungsvoll an. Der Doktor flüsterte ihm einen Befehl zu, worauf der Junge um den Wagen herum zu den anderen rannte.

Augenblicke später kehrte er zurück. An seiner Hand führte er die Anführerin der Gaukler. Aus der Nähe wirkte sie noch bezaubernder, wenngleich ihr Gesicht eine kämpferische Härte aufwies, ungewöhnlich für eine junge Frau wie sie. Ihr schwarzes Haar war zerzaust. Sie schien in Eile zu sein; es gefiel ihr nicht, daß der Junge sie von wichtigeren Geschäften abhielt. Faustus hatte ihm befohlen, ihr zu sagen, er habe etwas Ungewöhnliches entdeckt, das sie sich unbedingt ansehen müsse.

Nun stand sie vor uns, und obgleich sie bei unserem Anblick leicht zusammenzuckte, verschlug er ihr doch keineswegs die Sprache.

»Sieh an«, sagte sie, »wenn das nicht die beiden Ketzer sind.«

Faustus lächelte zaghaft. »Das sind sie, in der Tat. Verzeiht die ungewöhnliche Weise, in der wir Bekanntschaft schließen, doch es schien mir klüger, nicht gleich Euer ganzes Lager in Aufruhr zu versetzen. Zumal Asendorfs Männer sicher ein Auge auf Eure Leute haben.«

Sie sah ihn lange an, als wolle sie sich jeden Fingerbreit seiner Züge einprägen, dann tat sie dasselbe mit mir. Schließlich sagte sie: »Folgt mir in den Wagen. Hier draußen ist es zu unsicher.«

Faustus nickte, und die junge Frau stieg hinauf in den Planwagen. Im Vorbeigehen gab Faustus dem Jungen den Befehl, zurück zu seinen Leuten zu laufen.

Nachdem der Kleine sich abgewandt hatte, schnippte der Doktor hinter ihm mit den Fingern. »Er hat bereits alles vergessen«, erklärte er, als ich ihn fragend ansah.

»Könnt Ihr mich das auch lehren?«

Er beugte sich hinab an mein Ohr. »Nun, um ehrlich zu sein, bin ich schon froh, wenn es mir selbst ab und an gelingt.«

Mit einem mysteriösen Lächeln stieg er hinauf in den Wagen, und ich folgte ihm enttäuscht. Niemand bemerkte uns. Die Gauklerin ließ die Plane hinter uns zufallen und setzte sich auf eine Truhe. Wir selbst gingen ihr gegenüber in die Hocke. Der Wagen war von oben bis unten angefüllt mit Taschen und Beuteln, mit Gauklerutensilien, zerknüllten Kleidungsstücken und allerlei buntem Gerümpel. Durch den dichtgewebten Stoff der Plane drang bräunliches Zwielicht.

»Ihr seid also Doktor Faustus«, sagte die Gauklerin. Ein Hauch von Anerkennung lag in ihrer Stimme. »Unser Zauberkünstler würde sicher ein Wort mit Euch schätzen.«

Faustus nickte, sagte aber nichts.

»Ich bin Lady Lara, und ich spreche für diesen Haufen dort draußen. Was wollt Ihr von uns?«

»Mein Adlatus Wagner und ich befinden uns in einer üblen Lage«, entgegnete Faustus und fügte hinzu: »Wie Ihr Euch nach dem Besuch des Hexenjäger sicher denken könnt.«

Lady Lara nickte. »Er scheint ganz besessen davon, Eurer habhaft zu werden. Aber ich will nicht wissen, was Ihr ihm angetan habt, und ich will nicht, daß Ihr von seinen Schandtaten sprecht. Tatsächlich will ich weder über Euch noch ihn irgend etwas erfahren. Ihr bringt uns alle auf den Scheiterhaufen, wenn Ihr Euch länger in unserem Lager aufhaltet.«

»Wir bitten Euch nicht um Hilfe, Lady.«

»Was wollt Ihr dann?« fragte sie mit düsterer Miene.

»Wir haben gesehen, was eben geschah«, entgegnete Faustus. »Ihr habt ein junges Mädchen bei Euch, es trägt eine Maske aus Leder. Was ist mit ihr geschehen?«

Lara runzelte die Stirn. »Ich wüßte nicht, was das zu Eurer Angelegenheit macht.«

Faustus gab keine Antwort. Als ich ihn erwartungsvoll ansah, bemerkte ich, daß sein Gesicht erstarrt war. Sein Blick fesselte den der Gauklerin. Einen Augenblick schien es, als gelänge ihm das Kunststück von vorhin ein zweites Mal, denn Laras Züge wurden wächsern, ihre Augen groß und rund. Dann aber blinzelte sie plötzlich, schüttelte den Kopf und fuhr meinen Meister giftig an: »Versucht das niemals wieder, Doktor Faustus!«

Ich erwartete angstvoll, daß sie uns sofort davonjagen oder gar dem Inquisitor ausliefern würde. Mit einem Mal aber verzog sich ihr Gesicht, und sie begann herzlich zu lachen.

»Ich kann in Euren Augen lesen, Faustus. Ihr seid verärgert. Verärgert über Euch selbst.«

»In der Tat«, gestand er. »Ich glaubte schon, mein altes Talent sei zurückgekehrt.«

Lady Lara schüttelte immer noch lachend den Kopf. »Der Kleine, bei dem es Euch eben gelang, ist ein Medium. Zumindest behauptet das sein Vater, unser Magier und Geisterbeschwörer. Das Kind ist empfänglich für allerlei geistigen Einfluß, stärker, als jeder andere Mensch, den ich kenne. Wahrscheinlich wäre er selbst dem Blick Eures Schülers erlegen.«

Was daran war nur so spaßig, daß selbst Faustus jetzt in ihr Gelächter einfiel?

Schließlich, nachdem beide wieder zu sich kamen

(und wohl mein galliges Gesicht bemerkten), sagte Faustus: »Gestattet Ihr mir, mit dem Mädchen zu sprechen?«

Lara seufzte. »Sie spricht nicht. Mit niemandem. Die Kleine scheint stumm zu sein. Wir wissen nicht, ob es an ihren Verletzungen liegt.«

»Dann ist sie noch nicht lange bei Euch?« fragte Faustus.

»Wir lasen sie vor zwei Tagen am Wegesrand auf.«

»Wo war das?«

»Östlich von hier, nahe der Elbe.«

»Und sie lag einfach auf der Straße?« fragte Faustus ungläubig.

Lara blickte zu Boden. Ein Lächeln, fast verschämt, erschien auf ihren Lippen. »Ihr werdet mir nicht glauben, wenn ich Euch die genauen Umstände schildere.«

Mein Meister holte tief Luft. »Glaubt mir, ich habe schon Dinge gesehen, die mich gelehrt haben, alles zu glauben – oder umgekehrt: nichts für unmöglich zu halten.«

Lara sah erst mich, dann wieder ihn an und strich sich eine schwarze Haarsträhne aus dem Gesicht. »Nun«, begann sie zögernd, »da Ihr so unvermittelt nach dem Mädchen fragt, werdet Ihr wohl Eure Gründe haben. Ihr ahnt etwas, nicht wahr? Ich will Euch ein Geschäft vorschlagen: Ich sage Euch, was ich weiß, und Ihr helft dafür mir, mehr über die Kleine herauszufinden. Himmel, wir wissen nicht einmal ihren Namen.«

Faustus nickte zustimmend.

Lara fuhr fort: »Es war am Abend. Wir zogen entlang einer alten Pilgerstraße gen Westen und wollten noch in der Nacht die Wälder erreichen. An einem alten Kreuzweg hörten wir mit einem Mal über unseren

Köpfen ein Rascheln und Stöhnen, so laut, daß es selbst die Hufe der Pferde übertönte. Gleich neben der Kreuzung stand eine alte Eiche, darunter ein Marienbild. Nun wißt Ihr selbst, wie es mit solchen Bäumen an Kreuzwegen ist: Oft wird einer darin aufgeknüpft und zappelt noch eine Weile am Strick, ehe der Sensenmann vorbeischaut. Trotzdem war mir nicht wohl bei der Sache. Es war stockdunkle Nacht, und als wir den Baum mit Fackeln beschienen, da sahen wir, daß die Laute von weit oben aus der Baumkrone kamen. Ich selbst stieg hinauf ins Geäst. Und dort fand ich sie. Die Kleine hing nackt zwischen den Ästen, völlig verrenkt, mit dem Kopf nach unten. Ihr Gesicht war verbrannt. Sie hätte tot sein müssen, und doch war noch Leben in ihr.«

Ich schenkte Faustus einen ungläubigen Seitenblick, doch er hörte immer noch aufmerksam zu.

»Das Grauenvollste aber war nicht die Brandwunde«, fuhr Lara fort. »Viel schlimmer war der Rücken des Mädchens.«

»Was ist damit?« fragte Faustus leise.

»Ihr Rücken war voller Blut, sie mußte viel davon verloren haben. Es gelang uns schließlich, sie sicher hinab auf den Boden zu heben. Bis dahin hatten wir geglaubt, man habe sie ausgepeitscht oder sonstwie gegeißelt. Doch dann entdeckten wir, daß zwei riesige Schnittwunden über ihren Rücken verliefen, nach unten hin aufeinanderzulaufend wie eine römische Fünf. Es sieht aus, als hätte man ihr zwei tiefe Streifen aus Fleisch und Muskeln herausgeschnitten.«

»Gütiger Himmel!« entfuhr es mir schaudernd.

Faustus faßte sich schnell. »Und, habt Ihr erfahren, wie sie in diesem Zustand hinauf in den Baum gelangte?«

Lara schüttelte den Kopf. »Wir nahmen sie bei uns auf und pflegen sie seither. Sie muß vor ihrer Verstümmlung in unglaublicher Verfassung gewesen sein. Ihr habt es ja gesehen: Sie kann fast wieder auf den Beinen stehen, nur einige Herzschläge lang, doch wer von uns würde das schaffen? Keiner, das schwöre ich Euch. Dieses Mädchen muß kräftig und behende gewesen sein wie ein wildes Tier, als hätte sie ihr Leben lang nur an ihrem Körper gearbeitet, ihn geformt wie ein Kunstwerk. Deshalb erzählen wir allen, sie sei eine Tänzerin.«

»Euch fehlt also jeder Hinweis auf ihre Herkunft«, stellte Faustus grübelnd fest.

»Nicht ganz«, erwiderte Lara tonlos. »Unser Beschwörer, der Vater des Jungen, hat die Brandwunden und die furchtbaren Schnitte an ihrem Rücken betrachtet. Er sagt, daß er weiß, wo sie herkommt.«

»Woher? So redet doch«, verlangte Faustus.

»Ihr werdet kein Wort davon glauben«, sagte die Gauklerin leise und beugte sich mit ernster Miene vor. Dann lächelte sie, als bitte sie vorab um Verzeihung. »Er sagt, sie sei ein gefallener Engel.«

***

Lara verließ uns für eine Weile und bereitete ihre Leute auf unseren Anblick vor. Offenbar gab es kaum Widerspruch, denn sie kehrte schnell zurück und sagte: »Ihr müßt hierbleiben, bis der Abend anbricht. Im Schutze der Dunkelheit bringe ich Euch zu dem Wagen, in dem das Mädchen liegt.«

»Ich dachte, Ihr wolltet so schnell wie möglich abreisen«, sagte Faustus erstaunt.

»Wollten wir«, erwiderte Lara bitter, »doch die Landsknechte haben es uns verboten. Einer von ihnen war hier, während ich mit Euch im Wagen saß. Der

Hexenjäger hat befohlen, daß wir bis zum Morgen bleiben müssen.« Ihre Wort klangen jetzt stockend, so, als bemühte sie sich, ihre Sorge zu überspielen. »Offenbar hat Euer Freund heute abend noch etwas vor.«

»Denkt Ihr, er wird angreifen?« fragte ich aufgeregt und sah meinen Kopf schon auf einem Spieß auf dem Dorfplatz.

Faustus antwortete, bevor Lara etwas sagen konnte. »Das darf er nicht. Selbst er ist an Gesetze gebunden.«

»Gesetze!« rief Lara voller Verachtung. »Die Inquisition hat sich nie an Gesetze gehalten.«

»O doch«, widersprach Faustus. »Sie dehnt sie nur ebensoweit wie ihre Opfer auf der Streckbank. Aber Asendorf muß sich schon einiges einfallen lassen, um ein Massaker an einer ganzen Gauklertruppe zu rechtfertigen. Dafür wären Verhandlungen nötig, ein Prozeß, vielleicht Absprachen mit dem Bischof. All das würde Wochen, wahrscheinlich gar Monate in Anspruch nehmen. Nein, Lady Lara, habt keine Furcht. Bis zum Morgen seid ihr sicher.«

»Er hat einen Kardinal auf seiner Seite«, gab ich zu bedenken.

»Aber einen, dem nicht an dir oder mir gelegen ist«, entgegnete Faustus, »sondern allein an den toten Priestern. Und mit denen haben die Gaukler – zumindest in seinen Augen – beileibe nichts zu tun.«

Dabei schenkte er Lara einen mehrdeutigen Blick, doch sie blieb gefaßt und verabschiedete sich bis zum Abend. »Ihr wartet hier drinnen, bis ich Euch hole«, sagte sie, dann zog sie von außen die Plane zu.

»Was glaubt Ihr«, fragte ich, nachdem die Gauklerin verschwunden war, »ist das Mädchen wirklich ein Engel?«

Faustus lächelte, dann hob er die Schultern. »Warten wir ab, bis wir sie sehen.« Er lehnte sich zurück und zog sich die Kapuze weit über die Augen. »Bis dahin aber ist wohl endlich Gelegenheit, ein wenig zu schlafen.«

Und das war das letzte, was ich bis zum Abend von ihm hörte.

Mir selbst fiel es weit weniger leicht, den lange schon nötigen Schlaf zu finden. Ich fürchtete, Asendorfs Schergen könnten zurückkehren und die Planwagen erneut durchsuchen. Einmal glaubte ich in weiter Ferne Schreie zu hören, und ich dachte an Friedbert, den Müller, der uns so bereitwillig Unterkunft gewähren wollte. Ich fragte mich, was er den Landsknechten gesagt hatte, als sie ihn nach uns befragten.

Schließlich aber muß ich doch eingeschlafen sein, denn als Lara plötzlich die Plane aufriß und uns zuraunte, wir könnten jetzt den Wagen verlassen, da war mir, als seien seit ihrem Fortgang nur Augenblicke vergangen.

Geschwind kletterten Faustus und ich ins Freie. Bleierne Dunkelheit hing über dem Tal. Die Nacht war angebrochen, doch in der Schwärze des Himmels leuchteten keine Sterne; gegen Abend mußten Wolken aufgezogen sein. Aus dem Dorf, jenseits der großen Wiese, klangen Männerstimmen und schäbiger Gesang herüber. Hinter den Umrissen der äußeren Häuser war ein flackernder Schein zu erkennen. Die Landsknechte lagerten noch immer auf dem Dorfplatz und kommandierten wahrscheinlich die Bauern herum, ihnen Speise und Trank zu bereiten. Angewidert spie ich ins Gras. Asendorfs Männer gebärdeten sich wie fremde Eroberer. Manch hübsche Bauerntochter mochte in dieser Nacht ihre Unschuld verlieren.

Lara führte uns gebückt zu einem der anderen Wagen. Um uns im Gras lagen die Gaukler und gaben vor, zu schlafen. Tatsächlich aber folgten uns ihre wachen Blicke bei jedem Schritt. Niemand sprach. Kein Feuer brannte. Vom Dorf aus mußte es aussehen, als habe sich die Truppe zur Ruhe gelegt.

Die Anführerin schlug die Plane zur Seite und öffnete uns den Blick ins Innere des Wagens. Das Mädchen lag mit dem Bauch nach unten auf einem Stapel von Decken und Fellen. Sie schien zu schlafen. Neben ihr saß ein Mann in sternbesticktem Gewand, offenbar der Magier und Geisterbeschwörer des Zirkus. Er hielt einen brennenden Kerzenstumpf, der das Innere des Wagens nur unzureichend erhellte. Trotzdem erkannte ich, daß auf dem Rücken des Mädchens Blutflecken im reinen Weiß des Nachtgewands blühten. Die Wunden mußten immer noch nässen.

Faustus schwang sich hinauf, ich hinterher. Lara blieb draußen stehen und sah uns durch die geöffnete Plane aufmerksam zu.

»Ich bin Gisbrand«, sagte der Gaukler im Zaubererkostüm. Ob er tatsächlich im Magischen bewandert war oder ob es sich bei ihm nur um einen Scharlatan handelte, der den Leuten die Münzen aus den Taschen zog, blieb ungewiß. Ich vermutete aber, daß er zumindest medizinische Kenntnisse besaß, da Lara ihm das Mädchen anvertraute. Sein Gesicht war spröde und ledrig und sprach von jahrzehntelangem Leben auf der Straße.

»Wie geht es ihr?« fragte Faustus mit Blick auf das Mädchen.

Gisbrand zuckte mit den Achseln und hielt den Kerzenstummel näher an ihren Kopf. Die Ledermaske war hinten mit drei Schnallen verschlossen. »Sie schläft, denke ich. Man kann nie sicher sein. Sie liegt den ganzen Tag über da und regt sich nicht. Ihre Schmerzen müssen entsetzlich sein.«

Faustus nickte und machte sich daran, die Maske zu öffnen.

»Was tut Ihr da?« fragte Lara alarmiert.

»Luft muß an ihre Wunden dringen«, sagte er.

Gisbrand legte eine Hand auf Faustus' Unterarm. »Das weiß ich«, sagte er scharf.

»Warum handelt Ihr dann nicht danach?« fragte Faustus in ebenso gereiztem Ton und schüttelte die Hand des anderen ab. Es war abzusehen, daß zwischen den beiden keine Freundschaft entstehen konnte. Offenbar fürchtete Gisbrand in meinem Meister einen Nebenbuhler um Laras Anerkennung.

»Sie ist ein Engel«, erklärte der Gaukler unheilvoll. »Niemand darf ins Antlitz eines Engels sehen.«

»Ihr seid sehr gläubig, Gisbrand«, bemerkte Faustus. Er schien dasselbe zu denken wie ich: Wie konnte sich dieser Mann mit der Schwarzen Kunst beschäftigen, wenn der Glaube an Gott so tief in ihm verwurzelt war?

Bevor der Gaukler etwas erwidern konnte, hatte Faustus bereits die letzte Schnalle geöffnet. Mit einem Wink gab er mir zu verstehen, den Oberkörper des Mädchens zu heben. Dann zog er unendlich vorsichtig die Maske herunter.

Bisher war immer nur vom verbrannten Gesicht des Mädchens die Rede gewesen; keiner hatte mich auf den Anblick ihres Hinterkopfes vorbereitet. Von ihrem Haar war nichts übrig geblieben, alles war restlos verbrannt. Ihre Kopfhaut war pechschwarz und schuppig, wie Asche in einem Lagerfeuer. Mich wunderte, wie sie mit solchen Verletzungen noch am Leben sein konnte.

Dann rollte Faustus sie behutsam auf die Seite, und ich sah ihr Gesicht.

»Allmächtiger!« entfuhr es mir.

Ihr Züge waren eine geschwollene Masse, blasig, fast unkenntlich. Ihre Lider waren geschlossen, doch ich zweifelte, daß die Augäpfel darunter noch sehen konnten. Ihre Nase glänzte feurig rot und hatte sich mehrfach geschält, war aber wider Erwarten nicht fortgebrannt. Auch ihr Mund schien bis auf die Schwellung unversehrt. Trotzdem war ihr Anblick entsetzlich. Mitleid zerriß mir schier das Herz.

»Das arme Kind«, sagte Faustus, der durch keine Regung verriet, ob er das Mädchen vom Scheiterhaufen wiedererkannte. Ich mochte nicht glauben, daß sie es wirklich war; mit solchen Wunden wäre sie zweifelsohne kaum in der Lage gewesen, noch an das Schicksal eines anderen zu denken, geschweige denn, ihn zu befreien und zu flüchten. Andererseits war da, was Lara über ihre Zähigkeit gesagt hatte. Und sicherlich hatte sie recht: Kaum ein anderer hätte solche Verletzungen lebend überstanden.

»Könnt Ihr etwas für sie tun?« fragte Lara.

Faustus wandte seinen Blick nicht einen Moment von dem entstellten Gesicht. »Ich weiß es nicht. Ich will es versuchen. Doch das braucht Zeit, die wir nicht haben.«

Eine Weile lang schwiegen wir alle. Ich glaubte etwas wie Erleichterung auf Gisbrands Gesicht zu entdecken: Der große Doktor Faustus vermochte nicht mehr als er selbst.

»Ich müßte ständig um sie sein, um ihr zu helfen«, sagte Faustus schließlich. »Und selbst dann weiß ich nicht, ob ich sie retten kann.«

»Aber sie hat das Schlimmste bereits überstanden«, widersprach Gisbrand. »Sie lebt, das ist das Wichtigste.«

Faustus blickte auf und funkelte ihn wütend an. »Ihr solltet wissen, daß es damit keinesfalls getan ist. Brandwunden sind tückisch. Mag sein, daß sie noch Tage lebt und dann plötzlich, von einem Augenblick zum nächsten, stirbt. Und fraglos wird sie das«, fügte er zornig hinzu, »wenn sie noch länger diese Maske trägt.«

Gisbrand kochte vor Wut. »Sie ist ein *Engel*!«

Faustus schüttelte den Kopf. »Laßt mich die Wunden auf ihrem Rücken sehen.«

Behutsam bettete er ihr Gesicht wieder auf das Kissen und sah zu, wie Gisbrand das weiße Nachthemd aufwärtsschob. Schließlich lag sie völlig entblößt da. Sie war schlank wie eine Elfe, doch unter der weißen Haut ihre Arme und Schenkel verliefen straffe Muskelstränge.

Ihr Rücken war bandagiert, und es dauerte eine Weile, ehe Gisbrand die Verbände gelöst hatte. Er tat es widerwillig, und doch fügte er sich Faustus' Wunsch. Vielleicht, weil Lara es so wollte.

Gisbrand hatte die entsetzliche Wunde mit Kräutern und Salbe bestrichen, die den Anblick der verkrusteten, V-förmigen Verstümmelung noch scheußlicher machten. Ich sah Faustus an, doch der nickte nur stumm; er schien mit Gisbrands Behandlungsmethode einverstanden. Den Gaukler erstaunte dies offenbar noch mehr als mich selbst, denn auch er zog es vor zu schweigen. Die Überraschung hatte ihm die Sprache verschlagen.

Ich begriff jetzt, woher er seine Überzeugung nahm. Die riesige Wunde sah tatsächlich aus, als hätte jemand mit dem Geschick eines Fleischers ein Flügelpaar aus dem Rücken des Mädchens geschnitten. Faustus fuhr vorsichtig mit dem Zeigefinger über die Krusten. Ich nahm an, daß er nach einem Ansatz von Knochen oder Knorpel tastete, der beim Mensch nicht an diese Stelle gehörte. Jedoch schien er durch die fingerhohe Schicht aus Grind und getrocknetem Blut nichts fühlen zu können.

»Ihr habt die Wunde gut versorgt«, sagte er schließlich zu Gisbrand, der das Lob nur zögernd mit einem sanften Nicken annahm und sich dann daran machte, die Verbände zu erneuern.

Lara beugte sich zu uns in den Wagen. »Wenn Ihr wirklich Zeit braucht, um sie gesundzupflegen, Faustus, warum schließt Ihr Euch uns nicht an?«

Das Angebot überraschte uns alle gleichermaßen. Am Nachmittag noch hatte sie das Unheil beschworen, das unsere Anwesenheit über die Gaukler bringen würde – und nun bot sie uns an, zu bleiben. Vor allem Gisbrand schien diese Vorstellung nicht zu behagen.

Faustus sprach aus, was alle dachten: »Die Gefahr für Euch wäre zu groß. Asendorf würde es erfahren, und er würde Euch ebenso gnadenlos jagen wie Wagner und mich.« Er schüttelte den Kopf. »Habt Dank, doch ich kann Euer Angebot nicht annehmen.«

Lara nickte, fast ein wenig erleichtert. Es war ihr ernst gewesen, doch sie wußte sehr wohl um die Folgen, die Faustus und ich für ihre Leute bedeuten mochten. Sie hatte allein für das Wohlergehen des Mädchens gesprochen, und das war ihr hoch anzurechnen.

»Wie Ihr wollt«, erwiderte sie leise.

»Ich habe einen anderen Vorschlag«, sagte Faustus. Neugierig sah ich ihn an, als er fortfuhr: »Vertraut uns das Mädchen an. Wir werden sie mitnehmen, und ich kann mich unterwegs um sie kümmern. Das ist die beste Lösung für uns alle – vor allem für sie.«

Dieser Meinung war ich keineswegs. »Aber, Meister, wie sollen wir es mit ihr bis zur Wartburg schaffen?«

Ich bemerkte meinen Fehler noch im gleichen Moment. Faustus schenkte mir einen zornigen Blick. Ich hatte unser Ziel laut ausgesprochen. Herrgott, was für eine erbärmliche Dummheit! Schnell sah ich mich zu Lara und Gisbrand um, doch die beiden zeigten kein Anzeichen dafür, daß sie überhaupt zugehört hatten. Die Worte meines Meisters beschäftigten sie viel zu sehr, als daß sie auf das achteten, was sein Schüler zu sagen hatte.

»Sie wird Euch aufhalten«, wandte Lara ein. »Eine Flucht auf Leben und Tod wird sie nicht überstehen.«

»Das laßt meine Sorge sein«, widersprach Faustus. »Ich verspreche Euch, wenn sie nicht bald von einem wirklichen Mediziner betreut wird – und versteht dies bitte nicht als Beleidigung, Meister Gisbrand –, lebt sie keine vier Tage mehr. Ich kann sie mit meinem Wissen retten. Da aber ich nicht mit Euch reisen kann, muß sie mit mir kommen. Es ist die einzige Möglichkeit.«

»Ich glaube nicht, daß sie bei uns sterben wird«, fuhr Gisbrand auf. Sein Gesicht bebte vor unterdrückter Wut. »Ihr spielt Euch auf zum Herrscher über Leben und Tod, Doktor Faustus. Man hört manches über Euch, das dem zuwiderspricht. Es heißt, Ihr seid ein Quacksalber.«

Faustus sah ihn an und lächelte höflich. »Ihr schenkt nicht nur den Lehren der Kirche zuviel Glauben, sondern auch ihren Verleumdungen.«

»So es Verleumdungen sind«, entgegnete der zornige Gaukler.

Er wollte noch etwas sagen, doch im selben Moment traf Lara eine Entscheidung. »Ich bin einverstanden mit Eurem Vorschlag, Faustus«, sagte sie zu meiner und Gisbrands Bestürzung. »Ich glaube Euch, daß Ihr gewissenhaft für sie sorgen werdet. Und falls Asendorf Eurer habhaft werden sollte – nun, das Schicksal, das sie erwartet, bleibt so oder so dasselbe.«

Ich ahnte, was sie zu diesem Entschluß getrieben hatte. Sie vertraute Faustus tatsächlich, doch zugleich schien ihr Gisbrands Feststellung, das Mädchen sei ein gefallener Engel, Unbehagen zu bereiten. So war sie nur froh, sich der unheilvollen Last auf elegante und menschliche Art entledigen zu können.

Gisbrand wollte erneut etwas einwenden, als draußen im Lager plötzlich Lärm aufkam. Unruhe breitete sich in spürbaren Wellen aus, erst Gemurmel und behutsames Geflüster, dann schließlich sorgenvolle Rufe. Die bärtige Frau erschien neben Lara im Halbrund des Einstiegs. »Komm, schnell!« sagte sie mit männlicher Stimme. »Sieh dir das an!«

Lara warf uns einen verstörten Blick zu, dann wandte sie sich ab und verschwand. Wir anderen reckten besorgt die Köpfe aus dem Wagen und blickten hinaus, in der furchtvollen Ahnung, Asendorfs Männer seien ins Lager zurückgekehrt. Doch von ihnen war keine Spur zu entdecken. Statt dessen standen nur die Gaukler zwischen den Planwagen auf der Wiese und blickten mit aufgerissenen Augen zu einem Punkt hoch über dem Tal. Trotz der Dunkelheit bemerkte ich ihre verstörten Mienen.

Als ich ihren Blicken folgte, sah auch ich, was ihre Ängste schürte.

An der Nordseite des Tals, oben auf dem Berg, stand Friedberts Mühle und war in waberndes, rotes Licht getaucht. Nur ihre Spitze und drei der vier Windflügel ragten über den Wipfeln der Fichten empor, und doch war deutlich zu erkennen, daß an ihrem Fuß ein Feuer brannte. Sein Schein tauchte den oberen Teil der Mühle von unten her in flackernde Helligkeit. Es wirkte gespenstisch, als sei die Mühle eine überirdische Erscheinung, die sich eben erst aus einer anderen Welt als der unseren manifestiert hatte.

Sie haben die Mühle in Brand gesteckt! dachte ich voller Empörung, doch was folgte, belehrte mich eines Besseren. Mit einem Mal begannen die Flügel der Windmühle langsam nach rechts zu schwingen und sich zu drehen. Das schmerzvolle Ächzen der Gewinde war bis hinab ins Tal zu hören. Zugleich ertönte ein Schrei, der mich über die Jahre hinweg noch bis heute verfolgt: Langgezogen und hoch, so wie kein Mensch ihn ausstoßen kann – es sei denn im Augenblick höchster Qual. Es war ein Laut solcher Pein, daß selbst Faustus, der schon viele hatte sterben sehen, erstarrte und die Augen vor Entsetzen weit aufriß.

Die Flügel der Windmühle drehten sich weiter, und jetzt kam jener hinter den Wipfeln zum Vorschein, den die Bäume bislang vor unseren Blicken verborgen hatten. An seinem äußeren Ende hing Friedbert, der Müller, mit gespreizten Armen und Beinen, und er brannte lichterloh. Asendorfs Schergen hatten ihn gekreuzigt und in Brand gesteckt. Unbarmherzig drehten sich die Flügel weiter, bis der, an dem das Feuer loderte, den höchsten Punkt erreicht hatte. Zwei der Windflügel standen jetzt aufrecht, zwei waagerecht, ein gewaltiges Kreuz, Sinnbild des Christentums, an dessen Spitze der schreiende Müller brannte wie eine lebende Fakkel. Hoch über dem Tal und dem schäbigen Dorf fand er sein Ende, und das glühende Fanal seiner Hinrichtung mußte meilenweit über die Wälder hinweg zu sehen und zu hören sein.

Einige der Gaukler wandten sich ab, andere packten

sich an den Händen oder umarmten sich. Zorn und Angst war ihnen zugleich in die Gesichter geschrieben, und doch sprach niemand ein Wort. Es gab keine lauten Verwünschungen, keine Wutausbrüche oder Zornesgebärden. Eine unheimliche Stille lag über dem Lager. Allein aus dem Dorf war manch anfeuernder Jubellaut zu hören, fraglos von den Männern des Inquisitors.

»Ein Exempel«, flüsterte Faustus tonlos. »Asendorf statuiert ein Exempel. Um jedem zu zeigen, was geschieht, wenn er Ketzer wie uns unterstützt.«

»Aber woher wußten sie ...«, begann ich und gab mir dann selbst die Antwort: »Natürlich, die Pferde. Sie haben unsere Pferde entdeckt.«

»Alles übrige werden sie durch die Folter aus ihm herausgeholt haben«, bestätigte Faustus.

Plötzlich stand Lara neben uns. »Ihr müßt fort«, raunte sie gehetzt. »Sie werden weiter nach Euch suchen.«

Faustus nickte. »Wir brauchen neue Tiere.«

»Nehmt drei von unseren«, erwiderte die Gauklerin. Ihr Gesicht glänzte vor Erregung.

»Asendorf wird es bemerken«, gab ich zu bedenken.

»Dann habt ihr sie eben gestohlen«, widersprach sie ungeduldig.

Ich bezweifelte, daß der Hexenjäger sich damit zufriedengeben würde. Noch einmal blickte ich hinauf zur Mühle. Friedbert hatte aufgehört zu schreien. Er lebte nicht mehr. Sein lodernder Körper schwebte über dem Tal, als habe der Mond am Nachthimmel Feuer gefangen.

»Was machen wir mit ihr?« fragte ich und deutete ins Innere des Wagens.

»Sie kommt mit«, erwiderte Faustus, »so wie abgesprochen.«

»Wir haben einen Sattel mit Rücken- und Armlehnen«, sagte Lara, »für eine unserer Pferdenummern. Wir könnten sie darin festbinden.«

»Sie muß liegen«, warf Gisbrand von hinten ein.

Faustus schüttelte den Kopf. »Eine Weile lang wird es gehen. Zumindest so lange, bis wir weit genug von diesem Tal entfernt sind.«

Lara gab einigen ihrer Leute Befehle, und wenig später standen im Schutze eines Planwagens drei Pferde bereit. Auf einem hatten die Gaukler den hochlehnigen Sattel befestigt. In ihn wurde nun das Mädchen gehoben. Sie stöhnte leise, zeigte aber kein anderes Zeichen von Leben. Die Lehne in ihrem Rücken wurde mit Decken gepolstert, dann band man sie mit Stricken fest, so daß sie nicht mehr herabfallen konnte.

»Das Pferd ist an diesen Sattel gewöhnt«, sagte Lara und zwang sich zu einem zaghaften Lächeln. »Notfalls kann es damit ein paar Kunststücke vollführen.«

»Kann es galoppieren?« fragte Faustus.

»Eine Weile lang«, entgegnete Lara. »Aber gebt acht damit im Wald. Denkt daran, das Mädchen kann sich nicht vor tiefhängenden Ästen schützen.«

Wir sprangen auf unsere Pferde und nahmen eiligen Abschied. Faustus ergiff Laras Hand. »Habt Dank für alles«, sagte er.

Lara nickte. »Verschwindet jetzt, Doktor Faustus. Ich hoffe, wir sehen uns niemals wieder.«

Er lächelte. »Wir werden sehen.«

Dann ritten wir davon, quer durch den Wald, das Pferd mit dem kraftlosen Mädchen in unserer Mitte. Die Gaukler, das Tal und der brennende Müller blieben hinter uns zurück. Schließlich versperrte die schwarze Mauer der Baumreihen jede Sicht auf das, was hinter uns lag.

»Man sagt, Ihr kennt die Zukunft«, rief ich Faustus zu, als wir einen Pfad erreichten und die Tiere zur Eile trieben. »Sagt, was seht Ihr da? Werden wir sie wiedertreffen?«

Faustus gab lange keine Antwort, doch als er schließlich sprach, wünschte ich mir, er hätte es nicht getan.

»Ich sehe Feuer, Wagner«, sagte er leise. »Nichts als gewaltige Feuer und vielfachen Tod.«

Kapitel 4

Zumindest in einem sollte Lara rechtbehalten: Das Mädchen erholte sich ungewöhnlich schnell. Seine Gesundung ging mit solch halsbrecherischer Geschwindigkeit voran, daß selbst Faustus der Mund vor Staunen offenstand, wenn er die Verbände wechselte oder die Salbe, die er aus allerlei Waldkräutern gefertigt hatte, auf die Wunden strich. Da man Faustus im ganzen Land nur allzu gut kannte, und das Mädchen durch seine Entstellung zu großes Aufsehen erregt hätte, verzichtete ich freimütig auf meine Mönchskutte und hüllte sie um die Verletzte. Die Ledermaske steckte zwar in dem Bündel, das Gisbrand in aller Eile gepackt hatte, doch Faustus blieb bei seinem Entschluß, daß die Wunden Luft brauchten. Wir zogen ihr daher die Kapuze weit ins Gesicht, so daß die Verletzungen zumindest aus der Ferne nicht zu sehen waren. Wundersamerweise konnte sie sich schon nach zwei weiteren Tagen aus eigener Kraft im Sattel halten, so daß wir Arm- und Rückenlehnen abnahmen und im Unterholz vergruben.

»Ich verstehe es nicht«, gestand Faustus einmal. »Ihre Kräfte kehren schneller zurück als bei jedem anderen, den ich bisher gepflegt habe. Allein die Wunden in ihrem Rücken müßten es ihr unmöglich machen, ohne Stütze aufrecht zu sitzen, ganz zu schweigen von den Verbrennungen.«

Doch auch ihm blieb nichts weiter zu tun, als staunend den Fortschritten seiner Patientin zu folgen und sie nach jeder Veränderung gutgelaunt in ihrem Willen zu baldiger Heilung zu bestärken.

In jenen Stunden, während wir durch die grüne Hügellandschaft südlich der Harzwälder ritten und uns Schritt um Schritt unserem Ziel näherten, grübelte ich lange über die Herkunft des Mädchens nach. Zwar behauptete Faustus, er könne nicht erkennen, ob sie tatsächlich seine Retterin aus Wittenberg war, doch die Inbrunst, mit der er sich um ihre Genesung sorgte, schien mir Anhaltspunkt dafür, daß er die Möglichkeit zumindest in Betracht zog. Vielleicht wollte er, daß sie es war; vielleicht suchte er jemanden, an dem er wiedergutmachen konnte, was ihm selbst an Gnade widerfahren war. In jenen Stunden verlor Faustus immer mehr von seiner überirdischen Aura. Aus meinem Meister wurde ein Mensch.

»Ist sie nun ein Engel oder nicht?« fragte ich ihn in der Nacht, bevor wir Eisenach erreichten.

»Wer an Engel glaubt, der glaubt an Gott«, gab er zur Antwort. »Und du verlangst wohl nicht von mir, daß ich Männern wie Asendorf Glauben schenke.«

»Das gilt auch für mich«, sagte ich eilfertig.

Faustus lächelte. »Ich würde dir nicht verübeln, wenn es anders wäre, mein Freund. Du hast jahrelang unter Bruder Martinus studiert. Auch er handelt aus Überzeugung vor Gott. Trotzdem macht ihn das nicht zu einem schlechten Menschen, und es würde auch dich zu keinem machen. Wichtig ist allein, daß du deinen Glauben vor dir selbst eingestehst.«

Ich seufzte. »Wenn das so einfach wäre ...«

Er lachte und sprach nicht mehr davon.

Bei solchen und ähnlichen Gesprächen lag unsere neue Gefährtin stumm neben uns am Feuer, hielt die geschundenen Augen geschlossen und atmete ruhig ein und aus. Was ihre vermutliche Blindheit betraf, so war meine anfängliche Befürchtung falsch gewesen. Ihre Augen waren auf wunderbare Weise unverletzt geblieben, und wenngleich sie auf vieles erst spät oder zuweilen gar nicht reagierte, so besserte sich doch auch dies von Tag zu Tag. Allein zu sprechen vermochte sie nicht; sie nickte nur dann und wann dankbar, wenn Faustus ihre Wunden versorgte oder ich ihr ein Essen bereitete.

Es war eine seltsame Verbindung, die sich da zwischen uns entsponn, denn obgleich wir nichts über sie wußten, so wuchs sie uns doch durch ihre Hilflosigkeit immer mehr ans Herz. Wir überlegten sogar, ob wir ihr nicht einen Namen geben sollten, verwarfen den Gedanken aber schließlich, weil Faustus meinte, man solle keinem Menschen den wahren Namen streitig machen und es daher lieber bei Namenlosigkeit belassen.

Wider Erwarten schonte uns das Schicksal vor Asendorfs Mörderbande. Auf unserem Weg nach Südwesten mieden wir jede menschliche Siedlung, machten weite Bögen um Dörfer und Gehöfte und hofften so, keine Fährte für den Inquisitor und seine Schergen zu hinterlassen. Wenngleich wir uns nicht der Illusion hingaben, er habe die Jagd nach uns aufgegeben, so vergingen doch die Tage, ohne daß wir einen Hauch seines feurigen Atems in unseren Nacken spürten.

Während des ganzen Weges von Wittenberg nach Eisenach wußte Faustus jederzeit, in welche Richtung wir uns an Kreuzwegen und Gabelungen zu wenden hatten. Während ich selbst in den endlosen Wäldern und später auf eintönigen Hügelketten schon nach wenigen Meilen die Orientierung verlor, bereitete es meinem Meister keinerlei Schwierigkeiten, stets zu wissen, wohin wir unsere Pferde treiben mußten. Einmal fragte ich ihn danach und bekam darauf eine seiner seltsamen, unverständlichen Antworten:

»Wir reisen auf den Kraftadern der Erde, Wagner. Sie sind es, die uns den Weg weisen und uns die Stärke geben, ihn zu meistern.«

»Das verstehe ich nicht«, gestand ich kleinlaut.

»Weißt du, was man unter der Kunst der Geomantie versteht?«

»Nein, Meister.«

»Der Geomant sieht die Erde als lebendiges Wesen, das mit einem Netz von Adern und Nerven durchzogen ist«, erklärte Faustus. »Viele sind unsichtbar und können nur vom Geist ertastet werden, andere aber sind greifbar, wie mancher Wasserlauf oder die Gold- und Erzadern tief unten im Gestein. Das wußten zum Beispiel auch die Baumeister der großen Kathedralen. Sie spürten, daß sich an bestimmten Orten zahlreiche jener unsichtbaren Verbindungen trafen, und so Plätze besonderer Macht entstanden. Sie behaupteten oft, der heilige Geist habe sie an jenen Stellen überkommen und ihnen die Kraft gegeben, dort ihre Dome zu errichten. Dabei war es allein die Macht der Erde, die sie spürten.«

»Aber, Herr«, gab ich zu bedenken, »glaubt Ihr nicht, daß ...«

»Daß dies alles Unsinn ist?« führte Faustus meine Frage zu Ende. »Keineswegs. Ich glaube, daß in diesen Kraftadern die wahre Macht unserer Welt verborgen liegt. Sie sind die Straßen der Erdgeister. Der Mensch, der sich dieser Wege bedient, nimmt dabei einen Teil ihrer Kraft auf. Das stärkt ihn und weist ihm die richtige Richtung.«

Um ehrlich zu sein, ich hielt die Worte meines Meisters für ziemliches Gefasel. Ich war offen für so manche

Absonderlichkeit, und dies war nur eine von vielen, die ich während meiner Reisen mit ihm erlebte. Ich hörte ihm zu, wenn er dergleichen erzählte, merkte mir auch sein Worte, doch der wahre Glaube daran blieb mir verschlossen.

Tatsache allerdings ist, daß Faustus oft auf das Netz der Kraftadern zu sprechen kam, und seinen Weg immer wieder nach ihrem Verlauf bestimmte. Er behauptete, er könne sie spüren, und es sei wichtig, daß man den Weisungen der Erdgeister Folge leiste.

Als ich dahinterkam, wie viel ihm dies tatsächlich bedeutete, kam es zum ersten Mal zu Unstimmigkeiten zwischen uns. Kurz bevor wir unser Ziel erreichten, fragte mich Faustus mit Unschuldsmiene: »Sag mir, Wagner, wieviele Tage sind wir nun von Wittenberg bis Eisenach gereist?«

»Sieben, Herr.«

Faustus lächelte listig. »Aber sprach Martinus nicht von fünf Tagesritten?«

»Ich nehme an, er hat sich getäuscht.«

»So, so«, sagte Faustus, »das glaubst du also. Nun, ich fürchte, ich muß dir ein Geständnis machen. Wir sind einen Umweg von zwei Tagesreisen geritten.«

»Einen Umweg, Herr?« fragte ich verblüfft.

»Ja, Wagner. Die Kraftader, der wir folgten, machte einen weiten Bogen, und ich beschloß, ihr zu folgen, statt den kürzeren Weg zu nehmen.«

»Aber warum, Herr?« verlangte ich zu erfahren. Ich fühlte mich hintergangen, ja, ich glaubte gar, er habe unser aller Leben aufs Spiel gesetzt, nur um seinen geomantischen Spinnereien nachzugehen. Erstmals spürte ich Wut auf meinen neuen Lehrherrn.

»Wie fühlst du dich, Wagner?« stellte Faustus eine Gegenfrage.

»Gut«, knurrte ich mißmutig.

»Hat die Reise an deinen Kräften gezehrt?«

Darauf hatte ich bislang noch keinen Gedanken verschwendet, doch als ich nun in mich hineinhorchte, mußte ich wohl oder übel gestehen, daß ich mich trotz aller Strapazen und Entbehrung nicht schwächer oder gar ermattet fühlte.

»Nicht wirklich«, entgegnete ich deshalb.

Er nickte zufrieden. »Grund dafür ist die Macht der Kraftadern. Es würde mich nicht wundern, wenn auch die schnelle Heilung unserer Freundin damit zutun hätte.«

Das Mädchen saß reglos im Sattel. Ihr verbranntes Gesicht wurde vom Schatten der Kapuze verborgen. Sie verriet weder Ablehnung noch Zustimmung.

Mein Zorn blieb ungeschmälert. »Asendorf hätte uns fangen oder unseren Weg abschneiden können. Wie konntet Ihr nur eine solche Gefahr eingehen?«

»Es war nötig«, erwiderte Faustus knapp. »Die Erdgeister sind uns wohlgesonnen.«

»Warum waren dann nicht sie es, die Euch aus dem Kerker befreiten?« fragte ich bissig, durchaus in der Absicht, ihn zu verletzen. Zwei Tage Umweg! Er mußte den Verstand verloren haben.

Faustus lächelte. »Ich verstehe deine Wut, lieber Wagner. Doch auch du wirst eines Tages begreifen, weshalb es nötig ist, nicht immer gleich den schnellsten Weg zu gehen. Die Macht im Inneren der Erde ist unerschöpflich. Man muß nur verstehen, sie zu nutzen. Laß uns nicht länger streiten und gib dir ein wenig Mühe, meine Entscheidung zu akzeptieren.«

Mürrisch gab ich nach und sprach für den Rest des Tages kein Wort mehr mit ihm.

Am späten Nachmittag endlich blickten wir von der

Kuppe eines Hügel hinab auf Eisenach. In einiger Entfernung hockte die Wartburg auf einem dicht bewaldeten Bergrücken. Trutzig reckte sie ihre Mauern, Wehrgänge und Türme dem grauen Wolkenhimmel entgegen. Meine sauertöpfische Laune wich nur allmählich. Erst als ich aus der Ferne das erste Wirtshaus erblickte, hob sich meine Stimmung – um sich gleich darauf erneut zu verfinstern, denn Faustus ritt achtlos daran vorüber.

Zumindest diesmal war er im Recht. Wir durften nicht noch mehr Zeit verlieren. Erst, wenn sich die Tore der Wartburg hinter uns schlossen, waren wir vor Asendorfs Schergen in Sicherheit.

Wir umrundeten die Stadt und hielten dabei immer wieder Ausschau, ob der Hexenjäger und sein Mördertrupp uns bereits zuvorgekommen waren. Doch Straßen und Häuser wirkten friedlich, die wenigen Landsknechte, die wir aus der Ferne beobachteten, gehörten ihrer Kleidung nach zur Eisenacher Stadtgarde und hatten offenbar keine gesonderte Order bekommen, Ausschau nach zwei Ketzern in Augustinerkutten zu halten. Erstmals schöpfte ich neue Hoffnung.

Wir ließen die Häuser hinter uns und ritten durch den Wald hinauf zur Burg. Von oben mußte sie in etwa die Form einer Schuhsohle haben, das schmale Ende im Norden, das breite im Süden. Klotzige Steinbauten, überdachte Wehrgänge aus Fachwerk und ein mächtiger Bergfried krönten ein schmales Felsplateau, das weit über die Wipfel der höchsten Bäume ragte. Eine steinerne Rampe führte hinauf zur Zugbrücke, neben der zwei Wachtposten mit Schwertern und Hellebarden Aufstellung bezogen hatten.

»Meldet Eurem Hauptmann, wir seien Freunde des Bruders Martinus aus Wittenberg«, bat Faustus den einen. »Wir werden erwartet.«

Der Mann gab die Worte an einen Laufburschen weiter, und eine Weile später ertönte aus dem Torhaus der Befehl, uns einzulassen. Die Blicke der Wachtposten folgten uns mißtrauisch. Vor allem das Mädchen, das seinen Kopf unter der Kapuze verbarg, schien ihnen nicht geheuer.

Wir ritten unterm Torhaus hindurch und gelangten in einen engen Innenhof, der sich erst in einiger Entfernung verbreiterte und vor einer hohen Mauer endete; sie trennte den Nord- vom Südhof. Links von uns wuchs die Burgmauer empor, gekrönt von einem Wehrgang. Zu unsere Rechten stand ein zweistöckiger Fachwerkbau. Faustus und ich stiegen von den Pferden und halfen dem Mädchen aus dem Sattel. Unsicher, mit gesenktem Haupt, stand es da und hielt sich am Sattelknauf fest.

Mägde und Dienstmänner bevölkerten den Hof. Ein paar Soldaten der Burggarde saßen am Fuß der Mauer und reinigten ihre Büchsen. Kaum jemand schenkte uns Beachtung. Zwei Stallknechte eilten herbei und führten unsere Pferde davon. Gleichzeitig trat aus dem Haus rechts von uns ein untersetzter Mann mit hellgrauem Haar und ebensolchem Vollbart. Er trug teure, jedoch keine prunkvolle Kleidung: ein purpurnes Hemd, darüber ein schwarzes Wams und enge Hosen. Seine Füße steckten in Stulpenstiefeln, der Fußbekleidung der Edelleute.

»Ich bin Hans von Berlepsch, Hauptmann der Wartburg«, sagte er und blieb zwei Schritte vor uns stehen. »Und Ihr seid –«

»Freunde Martin Luthers«, unterbrach ihn Faustus. Das war unhöflich, aber nötig – der Hauptmann hätte sonst des Doktors wahren Namen ausgeplaudert. Dabei mußte doch niemand, vor allem nicht die umstehenden Dienstleute und Soldaten, erfahren, wer wir wirklich waren.

Berlepsch verstand und nickte freundlich. »Ich begrüße Euch und bitte Euch, mir zu folgen.«

Das taten wir und gelangten so ins Innere der Vogtei. Die Wände waren aus Holz, vielfach verputzt, die Böden teils aus Stein, teils aus Dielen. Durch niedrige Bogentüren gelangten wir in einen Raum, der dem Hauptmann als Arbeitszimmer diente. Es gab einen großen Tisch, auf dem allerlei Schriftstücke und Grundrisse, eine Tabaksdose und zahlreiche Federn und Griffel umherlagen. Davor standen mehrere Stühle.

Der Hauptmann bat uns Platz zu nehmen.

Faustus blieb stehen. »Verzeiht«, sagte er, »aber unsere Gefährtin hier braucht dringend ein Bett.« Damit gab er dem Mädchen ein Zeichen, die Kapuze zurückzuziehen. Sie tat es in einer langsamen, beinah träumerischen Bewegung.

Berlepschs Mund öffnete sich, doch das Keuchen, das ihm beim Anblick der grauenvollen Brandwunden entfleuchen wollte, blieb ihm vor Mitleid und Grauen im Halse stecken. Dann, ganz plötzlich, verwandelte er sich in einen regelrechten Derwisch von Beflissenheit und Sorge.

»Warum habt Ihr das nicht gleich gesagt?« rief er, wartete aber die Antwort nicht ab und rief sogleich durchs offene Fenster zwei Mägde herbei.

Als die beiden Frauen in die Stube eilten und die Verletzungen des Mädchen sahen, schauderten sie, sagten aber kein Wort.

»Bringt dieses arme Geschöpf in mein Gästezimmer«, ordnete der Hauptmann an. »Bettet sie gut und gebt ihr alles, was sie verlangt.«

»Sollen wir Euren Leibarzt rufen?« fragte die eine

Magd stockend und zwang sich sichtlich, den Blick von dem Mädchen zu wenden.

Berlepsch sah Faustus an, doch der schüttelte den Kopf. »Ich werde mich selbst um sie kümmern«, sagte er.

Der Hauptmann nickte. »Ihr habt es gehört«, sagte er zu den Mägden. »Ich will, daß ihr beide an ihrer Seite wacht.«

»Aber haltet euch von ihren Verbänden fern«, fügte Faustus hinzu. »Ich selbst werde sie später wechseln.«

Die Mägde verneigten sich und führten das Mädchen hinaus. Es folgte ihnen stumm und mit langsamem Schritt. Wieder bewunderte ich es um seiner schnellen Genesung willen. Es hatte mehr Kraft als alle Männer, die ich kannte.

Die Frauen schlossen die Tür hinter sich, und wir waren allein mit dem Hauptmann.

»Ihr seid also Doktor Faustus«, sagte Berlepsch und schüttelte meinem Meister herzlich die Hand. Dann wandte er sich an mich: »Und Ihr müßt Wagner sein, der Adlatus, über den Bruder Martinus schrieb. Euer Vormund hält große Stücke auf Euch.«

Ich grinste erfreut und beschloß, den Hauptmann zu mögen. Er wirkte ehrlich, hatte eine feine Aussprache, und die prallgefüllten Bücherregale an den Wänden seiner Stube ließen auf einige Bildung schließen. Seine Händedruck war fest und kräftig, wenngleich er ein wenig kleiner war als ich selbst und eine gehörige Leibesfülle besaß. Er verbreitete eine Gemütlichkeit und Ruhe, die ich während der vergangenen acht Tage schmerzlich vermißt hatte.

Im Gespräch mit ihm erfuhren wir nun, daß Kurfürst Friedrich Martinus' Brief zwar noch empfangen hatte, sich aufgrund eiliger Regierungsgeschäfte aber nach Dresden hatte begeben müssen. Zuvor jedoch hatte er seinem Burghauptmann aufgetragen, die beiden Freunde seines Wittenberger Schützlings mit offenen Türen zu empfangen und sie für beliebige Dauer auf der Wartburg aufzunehmen. Berlepsch selbst schien keinerlei Scheu vor dem Ruf meines Meisters zu haben, vielmehr bekundete er offene Sympathie für einen so weitgereisten Schwarzkünstler – wenngleich er selbst es doch lieber mit den Lehren des Christentums hielte, wie er schmunzelnd ergänzte. Allerdings, so gestand der Hauptmann, sei auch ihm das herrschaftliche Getue der päpstlichen Pfaffen zuwider, und es sei hoch an der Zeit, die Bischöfe und Äbte von ihren prunkvollen Gütern zu vertreiben und den Päpsten in Rom die Völlerei zu verbieten. Jeder, der sich gegen die selbstherrlichen Robenträger stelle, sei ihm willkommen, und er wolle es im Rahmen seiner Möglichkeiten nicht an Unterstützung mangeln lassen.

Schließlich fragte er, was denn dem Mädchen zugestoßen sei. Faustus gab eine Halbwahrheit zur Antwort: Wir hätten sie am Wegesrand aufgelesen, in eben jenem Zustand, und es sei uns bislang nicht gelungen, auch nur ein Wort aus ihr herauszubekommen. Allerdings, so mein Meister weiter, gebiete es nicht nur die christliche Nächstenliebe, einem solchen Geschöpf zu helfen, und deshalb sei sie nun mit uns hier. Darauf beteuerte Berlepsch noch einmal, daß er alles in seinen Kräften stehende zur Gesundung des armen Dings beitragen werde.

Dergestalt in Freundschaft übereingekommen, ließ der Hauptmann uns zwei Kammern in einem Haus an der Ostseite der Burg bereitstellen. Das Mädchen ruhe besser in seinem Gastzimmer in der Vogtei, sagte er, weil es dort trockener und auch ein wenig wärmer sei, was der Heilung sicher zugute kommen werde. Natürlich, so fügte er hinzu, könne Faustus jederzeit zu ihr und sich ihrer annehmen. Des weiteren würde er sich glücklich schätzen, wenn wir ihm am Abend beim Essen Gesellschaft leisten würden.

Froh und zufrieden über die erfreuliche Wendung der Umstände verließen wir sodann den Hauptmann und bezogen unsere Kammern. Sie waren weder so kalt noch so feucht, wie Berlepsch angedeutet hatte, wenngleich offenbar war, daß die Räume seit längerem nicht genutzt worden waren. Sie lagen unter dem Dach des dreistöckigen Gebäudes, und aus ihren schmalen Fenstern blickte man hinaus auf sanfte Waldhügel, die sich bis zum Horizont erstreckten.

Hier läßt es sich wahrlich eine Weile aushalten, dachte ich bei mir, warf mich glücklich aufs weiche Bett und schlief sogleich für eine Weile ein.

Heftiges Klopfen an der Tür riß mich am Abend aus dem Schlaf. Als ich die Augen öffnete, war Faustus bereits eingetreten und hieß mich, aufzustehen. Ich machte mich an einer Wasserschüssel in einer Ecke der Kammer ein wenig frisch, dann gingen wir hinüber zur Vogtei, wo Berlepsch uns schon erwartete.

»Eure Begleiterin schläft«, sagte er zu Faustus, der zufrieden nickte. Ich erfuhr, daß er sich während meines Schlafes bereits um das Mädchen gekümmert hatte, ihre Verbände gewechselt und die Wunden mit Salbe bestrichen hatte.

Zu dritt überquerten wir den Hof und traten in ein mächtiges Gebäude, dessen Fassade mit zahllosen Kapitellen geschmückt war. »Der Palas«, erklärte Berlepsch. »Einst galt er als Prachtbau und besaß eine Reihe offener Arkaden und Wandelgänge. Wegen der starken Herbst- und Winterstürme mauerten frühere Generationen die Öffnungen an der Ostseite zu. Deshalb bietet er sich heute ein wenig düster dar.«

Wir speisten in einem großen Saal im Erdgeschoß des Hauses, vor einem hohen, offenen Kamin, in dem wegen der warmen Jahreszeit nur ein kleines Feuer brannte. Nach dem deftigen Essen aus Jägerkost, einigen Bechern vom besten Wein und einem fröhlichen Gespräch mit unserem Gastgeber zogen Faustus und ich uns schließlich zurück.

Mein Meister verschwand sogleich in seiner Kammer, ich aber beschloß, noch ein wenig durch die Burg zu geistern und vielleicht ein paar Worte mit den hübschen Mägden zu wechseln, die ich am Nachmittag und während unseres Weges zum Palas beobachtet hatte.

Eine von ihnen, die ich nahe der Zisterne im Südhof traf, zeigte sich nur zu bereit, mir für eine Handvoll Heller aufs Zimmer zu folgen. Wir hatten, ich muß es gestehen, eine Menge Spaß miteinander. Sie war ein freches, heißblütiges Ding, so jung wie ich selbst, mit flammendem Haar, voller Brust und einem Hinterteil für die Götter. Wir tollten und balgten auf dem Bett umher, und ich beschloß, meinen Meister am folgenden Tag zu einem längeren Aufenthalt auf der Burg zu bereden. Die Kleine bestärkte mich in dieser Absicht (wohl auch in froher Erwartung weiterer Münzen) und zog sich schließlich in ihre eigene Unterkunft auf der anderen Seite der Burg zurück.

Danach gab ich mir alle Mühe einzuschlafen, doch die Erinnerung an die vergangenen Stunden in den Armen der Schönen ließ mir keine Ruhe. Hellwach drehte ich mich im Bett hin und her, wobei mich der Geruch unseres Treibens verfolgte und nur noch unruhiger machte. Ich wünschte mir, sie wäre noch ein wenig länger geblieben, doch sie hatte mir schelmisch erklärt, ihre Mutter, die Meisterin des Waschhauses, achte peinlich darauf, daß ihr Töchterlein sich des Nachts nicht in fremder Betten herumtreibe. Sie müsse also zurück, um den alten Drachen mit irgendeiner Lüge zu beruhigen. Wenn ich es aber wünsche, so hatte sie gesagt, wolle sie gern in der nächsten Nacht zurückkehren.

Aber die nächste Nacht war fern und ich selbst nicht zum Schlafen aufgelegt. Der Mond schien zu allem Überfluß durchs Fenster, als gelte es, seine Leuchtkraft unter Beweis zu stellen. Kalkige Helligkeit erfüllte die Kammer. Holzwürmer raschelten im Dachgebälk, und irgendwo in der Ferne kläffte ein Hund. Einsam und mißmutig lag ich da, starrte hinauf zur dunklen Decke und grübelte über meine Zukunft als Zauberlehrling.

Der Hund bellte erneut. Diesmal klang es näher, als stünde er vor der Außenmauer, tief unter meinem Fenster. Ich sprang auf, weil ich ohnehin keine Ruhe finden würde, und reckte meinen Kopf ins Freie. Da das Fenster in die Dachschräge eingelassen war, konnte ich nicht erkennen, was sich unter mir befand. Zudem war es tiefste Nacht, und der Wald am Fuß des Felsplateus war in der Dunkelheit versunken wie in schwarzem Schlamm.

Plötzlich hörte ich vor meiner Kammer leise Schritte, die eilig vorüberliefen. Neugierig eilte ich zur anderen Seite des Raumes und legte mein Ohr ans Holz der Tür. Mein Lauschen war vergebens; wer immer über den Flur gelaufen war, er oder sie war längst verschwunden.

Geräuschlos drückte ich die Klinke herunter und trat hinaus auf den Gang. Hier horchte ich erneut und, tatsächlich, ich vernahm leise Schritte in den Schatten am Ende des Flurs, die sich geschwind von mir entfernten. Ich sah hinüber zur Tür von Faustus' Kammer und bemerkte, daß sie nur angelehnt war. Zögernd trat ich davor und klopfte. Niemand antwortete. Mit der Fingerspitze drückte ich die Tür einen Spaltbreit auf, sehr langsam, sehr vorsichtig, aus Furcht, ich könnte den Meister bei irgendeiner nächtlichen Tätigkeit stören. Es mußte kurz nach Mitternacht sein. Die Zeit der Zauberei und Rituale.

Faustus war nicht da. Sein Bett war unberührt. Auf dem Tisch lagen mehrere schwere Bücher, einige aufgeschlagen. Er mußte sie sich aus der Burgbibliothek besorgt haben. Unwillkürlich fragte ich mich, ob er gehört hatte, daß ich den Abend über nicht allein gewesen war. Die Wände waren dünn, und die Laute unseres Liebesgetümmels hatten fraglos ihren Weg in Faustus' Zimmer gefunden. Der Gedanke bereitete mir Unbehagen.

Die Verlockung, seine Kammer zu betreten, war groß. Zu gerne hätte ich einen Blick in die Schriften geworfen, mit denen er die Nacht verbrachte. Waren es Zauberbücher? Magische Folianten, angefüllt mit altem Wissen? Konnte es angehen, daß sich in der Bibliothek der Wartburg solche Texte fanden?

Ich widerstand der Versuchung und beschloß stattdessen, meinem Meister zu folgen. Zweifellos war er es gewesen, der sich so eilig über den Flur gestohlen hatte. Was hatte er vor, zu so später Stunde? Verbarg er etwas vor mir?

Ich lehnte die Tür der Kammer wieder an, ganz so, wie ich sie vorgefunden hatte, und schlich dann den Gang hinunter. Faustus' Schritte waren längst verhallt. Ich eilte die Treppen hinab und gelangte ins Erdgeschoß. Ein Durchgang führte von hier aus auf die Wehrgänge. Ich warf einen Blick hinein, konnte aber in der Schwärze nichts erkennen. Der lange überdachte Schlauch lag still und offenbar verlassen da.

Ich ging zur Haustür und trat hinaus ins Freie. Keine Menschenseele war zu sehen. Ich nahm mir einen Augenblick Zeit und dachte nach. Konnte es sein, daß Faustus unterwegs war zu dem verletzten Mädchen? Die Vogtei lag am Nordende der Burganlage. Um dorthin zu gelangen, mußte er den Hof überqueren. Ich lief deshalb zum Tor, das den Süd- mit dem Nordhof verband, und blickte hindurch. Sein Vorsprung war groß, doch der Hof erstreckte sich weit genug, so daß ich ihn hätte sehen müssen, wenn er diesen Weg eingeschlagen hätte. Doch auch hier war er nicht. Blieb nur die entgegengesetzte Richtung. Faustus mußte sich noch im Südteil der Burg befinden.

Der Mond erhellte den freien Platz. Neben mir wuchs der Bergfried düster in den Nachthimmel. Sein langer Schatten schnitt pechschwarz über den Hof; es sah aus, als hätte sich ein tiefer Spalt im Boden aufgetan. Etwas in mir warnte mich davor, über die Ränder des lichtlosen Streifens zu treten. Das war Unsinn, natürlich, und doch schien mir eine Stimme leise ins Ohr zu säuseln: Und wenn es doch ein Abgrund ist und kein Schatten?

Ich fragte mich, ob Faustus es vermochte, mir solche Gedanken einzugeben. Wollte er mich so davon abhalten, ihm zu folgen? Nein, unmöglich. Der Rest eines Zweifels aber blieb.

Leise lief ich los, über den bedrohlichen Schatten hinweg und an der Fassade des Palas vorüber. Dahinter hatte ich freie Sicht auf die Südmauer der Wartburg. Vom Hof aus war sie nicht hoch, nicht mehr als zwei Mannslängen. Obenauf verlief ein Zinnenkranz; er war, im Gegensatz zu den Wehrgängen im Nordteil, nicht überdacht. Eine schmale Steintreppe führte hinauf.

Vor den Zinnen stand eine Gestalt und hatte mir den Rücken zugewandt. Sie blickte über die Mauer hinab in die Tiefe, weit vorgebeugt, als betrachte sie angestrengt etwas, das sich am Fuße der Felsen befand. Die langen dürren Glieder der schwarzen Silhouette ließen keinen Zweifel offen – es war Faustus. Und nun hörte ich gar, daß er sprach, ganz leise, fast murmelnd, als unterhalte er sich mit jemandem, der außerhalb der Burg im Wald kauerte.

Mir war unheimlich. Ich wagte nicht, näher heranzutreten, obgleich ich nicht verstand, was Faustus sagte. Die Gefahr, entdeckt zu werden, war zu groß.

Plötzlich hob Faustus seine Stimme und sagte laut, ohne sich umzudrehen: »Komm schon her, unstetes Nachtgespenst!«

Erschrocken fuhr ich zusammen. Faustus hatte bemerkt, daß ich ihm nachspionierte. Mir blieb nichts, als mich seinem Befehl zu beugen.

Ich trat hinter der Ecke des Palas hervor und erklomm die Treppe zu den Zinnen. Auf der anderen Seite der Mauer erstreckte sich das schwarze Meer der Baumwipfel. Diffuse Umrisse schwebten darüber hinweg, Geister, die über den Hügeln jagten. Ich sah noch einmal hin; es war nur der Wind, der Zweige und Baumkronen erbeben ließ und die Schatten in zitternder Bewegung brachte. Es schien, als seien die Wälder in lautlosem Aufruhr.

Faustus wartete, bis ich neben ihm stand. Dann erst drehte er den Kopf und sah mich an. Sein Körper blieb weiter über die Zinnen gebeugt.

Stammelnd suchte ich nach einer Ausrede. »Ich ... ich machte mir Sorgen um Euch und ...«

»Natürlich«, sagte er leise. »Das ist sehr ehrenwert von dir. Schließlich wäre es möglich, daß der Hauptmann mich entführen läßt, nicht wahr?«

Ich brauchte einen Augenblick, ehe ich den Spott in seinen Worten verstand. Doch Faustus klang nicht erbost. Jetzt lächelte er sogar.

»Nun, wo du einmal hier bist, möchtest du vielleicht wissen, was ich hier draußen treibe, nicht wahr?«

»O nein«, wehrte ich eilig ab, »nicht nötig. Ich gehe einfach wieder hinauf in meine Kammer und lege mich schlafen. Alles andere geht mich nichts an.«

»Das sollte es aber«, widersprach er. »Du bist jetzt mein Schüler. Zudem hätte ich dir ohnehin davon erzählt.«

Aus dem Abgrund jenseits der Zinnen ertönte erneut das Hundebellen, das ich bereits früher vernommen hatte. Es klang jetzt ganz nah. Da begriff ich.

Faustus sah es mir an und nickte. »Mephisto«, flüsterte er. Dann wandte er sich von mir ab und blickte wieder hinab in die Wälder.

Ich beugte mich zwischen den Zinnen hindurch und sah wie mein Meister an Mauer und Felswand hinunter. Ihr Ende verschwamm mit dem wogenden Blätterdach, das sich weit unter uns bis an die Felsen schmiegte. Falls dort unten etwas Lebendes war, so hielt es sich gänzlich im Dunkeln verborgen. Und doch: Je länger ich hinab in die Finsternis blickte, desto deutlicher wurden zwei glimmende Punkte, die mein Starren erwiderten. Glühend rot und reglos. Augen.

»Wie kommt er hierher?« flüsterte ich leise, fast erfurchtsvoll.

»Niemand hält Mephisto gefangen«, erwiderte Faustus. »Nicht einmal die Heilige Inquisition.«

»Aber er ist nur ein Hund«, entgegnete ich.

Faustus legte einen Finger an die Lippen. »Laß ihn das nicht hören.«

»Nicht hören?« fragte ich erstaunt. »Aber ...«

»Still jetzt«, unterbrach er mich bestimmt.

Ich verstummte sofort, obgleich mir die Worte auf den Lippen brannten. Ich kannte die Gerüchte um den Hund meines Meisters. Es hieß, er sei kein Tier wie jedes andere. Die Alten erzählten sich, er könne die Farbe wechseln, wenn Faustus ihm die Hand auflegte. Manche behaupteten, er könne fliegen und sei in Wirklichkeit gar ein mächtiger Dämon, der Faustus nach seinem Pakt mit dem Teufel zur Seite gestellt worden sei.

Ich selbst aber glaubte nicht an diesen Pakt, und so hielt ich auch die Schauermär über Mephisto für blühenden Unsinn. Ein Hund war ein Hund. Auch dieser. Wenngleich mir Faustus' Benehmen und seine rätselhaften Worte Unbehagen bereiteten. Was hatte er gemeint, als er sagte, niemand halte Mephisto gefangen? Wollte er damit sagen, daß der Hund sich nie in Gefangenschaft befunden hatte? Oder daß man ihn nicht gefangenhalten *könne*?

Die Antwort darauf blieb er schuldig.

Faustus blickte weiter wortlos in die Tiefe. Sein Mund schien sich sachte zu bewegen, doch kein Laut drang an mein Ohr. Dann wieder war sein Gesicht vollkommen reglos, so, als lausche er einer Antwort, die er nicht mit den Ohren vernahm.

Du bist jetzt der Schüler eines Zauberers, sagte ich mir mit Nachdruck. Du solltest dich an dergleichen gewöhnen.

Doch das war leichter gesagt als getan. Trotz aller

Menschlichkeit, die Faustus im Umgang mit mir und dem Mädchen gezeigt hatte, schien er mir doch mehr als ein gewöhnlicher Mann. Wieder fragte ich mich, ob nicht doch manches an den unheilvollen Gerüchten, die man sich über ihn erzählte, der Wahrheit entsprach. Faustus, der mächtige Magicus. Faustus, der Satansdiener.

»Weshalb kommt er nicht herauf in die Burg?« fragte ich leise.

»Weil er dort draußen sehr viel nützlicher ist«, gab Faustus zu Antwort.

Ich nahm all meinen Mut zusammen und fragte: »Spricht er zu Euch?«

Die Mundwinkel des Schwarzkünstlers verzogen sich zu einem spröden Lächeln. Sein weißes Gesicht schimmerte im Mondlicht wie Schädel eines steinernen Götzen. »Manchmal.«

»Tut er es … jetzt?«

»Wenn du es sprechen nennen willst.«

Ich schwieg und sah wieder hinab in die Dunkelheit. Das rote Augenpaar leuchtete noch immer an derselben Stelle. Wie zwei glühende Kohlen, die jemand in die Tiefe geworfen hatte.

Dann, plötzlich, bewegten sie sich, verloschen von einem Herzschlag zum nächsten und blieben verschwunden.

Faustus richtete sich auf. Seine ungesunden Züge wirkten sorgenvoll. Seine düsteren Augen hatten sich noch tiefer ins Gesicht gegraben, als zögen sie sich von selbst zurück, wenn er andere Sinne als die menschlichen gebrauchte.

»Etwas geschieht«, raunte er vage.

»Was meint Ihr?«

»Jemand nähert sich der Burg.«

»Asendorf?« fragte ich alarmiert. Meine Unruhe wurde zu Besorgnis, schließlich zu Angst.

Faustus nickte, ohne mich anzusehen. »Er und DeAriel. Doch nicht nur sie.«

»Wer noch?« fragte ich tonlos.

Mein Meister blickte hinauf zum Mond und badete seine Züge im knochenfarbenen Nachtlicht. »Ich verstehe nicht, was Mephisto mir sagen will«, gestand er verwirrt und schwieg für eine ganze Weile.

Ich wartete atemlos darauf, daß er fortfuhr.

»Engel«, erklärte er schließlich. »Mephisto sagt, die Wälder seien voller Engel.«

***

Wir ließen den Hauptmann wecken und trafen uns mit ihm in seiner Amtsstube. Berlepsch wirkte weder müde noch ungehalten, als er uns schließlich gegenübersaß. Er ahnte wohl, daß ein Mann wie Faustus Gründe für sein Vorgehen hatte.

Mein Meister erklärte ihm, er sei sicher, daß unsere Gegner innerhalb weniger Stunden die Wartburg erreichen würden. Auf die Frage, wie er darauf komme, erwiderte Faustus nur, er wisse es eben. Berlepsch gab sich damit zufrieden.

»Wann werden sie eintreffen?« fragte er. Nicht einen Augenblick lang verriet er Zweifel an Faustus' Fähigkeit, in die Zukunft zu blicken. Ich selbst freilich wußte es besser – wobei fraglich blieb, was unglaublicher war: Hellseherei oder ein sprechender Hund.

»Ich weiß es nicht genau«, erwiderte mein Meister wahrheitsgemäß. »Spätestens am Vormittag, wahrscheinlich noch eher.«

Berlepsch wurde kreideweiß. Als Hauptmann der Wartburg war er allein Kurfürst Friedrich zum Gehorsam verpflichtet, und doch fürchtete auch er den Zorn der Heiligen Inquisition. Es waren schon Männer in höheren Ämtern als er selbst auf dem Scheiterhaufen verbrannt. Die Grausamkeit der Hexenjäger war unberechenbar. Der Arm des Papstes reichte bis in die Thronsäle der Fürstenhäuser, und niemand, nicht einmal ein Monarch, wagte, sich offen gegen Männer wie Asendorf zu stellen.

»Wenn Ihr es wünscht, werden wir die Burg verlassen«, sagte Faustus.

Einen Augenblick lang sah es aus, als verspüre der Hauptmann ungeheure Erleichterung. Dann aber schüttelte er den Kopf. Seine Züge verhärteten sich. »Ihr seid Gäste des Fürsten. Er hat Euch in seinem Haus aufgenommen, und hier sollt Ihr bleiben. Wenn Ihr überhaupt irgendwo sicher seid, dann in diesen Mauern.«

Faustus schenkte ihm ein dankbares Lächeln. »Ihr seid ein wahrer Ehrenmann. Erlaubt jedoch, daß wir zumindest unsere Gästezimmer räumen und uns an einen weniger offensichtlichen Ort innerhalb der Burg zurückziehen. Wenn Asendorf in Euren Hallen nicht fündig wird, wird er schnell weiterziehen.«

»Ihr habt recht«, sagte Berlepsch nickend. »Ich kann ihm nicht den Zutritt verwehren. Die Gastfreundschaft gebietet, daß ich ihn einlasse, wenn er und die seinen um Aufnahme bitten.«

»Es gibt noch etwas, das Ihr wissen solltet«, sagte Faustus. »Kardinal DeAriel reitet an Asendorfs Seite.«

Berlepsch gab sich redliche Mühe, seinen Schrecken nicht zu zeigen. Trotzdem zögerte er eine Weile, ehe er antwortete. »Nichtsdestotrotz gilt mein Wort – und das des Fürsten. Ihr bleibt hier, Doktor Faustus, und wenn der Papst persönlich vor den Toren steht.«

Faustus schmunzelte. »Ich fürchte, Leo hat alle Hände voll zu tun, das Geld der Kirche aus den Fenstern des Vatikans zu schaufeln«, erwiderte er scherzhaft. Die Verschwendungssucht des Papstes war allgemein bekannt. Innerhalb seiner zweijährigen Amtszeit hatte Seine Heiligkeit die Kasse der Stellvertreter Gottes bis auf den Grund geschröpft. Bruder Martinus hatte keine Gelegenheit ausgelassen, die Verfehlungen der Päpste lautstark zu postulieren, daher kannte ich ihre zahlreichen Schwächen nur zugut. Papst Leo entstammte dem Geldadel der Medici, und er nutzte seinen Stand als Oberhaupt der Kirche allein dazu, seinen Verwandten und sich selbst die Taschen zu füllen.

Berlepsch erhob sich von seinem Stuhl. »Wir werden ein Versteck für Euch und Eure Begleiter finden, Faustus, dessen seid versichert.« In dem schalen Versuch, uns allen Hoffnung zu machen, fügte er hinzu: »Es gibt mehr geheime Kammern in dieser Burg, als Asendorf in einem ganzen Jahr durchstöbern könnte.«

Wir kamen überein, daß wir trotz allem die Pferde satteln lassen und die Burg zum Schein verlassen würden. Landsknechte und Bedienstete mußten glauben, daß wir in der Nacht abgereist seien, denn zuviele von ihnen wußten, daß wir Berlepschs Gäste waren. Obgleich sie unsere Namen nicht kannten, war die Gefahr zu groß, daß einige von ihnen Asendorf die richtige Hinweise geben würden. Alles mußte daher so aussehen, als hätten wir die Wartburg vor der Ankunft des Hexenjägers verlassen.

Während Faustus und ich so lautstark wie nur möglich unsere Abreise vorbereiteten und mitten auf dem Hof, gut sichtbar für jeden, unsere Taschen auf die Pferde luden, führte Berlepsch persönlich das Mädchen aus seinem Gästezimmer zu uns herab. Auf Faustus besonderen Wunsch hin hatte man ihr eine Hose statt eines Kleides angezogen. Darüber trug sie ein weites Wams mit Kapuze, unter der sie ihr zerstörtes Gesicht verbarg.

Zu dritt ritten wir durchs Tor hinaus in die Nacht. Die Wachtposten grüßten, als wir sie im Licht ihrer Fackeln passierten. Unsere Pferde trugen uns den Weg hinab bis zum Fuß des Berges. Dort bogen wir nach links auf einen schmalen Pfad ins Unterholz. Berlepsch hatte uns diesen Weg beschrieben, und ganz wie er versprochen hatte, führte er uns in einem weiten Bogen durch die Wälder schließlich zurück zur Felswand unterhalb der Burg. Ich blickte nach oben und erkannte hoch über unseren Köpfen den Umriß des Südturms, der sich dräuend vom Himmel abhob. Wir mußten uns jetzt etwa an jener Stelle befinden, an der noch vor kurzem Mephisto gestanden hatte. Freilich war von dem Hund keine Spur zu entdecken.

Statt seiner fanden wir den Hauptmann, der plötzlich vor uns aus dem Dickicht am Fuß der Felswand emporwuchs, unerwartet wie ein hölzerner Magier aus den Tiefen einer Puppenbühne.

»Hier entlang«, zischte er uns zu und schob Büsche und Unterholz beiseite. Dahinter kam die schwarze Öffnung eines geheimen Felsengangs zum Vorschein. Es war ein Spalt, hoch genug, daß wir auf den Rücken der Pferde hätten hineinreiten können. Trotzdem stiegen wir ab und führten die Tiere an den Zügeln. Sie mußten uns notgedrungen in unser Versteck folgen.

Als wir den Gang betraten, schlug uns der muffige Geruch von feuchtem Gestein und Erdreich entgegen.

»Um ehrlich zu sein, werter Hauptmann, Eure Dachkammer schien mir behaglicher«, bemerkte ich naserümpfend.

Berlepsch entzündete eine Fackel, die er aus der Burg mit hierhergebracht hatte. Ihr Licht ließ mich die Umgebung deutlicher erkennen. Der Felsspalt verbreiterte sich nach einigen Schritten zu einer hohen, äußerst schmalen Höhle. Hier banden wir die Pferde an zwei Pfähle, die aus dem Gestein ragten, und ließen sie zurück. Vertraute des Hauptmanns würden sich später um sie kümmern. Uns selbst führte Berlepsch tiefer hinein ins Innere des Felsens. Es ging enge, aus dem Stein gehauene Treppen hinauf, so viele Stufen, daß ich nach einer Weile das Zählen aufgab. Ich sorgte mich um das Mädchen, doch unsere verletzte Begleiterin nahm unermüdlich Absatz um Absatz.

Endlich erreichten wir eine niedrige Kammer, in deren Decke eine hölzerne Falltür eingelassen war. Wir alle mußten uns bücken, um nicht mit den Köpfen anzustoßen. Berlepschs Fackel zeichnete wirre Muster aus Ruß aufs Gestein.

»Über uns liegen die Ställe«, erklärte der Hauptmann und drückte die Falltür behutsam nach oben. Augenblicklich drang der Geruch von Stroh und Pferdedung an meine Nase.

Berlepsch sah sich vorsichtig um, dann schob er die Falltür gänzlich auf. Eilig kletterte er hindurch, ich folgte als zweiter. Von oben streckte ich dem Mädchen die Hand entgegen, doch es zog sich aus eigener Kraft an den Rändern der Luke hinauf. Faustus verließ das Loch als letzter und scharrte loses Stroh über die geschlossene Falltür.

»Hier entlang«, flüsterte der Hauptmann und lief gebückt durch den dunklen Stall. Einige der Pferde schnaubten leise, als wir ihm folgten.

An der Rückwand des Stalls gab es eine schmale Tür, dahinter schraubte sich eine Wendeltreppe aus Holz in die Höhe. Sie knirschte unter jedem unserer Schritte. Die Geräusche schienen mir laut genug, um jeden Bewohner der Burg aus dem Schlaf zu reißen. Doch falls einer etwas hörte, so ließ er sich nicht blicken.

Der Schacht, durch den die Treppe nach oben führte, war äußerst eng und düster, trotz der Fackel. Ich ahnte, daß er in keinem Lageplan der Burg verzeichnet war. Die Stufen führten auf einen kaum schulterbreiten Gang, der nach etwa zehn Schritten und einer scharfen Biegung vor einer weiteren Tür endete. Eiserne Beschläge verrieten ihre Festigkeit und Stärke. Berlepsch zog einen riesigen Schlüssel aus seinem Wams und drehte ihn im Schloß. Sogleich ließ sich der Durchgang öffnen. Dahinter war nichts als Finsternis.

Der Hauptmann trat als erster hinein und beleuchtete mit der Fackel einen Raum. »Es ist wohl ein ziemliches Loch«, sagte er seufzend und bat uns, hereinzukommen.

Wir befanden uns in einer erstaunlich geräumigen Kammer. Drei ihrer vier Wände waren schräg; der Raum mußte sich im Winkel eines trapezförmigen Dachstuhls befinden, wahrscheinlich dem des Torhauses. Berlepsch bestätigte meine Vermutung.

»Diese Kammer ist seit Jahren nicht mehr genutzt worden«, fügte er hinzu. »Es gibt leider nicht einmal ein Fenster.« Er blickte sich suchend um. »Ah ja«, entfuhr es ihm schließlich, »dort vorn sind sie ja.« Er entfernte sich einige Schritte, bückte sich und hielt plötzlich eine hölzerne Kiste voller Kerzen in der Hand. »Die sollten eine Weile lang reichen«, sagte er, stellte die Kerzen ab und entzündete mehrere an seiner Fakkel. Jeder von uns nahm eine zur Hand.

»Ich werde versuchen, Asendorf und DeAriel so schnell wie möglich loszuwerden – falls sie wirklich kommen«, sagte Berlepsch. »Bis dahin müßt ihr wohl mit dieser kargen Unterkunft vorlieb nehmen.«

Faustus nickte. »Ich bin sicher, Ihr wißt, was Ihr tut, Hauptmann.«

Berlepsch lächelte geschmeichelt. »Ich werde Euch später einige Decken bringen, außerdem natürlich Essen und Trinken. Es soll Euch hier oben an nichts mangeln.«

Mein Meister bedankte sich, und Berlepsch wandte sich zum Gehen. Bevor er verschwand, reichte er Faustus den Schlüssel. Der nahm ihn entgegen und verschloß hinter dem Hauptmann die Tür. Dann blickte er sich mit einem Seufzer um.

»Nun, im Kerker der Inquisition ist es sicher sehr viel ungemütlicher«, sagte er und bemühte sich offenbar, das beste aus unserer Lage zu machen.

Das Mädchen sagte wie üblich gar nichts (ich war mittlerweile überzeugt, daß sie von Geburt an stumm war – oder aber seit dem Unglück, das ihr widerfahren war). Sie hockte sich vor eine Wand und zog die Knie eng an den Körper. Ihr Gesicht schimmerte vage im Schatten der Kapuze.

Faustus schritt an allen vier Wänden entlang und betrachtete jede Unebenheit und Fuge. Während die drei Schrägen aus Holz gezimmert waren, hatte man die einzige gerade Wand aus Stein gemauert. In ihrer linken Ecke befand sich der Eingang, in der rechten auf Höhe des Bodens ein niedriges Gitter. Es war keinen Schritt breit, und seine obere Kante reichte mir kaum bis zum Knie. Die Stäbe standen so eng, daß man gerade eine Hand hindurchschieben konnte.

»Wohin führt das?« fragte ich.

»Ein Luftschacht«, erklärte Faustus. »Dieser Raum wurde gebaut, um seinen Bewohnern für lange Zeit Schutz zu bieten. Fenster durfte es nicht geben, damit er von außen unsichtbar bleibt. Deshalb wird die Luft durch einen Schacht hereingelassen, der an einer anderen Stelle des Gebäudes an die Außenwand führt.«

Ich bückte mich und rüttelte an den Gittern, doch sie waren fest im Stein verankert und gaben nicht im mindesten nach.

»Als Fluchttunnel untauglich«, bemerkte ich enttäuscht.

Faustus nickte. »Wir werden uns ganz auf Berlepsch verlassen müssen.«

»Ihr seht aus, als ob Euch diese Vorstellung nicht gefällt.«

»Ich weiß nicht«, sagte Faustus schulterzuckend. »Der Hauptmann verheimlicht uns etwas.«

Erstaunt sah ich ihn an. »Wie kommt Ihr darauf?«

»Es gibt noch einen weiteren Gast auf der Burg, von dem er uns nichts erzählt hat«, erwiderte mein Meister.

»Wirklich?« fragte ich. Ich hatte nichts davon bemerkt. »Weshalb sollte Berlepsch seine Anwesenheit vor uns geheimhalten?«

»Wenn ich das wüßte, wäre mir wohler.«

»Ihr hättet ihn fragen können.«

»Das werde ich – später. Wenn wir seinen Gast bis dahin nicht schon kennengelernt haben.«

»Ihr sprecht wieder einmal in Rätseln, Meister.«

Er lächelte. »Ich bin sicher, er wird uns schon bald einen Besuch abstatten.«

»Ihr glaubt, Berlepsch verriet ihm unser Versteck?«

»Ganz sicher sogar.«

Ich verstand noch immer nicht, wollte ihn aber aus Stolz nicht weiter drängen. Nur eines verlangte ich noch zu erfahren: »Woher wißt Ihr überhaupt, daß da noch jemand ist?«

»Ich habe es im Stall bemerkt«, erklärte Faustus. »Neben unseren Pferden stand eines, das offenbar erst am Abend hier angekommen war. Es rührte sich nicht und war offenbar völlig erschöpft, wie nach einem langen oder aber überaus eiligen Ritt. Während ihr anderen vorausgingt, berührte ich es mit der Hand. Es war heiß, und sein Herz schlug schneller als gewöhnlich.«

Ich schüttelte verständnislos den Kopf. »Aber das muß nichts bedeuten. Es könnte einem Boten gehören. Oder einem Jäger, der spät von der Pirsch heimkehrte.«

»Es trug ein Brandzeichen«, widersprach Faustus. »Eines, das nicht dem Kurfürst gehört.«

»Dann wißt Ihr, woher es stammt?« fragte ich verblüfft.

Er lächelte und gefiel sich offenbar sehr in der Rolle des Geheimniskrämers. »Ich denke, schon. Doch laß uns abwarten. Wir werden bald Gewißheit haben.«

Gerne hätte ich ihm gesagt, was ich von seiner Art hielt, aus allem ein Rätsel zu machen. Doch welchen Sinn hätte es gehabt, in dieser Lage noch mit ihm zu streiten?

»Sagt, warum sind wir nicht einfach aus dieser Gegend geflohen?« fragte ich statt dessen und ließ mich im Schneidersitz auf dem Boden nieder.

»Um bei jedem Laut aufzuschrecken? Um stets mit der Gefahr im Nacken zu reisen?« Erstmals hatte er seine Stimme merklich angehoben, weniger aus Zorn über mich denn aus Wut über unsere Lage. »Um immer und überall unter falschem Namen aufzutreten? Nein«, gab er sich selbst die Antwort, »unsere Flucht muß ein Ende haben.«

Da verstand ich. Oder glaubte zu verstehen. Faustus genoß es, daß die Menschen seinen Namen mit Ehrfurcht aussprachen. Er liebte es, sich unter ihren bewundernden Blicken zu bewegen, ebenso, wie er es brauchte, ihnen durch öffentliche Kunststücke das Geld abzuknöpfen. Mit Asendorf im Rücken aber war das unmöglich. Daher gab es nur zwei Möglichkeiten: Entweder, er besiegte den Inquisitor ein für allemal – oder aber, er brachte soviel Abstand zwischen sich selbst und den Hexenjäger, daß dieser seine Suche von neuem beginnen mußte.

Faustus hatte sich offenbar für letzteres entschieden: Abwarten, bis Asendorf gekommen und wieder gegangen war und in anderen Teilen des Reichs nach ihm suchte. Dann erst waren wir sicher vor ihm. Zumindest eine Weile lang.

Ich beschloß, ihm fürs erste keine weiteren Fragen zu stellen. Statt dessen rückte ich neben das Mädchen. Langsam drehte sie ihr Gesicht zu mir um, und das Licht meiner Kerze fiel auf ihre verbrannten Züge. Der Anblick war noch immer entsetzlich, wenngleich die Schwellung zurückgegangen war. Nun sah es aus, als sei ihr gesamter Kopf von etwas wie Baumrinde überzogen, schorfigen Hautschuppen, zwischen denen Augen, Mund und Nase schrecklich fehl am Platze wirkten. Sie blickte mich reglos an, ohne eine Miene zu verziehen, und da erst begriff ich, daß sie es nicht konnte, selbst wenn sie gewollt hätte. Ihre Gesichtsmuskeln waren zerstört. Ihre Züge waren zu einer braunen, krustigen Maske erstarrt. Dies war das Schlimmste von allem, schlimmer noch als der Schmerz, schlimmer als der Makel ihrer Anblicks: Sie würde nie wieder lächeln können.

Ergriffen tastete ich nach ihrer Hand und nahm ihre Finger in die meinen. Zu meinem Erstaunen ließ sie es geschehen. Mehr noch: Sie schloß für die Dauer einiger Herzschläge die Augen, als genieße sie die Berührung, statt sie nur zu dulden. Zum ersten Mal begriff ich die wahre Tragödie ihres Schicksals, und zugleich fühlte ich mich ihr enger verbunden denn je.

Mehr als alles andere wünschte ich mir in diesem Augenblick, ihren Namen zu kennen. Mit dem Zeigefinger schrieb ich meinen eigenen in den Staub des Bodens, in der Hoffnung, sie würde ihren daneben schreiben. Doch ebenso wie alle bisherigen Versuche, sie zum Schreiben zu bewegen, blieb auch dieser erfolglos.

Ich seufzte und wollte, wie schon so oft, auf sie einreden, doch da hob sie plötzlich die rechte Hand, streckte ihren Zeigefinger aus und setzte ihn zögernd in den Staub.

Also doch! schrie es in mir. Sie schreibt!

Doch das tat sie keineswegs. Ihr Finger zeichnete keine Buchstaben in den Schmutz. Vielmehr begann sie, mehrere Linien zu ziehen und miteinander zu verbinden.

Als sie fertig war, hatten die groben Striche die Form zweier Symbole angenommen. Das eine war ein Quadrat, auf das sie ein Dreieck gesetzt hatte, mit der Spitze nach oben. Darauf wiederum befand sich ein Kreuz.

Die zweite Darstellung war gleichfalls ein Dreieck, an dessen Spitze ein kleiner Kreis anschloß. Neben die beiden seitlichen Schenkel hatte sie zwei weitere Dreiecke gezeichnet.

Das Ganze sah folgendermaßen aus:

Es gehörte nicht viel dazu, die erste Zeichnung als Kirche zu deuten. Und auch die zweite erschien mir eindeutig: Es war zweifellos ein Engel.

Faustus hatte sich nach unserem Gespräch auf die andere Seite der Kammer gehockt und die Augen geschlossen. Mochte der Teufel wissen, wie er trotzdem bemerkte, was vorging. Plötzlich sprang er auf, eilte auf uns zu und ging neben uns in die Knie. Die Hand des Mädchens zuckte vor, um die Zeichnung im Staub zu verwischen, doch Faustus hielt sie zurück, bis er beide Symbole lange genug betrachtet hatte. Auch ihm war sofort klar, was sie bedeuteten.

Sobald er den Arm des Mädchens losgelassen hatte, wischte ihre Hand durch den Staub und zerstörte die Zeichnungen. Einen Moment lang trafen sich unsere Blicke. Es ist schwer, aus den Augen eines anderen zu lesen, wenn sich dessen Gesicht nicht bewegt – und doch hatte ich den Eindruck, daß ein stummer Vorwurf aus ihren traurigen Augen sprach. Mir hatte sie die Symbole zeigen wollen, nicht Faustus. Ihre Enttäuschung traf mich ins Herz wie ein giftiger Dorn; sie hatte mir vertraut. Zum ersten Mal hatte sie gegenüber einem von uns etwas wie Wärme oder Nähe aufkommen lassen, doch Faustus hatte diesen zarten Moment durch sein Eingreifen zerstört. Und ich hatte nichts unternommen, um ihn aufzuhalten. Allein ich selbst trug die volle Schuld.

Ich sah sie an, versuchte verzweifelt, ihren Blick zu halten, das unsichtbare Band zwischen uns nicht reißen zu lassen. Doch das Mädchen senkte nur den Kopf und zog sich in den Schatten der Kapuze zurück. Es war ein Rückzug in sich selbst, in eine Seele, die kaum weniger verwundet war als ihr Gesicht. Faustus hatte ihr durch seine Grobheit eine weitere Narbe verpaßt.

Ich wollte auffahren, Faustus für sein mangelndes Feingefühl schelten, doch er kam mir zuvor.

»Eine Kirche«, sagte er nachdenklich. »Und ein Engel.« Zweifellos hatte er nichts von dem bemerkt, was zwischen mir und dem Mädchen geschehen war. Die Lösung des Rätsels war es, die ihn beschäftigte, nichts sonst. Herrgott, was für ein grober Klotz!

Ich faßte mir ein Herz. »Meister, ich weiß, Ihr wart dagegen«, begann ich, »und doch denke ich, es ist längst an der Zeit, ihr einen Namen zu geben. Dieses Mädchen ist ein Mensch, kein Ding, über das Ihr verfügen könnt, wann immer es Euer Verstand befiehlt.«

Ich erschrak selbst über die Schärfe meiner Worte. Und doch fürchtete ich seinen Zorn nicht mehr. Es war längst fällig, daß ich mein Selbstvertrauen unter Beweis stellte. Stillschweigendes Kuschen lag mir nicht. Ja, ich beglückwünschte mich selbst zu meinem Wagemut. Sollte ich damit seine Wut heraufbeschwören, nun gut, dann sollte es eben so sein.

Doch Faustus wurde nicht zornig. Statt dessen sah er erst mich, dann die verletzte junge Frau an. Mit einem Mal schien er zu begreifen, daß ich bereit war, mich ganz auf ihre Seite zu stellen. Seine Mundwinkel zuckten, als müsse er ein Lächeln unterdrücken (höchst unpassend, in einem solchen Augenblick, wie ich fand!). Doch er beherrschte sich und sagte nur:

»Du hast wohl recht. Wir werden ihr einen Namen geben. In Anbetracht ihrer Zeichnung und Gisbrands Verdacht – was hältst du von Angela?«

»So heißen nur Großmütter«, gab ich maulend zur Antwort.

»Nun, dann Angelina. Das bedeutet ›die Engelhafte‹.«

»Angelina?«

»Ganz richtig.«

Ich hob die Schultern. »Warum nicht ...«

Faustus nickte zufrieden.

»Wir sollten sie trotzdem selbst dazu befragen«, gab ich zu bedenken.

»Und wie willst du das tun?« fragte er belustigt.

Ich beachtete ihn nicht weiter und griff erneut nach ihrer Hand. Einen Herzschlag lang spürte ich, wie sie zusammenzuckte, so, als wollte sie ihre Finger zurückziehen. Dann aber gab sie nach und schmiegte ihre Hand in die meine. Dabei blickte sie auf und sah mich an. Ihre Augen leuchteten blau wie zwei Seen inmitten einer zerklüfteten Felsenwüste.

»Angelina?« fragte ich und deutete auf sie.

Wieder schloß sie die Augen. Als sie sie nach einer Weile noch immer nicht geöffnet hatte, räusperte Faustus sich lautstark. Ich schenkte ihm keine Beachtung, sah nur das Mädchen an. Plötzlich öffnete sie die Lider wieder, und zum ersten Mal sah ich sie weinen. Die Tränen quollen aus ihren Augen und verloren sich in der schuppigen Oberfläche ihrer Wangen. Dann nickte sie sachte.

»Angelina?« fragte ich noch einmal.

Sie nickte erneut, diesmal heftiger.

Ich strahlte sie an und hoffte, daß es ermutigend wirkte. Ihre Tränen rührten mich bis ins Innerste. Mein erster Gedanke war, sie ihr abzutupfen, doch ich fürchtete, ihrer zerstörten Haut damit Schmerzen zuzufügen. Warum weinte sie? Was bedeutete das Wort Engel für sie?

Faustus, in Gedanken längst einen Schritt voraus, ging vor uns in die Hocke und zeichnete die beiden Symbole aus eigener Hand noch einmal in den Staub. Angelina ließ es geschehen, ohne die Zeichnungen erneut zu verwischen.

Mein Meister deutete erst auf die grobe Engelsfigur am Boden, dann auf Angelina. Dabei sagte er kein Wort.

Das Mädchen sah ihn aus großen Augen an, beugte sich vor und zog einen Pfeil zwischen den beiden Symbolen. Er zeigte von der Kirche auf den Engel.

Was hatte das zu bedeuten? Wo war die Verbindung zwischen den beiden, abgesehen von der offensichtlichen, religiösen? Gab es überhaupt eine andere? Und wenn nicht – weshalb wies Angelina uns dann darauf hin?

»Ein Engel, der aus einer Kirche kommt«, murmelte Faustus.

»Was heißt das?« fragte ich.

Ich weiß nicht, ob Angelina meine Worte verstand. Sicher ist, sie begriff ihren Sinn, denn sie streckte erneut den Finger aus, um die Zeichnung zu ergänzen.

Neben den einen Engel zeichnete sie nun ein halbes Dutzend weitere. Dann nahm sie sich erneut den ersten vor, jenen, den Faustus gezeichnet hatte, und verwischte seine Flügel. Sie deutete erst auf ihn, dann auf sich selbst.

»Ein Engel ohne Flügel«, sagte Faustus.

»Aber wie kann sie glauben, daß sie ein Engel ist?« fragte ich verwirrt.

Er zuckte mit den Achseln. »Dafür kann es verschiedene Erklärungen geben«, sagte er. »Krankheit, Visionen, Rauschzustände.«

»Ihr glaubt, sie sei krank ... im Geiste?«

»Ich weiß es nicht«, gestand er. »Niemand verkraftet solche Verletzungen ohne Spuren.«

Ich wollte etwas darauf erwidern, doch im selben Augenblick klopfte es an der Tür, und Hauptmann von Berlepsch bat um Einlaß. Faustus öffnete ihm, während Anglina eilig die Zeichnungen verwischte. Berlepsch trat ein, mit einem großen Stapel Decken in den Armen. Offenbar vertraute er unsere Versorgung nicht einmal seinen engsten Untergebenen an.

Nachdem er seine Last abgelegt hatte, wollte er sich umdrehen und gehen, doch Faustus hielt ihn zurück.

»Sagt, Hauptmann, wer ist der andere Gast, der am Abend die Burg erreichte?«

Berlepsch fuhr unmerklich zusammen. Es schien, als könne er sich nicht erklären, woher mein Meister davon wußte. »Wann habt Ihr ihn gesehen?« fragte er statt einer Antwort.

Faustus lächelte schwach. »Gar nicht. Und doch weiß ich, daß er hier ist. Ist es jemand, über den wir Näheres wissen sollten?«

In jeder anderen Lage hätte er Berlepschs Gastfreundschaft mit solch forschem Drängen auf die Probe gestellt. Doch die Umstände sprachen für uns. Vorsicht konnte uns der Hauptmann schwerlich zum Vorwurf machen.

»Er bat mich, zu niemandem über ihn zu sprechen«, sagte Berlepsch nach kurzem Zögern. »Genauso wie Ihr selbst. Ihr solltet das respektieren.«

»Können wir mit ihm reden?« bat Faustus.

Der Hauptmann seufzte. »Das muß er selbst entscheiden. Ich werde ihm Euren Wunsch überbringen.«

Damit wandte er sich um und ging.

»Ihr habt doch einen Verdacht, nicht wahr?« fragte ich, nachdem Faustus hinter Berlepsch abgeschlossen hatte.

»Nicht wirklich«, gestand er. Es klang aufrichtig. »Ich glaube, daß der Mann ein Geistlicher ist, denn sein Pferd trägt das Wappen des Bischofs als Brandzeichen.«

»Also ein Knecht Asendorfs«, entfuhr es mir erschrocken.

»Nicht unbedingt. Zudem scheint der Mann wie wir auf der Flucht zu sein, wenn er solch ein Geheimnis um seinen Aufenthalt auf der Burg macht.«

»Er könnte ein Spion des Hexenjägers sein«, gab ich zu bedenken.

Faustus schüttelte den Kopf. »Berlepsch wird ihn nur unter zwei Voraussetzungen aufgenommen haben: Entweder, er kennt ihn bereits seit längerem, oder aber er konnte ähnliche Fürsprecher aufweisen wie wir. Beides scheint mir gegen einen Spion zu sprechen. Doch laß uns erst abwarten ...«

Damit schien es ihm ernst zu sein, und ich bohrte nicht nach weiteren Antworten. Wenn Berlepschs Gast wie wir selbst ein Flüchtling war, würden wir ihn früher oder später treffen. Sicherlich gewährte der Kurfürst aufgrund seiner Abneigung gegen die Kirche allein solchen Gästen Schutz, die den Zorn Roms auf sich gezogen hatten. Was lag demnach näher, als den Unbekannte auf unserer Seite zu vermuten?

Wir breiteten die Decken aus und legten uns zur

Ruhe. Tausend Gedanken wirbelten durch mein Hirn. Was hatte es mit Angelinas Zeichnungen auf sich? Wollte sie wirklich behaupten, sie selbst sei ein Engel? Und welche Kirche meinte sie mit ihrer einfachen Darstellung?

Ich fragte mich, ob Faustus über ähnlichen Dingen grübelte. Wir hatten alle Kerzen bis auf eine gelöscht. In ihrem flackernden Schein betrachtete ich meinen Meister. Er lag lang ausgestreckt auf dem Rücken und hatte die Augen geschlossen. Ich vermochte nicht zu erkennen, ob er wirklich schon schlief.

Angelina hatte sich im Gegensatz zu ihm auf die Seite gerollt und die Knie bis fast zum Gesicht gezogen. Sie wirkte hilflos und schutzbedürftig. Schatten lagen über ihren Zügen. Sie atmete ruhig und entspannt, doch je länger ich sie betrachtete, desto deutlicher durchdrang mein Blick die Dunkelheit auf ihren Zügen. Plötzlich begriff ich, daß ihre Augen offenstanden. Reglos sah sie mich an. Ich bemühte mich um ein sanftes Lächeln, doch ihr erstarrtes Gesicht war unfähig, es zu erwidern. Steif wie eine Puppe, der man die Augen nur aufgemalt hatte, lag sie da und verriet keinen ihrer Gedanken.

Verunsichert versuchte ich Schlaf zu finden, doch es dauerte lange, ehe die Müdigkeit die Wirrnis aus meinem Schädel vertrieb.

Und dann – mir war, als sei ich gerade erst eingeschlafen – stand plötzlich Faustus vor mir und legte sich den schwarzen Mantel um die Schultern. In einer Hand hielt er den Schlüssel.

Erschrocken fuhr ich auf. »Wo wollt Ihr hin?«

»Schlaf weiter, Wagner«, sagte er leise, wohl, um Angelina nicht zu wecken. »Im Morgengrauen bin ich zurück.«

»Aber wohin wollt Ihr?« beharrte ich zu wissen.

»Hinaus in den Wald.«

»In den Wald?« fragte ich entgeistert. Doch dann begriff ich. »Wegen dem, was Mephisto gesagt hat? Ihr wollt die Engel sehen, von denen er zu Euch sprach.«

Er nickte entschlossen. »Ich will wissen, was es mit diesem ganzen Gerede von Engeln auf sich hat. Gisbrand sprach davon, dann Mephisto – von unserer Angelina hier ganz zu schweigen.«

»Und nun wollt Ihr einfach hinunter in die Wälder und nachsehen? Himmel, man wird Euch fangen. Oder Schlimmeres.«

»Keine Angst«, entgegnete er. »So leicht fängt man einen Faustus nicht.«

Ich sprang auf und trat vor die Tür, entschlossen, ihn nicht fortzulassen. »Das haben wir in Wittenberg erlebt, nicht wahr?« Zorn sprach aus meiner Stimme, nicht allein aus Sorge um ihn selbst. Vielmehr fragte ich mich, was aus Angelina und mir werden sollte, wenn Faustus erneut in die Klauen des Hexenjägers geriet. Ein zweites Mal würde Asendorf kaum zulassen, daß ihm sein verhaßter Gegner entwich.

»Noch ist der Inquisitor nicht auf der Wartburg«, versuchte Faustus mich zu beruhigen. »Ich will die Stunden bis zu seiner Ankunft nutzen. Danach bleibt genug Zeit, sich hier oben zu verkriechen.«

»Nein!« protestierte ich mit aller Schärfe. »Ihr dürft nicht gehen, Meister. Was geschieht mit Angelina, wenn Euch etwas zustößt? Sie ist auf Eure Heilkunst angewiesen.«

»Sie erholt sich aus eigener Kraft viel schneller, als meine Künste es vermögen.«

»Laßt mich gehen!« schlug ich ihm vor.

»Dich, Wagner?« fragte er erstaunt. »Aber du bist mein Schüler. Wie könnte ich zulassen, daß du in dein Verderben läufst?«

»Ist es denn weniger schlimm, wenn Ihr hineinlauft, Meister?«

»Ich weiß mich zu wehren.«

»Das weiß ich auch. Ich bin kein Kind mehr.«

»Sicher«, sagte er besänftigend. »Nun laß mich trotzdem gehen.« Dabei hob er die Hand, um mich zur Seite zu schieben.

Ich aber war schneller. Ehe er sich versah, hatte ich ihm den Schlüssel entrissen. Eilig fuhr ich herum, steckte ihn ins Schloß und öffnete. »Ihr bleibt bei Angelina«, sagte ich bestimmt. »Ihr Wohlergehen ist wichtiger als Mephistos Engel.«

Hätte man mir nur Stunden zuvor gesagt, daß ich in diesem Ton zu ihm sprechen würde, ich hätte es voller Empörung abgestritten. Doch jetzt ging es um mehr als die gebührende Höflichkeit. Ohne ihn war Angelina verloren, davon war ich in jenem Moment überzeugt. Was ich tat, tat ich für sie.

Faustus packte meine Schulter, doch ich entwand mich seinem Griff.

»Warte«, sagte er ungehalten.

Ich sprang bereits hinaus auf den Gang und zog die Tür hinter mir zu. Einen Augenblick später war sie verschlossen. Ich hatte meinen eigenen Meister eingesperrt.

»Wagner, sei kein Narr!« rief er mir gedämpft durch das Holz hinterher.

»Verzeiht mir, Meister«, entgegnete ich. »Ich werde das Geheimnis der Engel für Euch lösen. Kümmert Ihr Euch um Angelina. Ihr darf nichts geschehen.«

Damit steckte ich den Schlüssel von außen aufs

Schloß und machte mich auf den Weg. Am Morgen würde Berlepsch nach seinen Gästen sehen; spätestens dann würde er die Tür öffnen.

Ich wußte nicht, ob Faustus mir je verzeihen würde. Ich hoffte inständig, daß er meine Gründe verstand, wenn er sie auch nicht nachvollziehen konnte.

Ich schlich mich hinab in den finsteren Stall. Es war immer noch tief in der Nacht. Kein Mensch war zu sehen. Einen Augenblick lang verharrte ich und überlegte, wie ich mein Vorhaben angehen sollte. Vielleicht hätte ich noch einen Moment abwarten und Faustus seine Pläne entlocken sollen. So stand ich nun allein vor der Frage, wie ich die Engel in den Wäldern aufspüren sollte. Ich entschied mich schließlich für die naheliegendste Lösung: Ich würde hinausgehen und das Unterholz nach verräterischen Spuren absuchen.

Die Wälder sind voller Engel, hatte Faustus gesagt.

Nun, wenn sie voll davon waren, sollte es nicht allzu schwierig zu sein, wenigstens einen davon aufzuspüren.

(Ihr, verehrter Leser, mögt mir an dieser Stelle meine Leichtfertigkeit vorwerfen. Wie kann er so dumm sein? werdet Ihr fragen – und mir bestenfalls meine Jugend zugute halten. Ich weiß, daß Ihr so denkt, und doch kann ich es nicht ändern. Dies war die Entscheidung, die ich damals traf – aus Übermut, Unbedarftheit oder wackerem Heldentum –, und dazu muß ich stehen. Doch haltet Euch mit Eurem Urteil zurück und hört, wie sich die Dinge entwickelten.)

Ich stieg unbemerkt durch die Falltür hinab in den Geheimgang, der steil durch den Berg hinab zum Fuß der Felswand führte. Ich hatte weder Kerze noch Fakkel dabei. Die lange Treppe lag in völliger Finsternis.

Jede Stufe mußte ich mühsam mit den Füßen ertasten. In Gedanken pries ich den Baumeister dieser Anlage für seine Weisheit, keine Abzweigungen einzuplanen. Selbst ein Blinder – und nichts anderes war ich während meines Abstiegs durch die Dunkelheit – mußte so auf dem rechten Weg bleiben. Auch spürte ich keine Furcht, denn ich wußte, daß meine wahren Gegner die Burg noch nicht erreicht hatten. Gefahr drohte mir erst, wenn ich den Stollen verließ und hinaus in die Wälder trat.

Nach einer halben Ewigkeit gelangte ich unten an. Die drei Pferde schnaubten leise, als ich die Höhle betrat, von der aus der Felsspalt ins Freie führte. Augenblicke später stand ich draußen, vor mir die schwarze Wand des Waldes, über mir die mächtige Burg. Mit einem Mal kam ich mir sehr allein, sehr hilflos vor. Aber gut – ich hatte diesen Weg gewählt, nun mußte ich ihn bis zum Ende beschreiten.

Ohne rechte Idee, in welcher Richtung ich meine Suche beginnen sollte, brach ich vorwärts durchs Unterholz. Falls ich es mit echten Engeln zu tun bekäme, würden wohl sie eher mich als ich sie aufstöbern. Mit wenig Vertrauen in Gott, jedoch genug in mich selbst, stiefelte ich tiefer in den Wald. Auch hier war es stockfinster, wenngleich nicht so vollkommen lichtlos wie im Inneren des Berges. Der Mond ergoß seinen fahlen Schein durch Risse im Blätterdach. Zumindest konnte ich erkennen, wohin ich meine Füße setzte.

Ich gab mir Mühe, mich so lautlos wie möglich zu bewegen, doch im dichten Unterholz war dies Vorhaben zum Scheitern verurteilt. Bei jedem meiner Schritte knackten Äste, raschelte Laub. Gelegentlich jagte knisternd ein Tier davon. Andere beobachteten mich reglos aus den Schatten, und schon nach kurzer Zeit war mir, als blickten mir von überall glühende Augen entgegen. Schmerzlich wurde mir bewußt, daß ich nicht einmal eine Waffe besaß. Ich hob einen kräftigen Stock vom Boden auf, in der schalen Hoffnung, sein Gewicht würde meine aufgewühlten Sinne besänftigen. Doch die vermeintliche Sicherheit, in der er mich wog, war gering im Vergleich zu der Furcht, die mir der Wald und seine wilden Bewohner einflößten.

Nun, Mephisto, dachte ich, wo sind deine vermaledeiten Engel? Sitzen sie in den Bäumen? Schlafen sie im Unterholz? Wo, verdammt nochmal, sind sie? Und wo überhaupt bist du?

Ich will Euch die Einzelheiten meines nächtlichen Irrwegs ersparen. Nur soviel sei gesagt: Ich umrundete den Berg ein ganzes Mal, und erst als am Horizont die Dämmerung aufstieg wie Nebeldunst an einem Herbstmorgen, wurde ich endlich fündig.

Gerade verfluchte ich zum hundersten Male mein elendes Geschick, da vernahm ich plötzlich Laute. Ich befand mich bereits auf meiner zweiten Runde um die Wartburg und war nur noch einige Dutzend Schritte von dem Weg entfernt, der die Festung mit der Stadt verband. Der Wald schien sich dort nur widerwillig zu teilen, denn allerorts ragten vorspringende Zweige über die schmale Straße, die einem Reiter bei mangelnder Vorsicht durchaus zur Gefahr werden konnten. Ich wußte noch von unserer Ankunft her, daß sich der Weg ein ganzes Stück vor dem Burgtor gabelte. Während der eine Arm hinauf zur Rampe führte, verschwand der andere als schmaler Pfad im Dickicht. Diesen zweiten Weg mußten die sechs Männer und Frauen auf ihren Pferden eingeschlagen haben, denn ich entdeckte ihr Lager nahebei auf einer kleinen Lichtung.

Es hätte nicht viel gefehlt, und ich wäre auch ein zweites Mal achtlos daran vobeigestolpert. Was meine Aufmerksamkeit erregte, war das leise Singen, das durch die Büsche an meine Ohren drang. Mehrere Stimmen sangen unverständliche Strophen. Erst als ich näher an die Quelle des unheimlichen Singsangs heranschlich, bemerkte ich, daß die fremden Silben lateinische Worte formten. Mehr noch, es war ein Lied, das ich selbst einst in der Kirche gelernt hatte. Wer aber saß zu so früher Stunde im Wald und erging sich in frommen Gesängen?

Obgleich mein Herzschlag sofort zu rasen begann, mochte ich doch nicht glauben, daß wahre Engel, immerhin Gottes Krieger auf Erden, nichts Besseres zu tun haben sollten, als sich am Fuße der Wartburg im Unterholz zu versammeln. Noch dazu, um zu *singen*. Nein, hier mußte – ganz buchstäblich – anderes im Busche sein.

Behutsam schob ich mich näher an den Rand der Lichtung, durch Dornenranken und mannshohe Farnsträucher. Schließlich teilte ich mit beiden Händen den Vorhang aus Zweigen und Blättern und blickte heimlich auf das, was sich vor mir befand.

Das halbe Dutzend Menschen kniete in einem Kreis zwischen überwucherten Baumstämmen, Findlingen und Waldbeersträuchern. Auf den ersten Blick sahen sie alle völlig gleich aus. Jeder trug schulterlanges Haar, blond, fast weiß. Ihre Körper waren überaus schlank. Sie waren in schwarze Hosen und Hemden gekleidet, auch die beiden Frauen, die ich unter ihnen erkannte. Die übrigen vier waren Männer, wenngleich es eine Weile dauerte, ehe ich die Unterschiede bemerkte. Sie alle hatten schneeweiße Haut, als hätte sie jahrelang kein Sonnenstrahl berührt.

Sie hielten die Hände gefaltet und die Augen geschlossen und waren völlig versunken in ihre Gesänge. Schließlich kamen sie zum Ende. Einer erhob seine Stimme und rief auf Lateinisch:

»Wir rufen die Diener der Elohim. Wir rufen Ghob, König der Gnomen. Wir rufen Diin, König der Salamander. Wir rufen Niksa, König der Undinen. Und wir rufen Paralada, den König der Sylphen.«

Was immer sie erwarten mochten – keiner der genannten vier spazierte aus dem Unterholz.

Statt dessen versanken die sechs Betenden nun in andächtige Stille. Ich nutzte die Zeit und sah mich aufmerksam um. Ihre Pferde standen unweit der Lichtung am Waldrand, festgebunden an Zweigen und Stämmen. An ihren Sätteln hingen lange, schmale Schwerter mit feinverziertem Handschutz, außerdem Wurfdolche und kleine, handliche Armbrüste. Es sah aus, als zögen die Reiter in einen Krieg. Dabei fiel mir etwas Ungewöhnliches auf: Obwohl nur sechs Männer und Frauen zu sehen waren, besaßen sie doch sieben Pferde. Das überzählige konnte keineswegs ein Lastentier sein, denn alle sieben waren gesattelt und mit gleicher Bewaffnung bestückt. Sogleich sah ich mich angstvoll um, ob ich etwa eine dieser Gestalten übersehen hatte, einen Wachtposten vielleicht, der sich mir nun von hinten näherte. Doch da war niemand. Der seltsame Betzirkel auf der Lichtung schien sich in Sicherheit zu wiegen. Trotzdem blieb ich vorsichtig. Es mochte gut sein, daß der Siebte lautlos durch die Wälder schlich. Und obgleich es sich bei den Männern und Frauen um fromme, gottesgläubige Menschen handeln mochte, jagte mir ihre stille Demut und der Klang der fremden Namen, die sie angerufen hatten, Furcht ein.

Wir rufen die Diener der Elohim, hatte der eine gesagt. Die Elohim – hebräische Schöpfungsgötter, die als Teil Gottes die Welt erschufen. Die Erzengel des Herrn.

Augenblicklich fiel mir wieder Angelinas Zeichnung ein. Sieben Engel neben einer Kirche. Einer davon ohne Flügel.

Und hier auf der Lichtung: Sieben Pferde, eines ohne Reiter. Sechs Menschen, die betend am Boden saßen.

Die Wälder sind voller Engel.

Wir rufen die Diener der Elohim.

Angelina.

Sie war eine von ihnen. Es gab keinen Zweifel. Sie war die fehlende Siebte. Es war kein Verdacht, keine vage Idee. Mit einem Mal erfüllte mich völlige Gewißheit.

Wieviele waren es gewesen, die den Anschlag auf die Wittenberger Schloßkirche verübten?

Ebenfalls sieben.

Eine davon hatte sich den Kopf verbrannt, jene, die Faustus befreite.

Wieder Angelina.

Die Steine des Mosaiks fügten sich zueinander, ergaben ein erschreckendes Bild: Angelina als brandschatzender Racheengel.

Allein eine Einzelheit machte mich stutzig. Keinem dieser Sechs wuchsen Flügel aus dem Rücken. Und doch hatte man Angelina verstümmelt. Irgend etwas war aus ihrem Körper geschnitten worden.

Ich betrachtete die sechs Betenden genauer. Sie alle knieten leicht vornübergebeugt, so daß sich der Stoff ihrer Hemden über den Rücken spannte. Es gab dort keinen Ansatz von Flügeln.

Trotz solcher Bedenken war ich sicher. Ich hatte Angelinas Herkunft entschlüsselt. Sie mußte einst ausgesehen haben wie diese hier: blond, hellhäutig. Sie war auf dem siebten Pferd geritten, hatte mit Schwert, Dolch und Armbrust gekämpft. Gottes Krieger auf Erden. Ein Engel.

Ich fragte mich, wie sie uns gefunden hatten. Nein, vielmehr: Waren überhaupt wir diejenigen, die sie suchten?

Falls nicht – konnte dieses erneute Zusammentreffen ein Zufall sein? Erst Wittenberg, dann die Wartburg. Was war die Verbindung?

Darauf gab es drei Antworten: Die eine war Bruder Martinus.

Die zweite Faustus.

Die dritte war ich.

Die sechs Männer und Frauen knieten immer noch mit geschlossenen Augen im Kreis. Ihre Münder bewegten sich lautlos in stummem Gebet. Mochten sie sich selbst auch für Engel halten, für die Werkzeuge des Herrn, so war doch etwas an ihnen, das mir angst machte. Ihre Haut und ihr Haar waren so hell, als erstrahlten sie in der Dämmerung von innen heraus. Es mochte eine Täuschung sein oder auch nicht – letztlich gab es den Ausschlag, daß ich mich zum Rückzug entschloß. Ich hatte genug gesehen. Ich würde Faustus berichten können, was Mephisto mit seinen rätselhaften Worten gemeint hatte.

Zum Teufel, ich nahm es schon als selbstverständlich hin, daß ein Hund zu meinem Meister sprach wie ein Mensch! Oder nein, nicht wie ein Mensch; ihre Geister hatten zueinander gesprochen.

Wie auch immer, in jenem Augenblick beschäftigten mich andere Sorgen. Ich mußte ungesehen vom Rand der Lichtung verschwinden, ohne die unheimlichen Gestalten auf mich aufmerksam zu machen. Sie sahen aus, als seien sie völlig in sich und ihre Andacht versunken. Und doch konnte ich unmöglich sicher sein, ob sie mich nicht hören würden. Vorhin, als ich hierhergekommen war, hatte ihr Gesang meine Schritte im Unterholz übertönt. Jetzt aber lag geisterhafte Stille über der Lichtung und dem angrenzenden Wald. Selbst die Tiere schwiegen. Jedes Knistern, jedes Brechen eines Astes mußte weithin zu hören sein.

Es half alles nichts. Ich mußte zurück zur Burg, so schnell wie nur möglich. Faustus mußte erfahren, was hier vorging. Er würde abschätzen können, ob uns eine Gefahr durch die gespenstischen Krieger drohte.

Unendlich langsam zog ich die Hände zurück und sah zu, wie sich der Vorhang aus Zweigen vor mir schloß. Dann drehte ich mich vorsichtig um, machte erst einen, dann einen zweiten Schritt – und trat direkt in das Loch eines Fuchsbaus. Mein Fuß verhakte sich, ich taumelte, ruderte hilflos mit den Armen und krachte der Länge lang zu Boden. Äste splitterten unter meiner Last, und das Laub raschelte so laut, daß es mir in den Ohren sauste.

Mit einem stummen Fluch sprang ich hoch und rannte los so schnell ich konnte. Ich sah mich nicht um. Ich mußte mich nicht vergewissern, daß sie meinen Sturz bemerkt hatten.

Und dann hörte ich sie auch schon. Ein Mann rief hinter mir etwas auf Latein, dann schabte Stahl auf Stahl – Schwerter, die aus ihrer Umhüllung gerissen wurden. Ich war allein und unbewaffnet; sie aber waren zu sechst, noch dazu ausgerüstet, als gelte es, die Burg zu erobern. Mein einziger Vorteil war mein Vorsprung und die Flinkheit meiner Füße. Ich hoffte inständig, daß ihre nicht flinker waren.

Zweige schlugen mir ins Gesicht, als ich achtlos durch die Büsche brach, mich nach links wandte und in die

Richtung der Burg lief. Ich mußte die Höhle erreichen, koste es was es wolle, und Faustus vor diesen Menschen (Engeln?) warnen. Mir war, als drehten sich die endlosen Reihen der Bäume vor meinen Augen, als geriete der Boden selbst ins Schwanken. Ich hatte Mühe zu atmen, als sei die Luft plötzlich zu zäh für Mund und Nase.

Hatten sie nicht die Geister der Luft und die Gnomen der Erde beschworen? Waren sie es, die mich mit einem Mal bedrängten? Alles wirbelte und drehte sich, mir stockte der Atem, und doch lief ich weiter, immer weiter, schneller, immer schneller. Der Weg durch die peitschenden Äste wurde zum Spießrutenlauf, die Bäume zu grinsenden Nachtmahren, die hämisch auf mich einschlugen. Ich wußte nicht, wo meine Verfolger waren, nicht wie nah oder fern. Ihre Schritte wurden längst vom Taumel meiner eigenen verschluckt. Ich dachte nur an meine Flucht. Ganz allein das Vorwärts zählte.

Ich erreichte die vorderen Felsen und rannte entlang der Steilwand nach Süden. Irgendwann mußte ich so den Eingang zur Höhle erreichen.

Im selben Augenblick schien hinter mir das Unterholz zu explodieren. Knirschend barsten die Zweige, als zwei Gestalten aus dem Schatten der Bäume ins Freie jagten. Sie mochten noch zwei Dutzend Schritte hinter mir sein. Aus dem Augenwinkel sah ich, mit welchem Geschick sie sich bewegten, unfaßbar schnell. Es war, als gerate ihr ganzer Körper in Bewegung, als rege sich jedes ihrer Glieder. Gleich wimmelnden Ameisen schossen sie hinter mir her. Sie holten auf. Kamen näher. Angst packte mich – als wären es keine Menschen, die mir im Nacken saßen.

Und waren es denn welche?

Wir rufen die Diener der Elohim.

Vor mir klaffte in der Dämmerung ein Stück Schwärze. Der Felsspalt. Der Eingang zur Höhle.

Ihre Finsternis umfing mich mit klammer Hand. Die Pferde wieherten verstört, als ich an ihnen vorüberrannte. Eines trat unruhig nach hinten aus, doch sein Huf verfehlte meine Hüfte um mehr als einen Schritt. Bald schon erreichte ich die ersten Stufen. Das Licht vom Eingang reichte nicht mehr bis hierher. Die Furcht vor dem, was mir folgte, war größer als jene, in der Dunkelheit zu stürzen. Wie von selbst fanden meine Füße die Stufen. Die Treppe machte eine Biegung, und der helle Felsspalt in meinem Rücken verschwand. Um mich war nur noch absolute Schwärze.

Das Wiehern der Pferde wurde mit einem Mal wieder lauter. Meine Verfolger mußten die Höhle entdeckt und betreten haben. Ich wollte schneller laufen, doch in der Finsternis war das unmöglich. Eine einzige Frage raste durch meinen Schädel, immer wieder und wieder: Können Engel auch im Dunkeln sehen?

Jetzt hörte ich ihre Schritte weiter unten auf der Treppe. Sie schienen noch immer zu zweit zu sein. Offenbar waren die übrigen vier zurückgeblieben. Sie sprachen nicht miteinander, riefen sich keine Warnungen vor unsichtbaren Ecken und Kanten zu, fluchten nicht einmal. Auch sie fanden den Weg ohne Hindernisse. Ihre Schritte hallten in dem engen Steintunnel wider, schufen ein Echo, das zugleich von oben und unten zu kommen schien. Ich hätte nicht sagen können, ob sie fünf oder fünfzig Stufen hinter mir waren. Schon glaubte ich, sie in meinem Rücken zu spüren, doch es war nur die Angst, die mir eisig den Körper herabkroch.

Das Echo nahm zu. Bald schon dröhnte es in meinen Ohren, lauter noch als die Geräusche meiner eigenen

Schritte. Mein Herz schlug dazu in einem jagenden Takt. Meine Lungen rasten. Jeder Atemzug war ein verzweifeltes Schnappen nach Luft, als drohte mich die Schwärze in ihrer Umarmung zu ersticken. Von überall hörte ich Laute.

Ich begriff, daß ich verloren war. Die beiden Krieger würden mich einholen. Sie waren schneller als ich, geschickter als ich. Ihre Waffen waren scharf und tödlich. Mochten sie auch vorgeben, Engel zu sein; der Sinn stand ihnen allein nach Tod und Vernichtung. Denn war Gott, ihr Herr, nicht ein Gott der Zerstörung? Hatte er nicht ganze Völker ins Elend gestürzt, sie hingeschlachtet mit einem Wink seiner Hand? Was mochte ihm da das Leben eines armseligen Zauberadepten bedeuten?

Einmal war ich sicher, daß nun tatsächlich auch von vorn Schritte auf mich zukamen. Das aber war unmöglich. Die beiden Verfolger waren hinter mir. Und wer sollte mir von oben entgegenkommen? Ein Retter? Sicher nicht. Faustus, der einzige Mensch, der mir hätte zur Hilfe kommen können, saß eingeschlossen in der geheimen Dachkammer; ich selbst hatte schließlich den Zugang versperrt. Wer noch? Berlepsch? Der hatte andere Sorgen. Angelina? Für sie galt dasselbe wie für Faustus. Außerdem: Auf welcher Seite stand sie eigentlich? Schließlich war sie eine von ihnen. Fraglich, ob sie mir überhaupt helfen *wollte*.

Ich erreichte einen Treppenabsatz, an dem der Schacht sich zu einer schmalen Kammer ausdehnte und der Grund für einige Schritte eben war. Ich bemerkte das aber erst, als mein Fuß vergeblich nach der nächsten Stufe tastete, mit vollem Schwung ins Leere stieß und mich haltlos mit sich riß. Der Boden verschwand für einen Herzschlag unter meinen Füßen, dann war er wieder da – unter meinem Kinn. Ausgesprochen hart und schmerzhaft. Der Aufprall raubte mir fast die Besinnung. Wäre ich in der Schwärze nicht ohnehin blind gewesen, mein Blick hätte sich wohl verschleiert. So aber verlor ich für einige Augenblicke gänzlich das Gefühl fürs Oben und Unten. Mir war egal, was mit mir geschehen würde. Alles wurde bedeutungslos. Ich drehte mich ununterbrochen um mich selbst, oder glaubte es zumindest. Schwindel und Schmerz verbanden sich zu einem wilden Taumel. Ich wußte, daß ich jetzt sterben würde.

Füße stießen gegen mich. Meine Verfolger. In einer Art Halbschlaf spürte ich, daß sie stehenblieben. Ich war wehrlos und keineswegs in der Lage, etwas an diesem Zustand zu ändern. Mit enormer Willensanstrengung gelang es mir zumindest, mich auf den Rücken zu rollen. Selbst das war eine gehörige Leistung angesichts meines erbärmlichen Befindens.

Ich erwartete den ersten Schlag mit der Schwertklinge wie ein Lamm auf dem Opferstein. Sollten sie mich töten. Sollten sie mich vom Erdboden tilgen. Kaum einer würde es bemerken. Was war ich schon im Angesicht dessen, der unser Handeln bestimmt?

(Ihr, staunender Leser, kennt mich mittlerweile gut genug, um zu wissen, daß dies keine üblichen Gedanken für einen wie den Wagner waren. Ihr habt mich als mutigen, tapferen Recken erlebt, als einen, dem die Frauenherzen zuschmachten, der alles wagt, um sein Glück zu erreichen. Ihr wißt um meine Kühnheit und mein hehres Wesen ohne Fehl. Wittere ich Widerspruch? Nun, in jenem Augenblick jedenfalls, auf der geheimen Treppe unter der Wartburg, verlor ich all meine wackeren Gedanken, das muß ich zugeben. Doch bemerkt Ihr meine List? Ich gestehe eine Schwäche, um in noch hellerem Lichte vor Euch zu erstrahlen!)

Ich lag da und erwartete den Tod.

Plötzlich klirrte es über mir, kreischend laut und metallisch. Eine Handbreit vor meinem Gesicht sprühten Funken. Ihr Flackern tauchte die Kammer einen Herzschlag lang in Zwielicht. Der Augenblick war schnell vorüber. Und doch hatte ich etwas gesehen. Gleich über mir kreuzten sich Schwerter. Vor mir dräuten zwei Gestalten, wohl die beiden Engelkrieger. Hinter mir stand eine dritte Person. Jemand, der seine Klinge schützend über mich gehalten hatte, als meine Gegner zum Todesschlag ausholten.

Dann, ehe ich irgend etwas begriff, entbrannte ein wilder Schwertertanz, direkt über meinem Kopf! Klingen schlugen aufeinander, grelle Funken sprühten. Weiter Stoff rauschte mir um die Ohren. Gedankenschnell rollte ich mich zur Seite, plötzlich von neuem Lebensdrang erkühnt. Vorbei war aller Gleichmut. Leben wollte ich, wollte sehen, wie man meinen Feinden den Garaus machte – wer auch immer dabei die Waffe führte. Zugegeben, vom Sehen und vom Garaus der Feinde war ich um einiges entfernt. Noch tobte der Kampf, und noch herrschte völlige Finsternis. Mit welchen Sinnen die Kämpfer zueinanderfanden, blieb mir ein Rätsel. Alles, was ich wahrnahm, war ein Rausch aus Bewegung. Ständig streiften mich Füße und Körper. Die Funken der wirbelnden Klingen erglühten um mich her wie ein Feuerwerk. Meine größte Furcht war, daß ein verirrter Schwerthieb seinen Weg zu mir finden könnte. Doch schienen die drei Kämpfenden – zwei gegen einen – ihr Handwerk gut zu verstehen. Keiner schien blind um sich zu schlagen, in der schalen Hoffnung, einen anderen zu treffen. Nein, dieser Kampf wurde gezielt geführt, trotz der Dunkelheit, trotz der beengenden Kammer.

Inmitten dieses Wirbels aus klirrendem Tod schob ich mich auf dem Bauch bis zur nächstbesten Felswand. An ihr drückte ich mich entlang, bis ich den Treppenaufgang erreichte. Von hier aus ging es weiter nach oben. Dem Licht und dem Leben entgegen. Die Frage, wer mich gerettet hatte, brannte lodernd heiß in meinem Denken. Trotzdem bezwang ich den Drang, nach seinem Namen zu fragen. Damit hätte ich erneut die Aufmerksamkeit meiner Feinde erregt. Erst galt es, so schnell wie möglich zu verschwinden. Um Antworten konnte ich mich später bemühen.

Ich ließ die drei, die dort unsichtbar in der Schwärze aufeinanderhieben, hinter mir zurück und stürmte mit letzter Kraft die Stufen hinauf. Schließlich erreichte ich die obere Kammer und schlüpfte durch die Falltür hinauf in den Stall. Ich bemerkte wohl, daß nun viel mehr Pferde dastanden als zuvor, dachte mir aber nichts dabei. Vor dem Tor dämmerte der Morgen, und auf dem Hof war Betriebsamkeit ausgebrochen. Eilig lief ich zur Geheimtür in der Stallwand, zwängte mich unbemerkt hindurch und gelangte in den engen Treppenschacht. Als ich die Tür hinter mir schließen wollte, sah ich eben noch durch den Spalt, wie die Falltür, durch die ich gerade erst gekommen war, von unten aufgestoßen wurde. Doch ich ließ mir nicht die Zeit, mich zu vergewissern, wer dort ans Tageslicht kletterte. Es mochte mein unbekannter Retter sein – oder auch die beiden Engelkrieger. Wieder entschied ich, mich zuerst in Sicherheit zu bringen, bevor ich mir Zeit für Fragen ließ. Ich zog also die Tür hinter mir zu und rannte die Treppe hinauf.

Gerade hatte ich den obersten Absatz erreicht, als ich hinter mir schon das Öffnen der Geheimtür hörte. Wer auch immer mir folgte, Freund oder Feind, er war nur noch wenige Schritte entfernt. Die Versuchung, abzuwarten, war groß. Und doch lief ich weiter. Ich war nicht bis hierher gekommen, um mich schließlich doch noch von den beiden Weißhaarigen erschlagen zu lassen. Erst in der Geheimkammer unterm Dach war ich sicher. Ihre Tür war massiv. Sie konnte ich versperren. Nicht einmal die geisterhaften Kämpfer würden sie überwinden können.

Ich stürmte gerade den Gang zur Kammer entlang, als mir klar wurde, daß ich verloren hatte. Ich mußte die Tür erst von außen aufschließen, ein allzu langwieriger Vorgang in Anbetracht der Nähe meiner Verfolger. Was, wenn der Schlüssel fort war? Oder das Schloß klemmte? Bange Fragen wie diese trieben mich zu einer neuen Entscheidung.

Auf Bodenhöhe des steinernen Flurs befand sich in einer Wand eine Öffnung, jener ganz ähnlich, die ich in der Geheimkammer bemerkt hatte. Durch sie drang frische Luft in die verborgenen Räume. Allein durch eines unterschied sich dieses Loch von dem anderen: Es war nicht vergittert.

Blitzschnell ging ich in die Knie und schob mich kopfüber in den dahinterliegenden Schacht. Er verlief waagerecht und war eben breit genug, um mir Unterschlupf zu gewähren. Spinnweben legten sich über mein Gesicht wie ein seidener Schleier. Trotzdem kletterte ich weiter, bis auch meine Füße vom Gang aus nicht mehr zu sehen waren. Dann blieb ich reglos liegen, wagte nicht einmal mehr zu atmen. Kein Laut durfte nach außen dringen.

Hinter mir stürmte ein Mann an der Öffnung vorüber und machte sich an der Tür der Geheimkammer zu schaffen. Entweder der Schlüssel steckte tatsächlich noch, oder aber er hatte ihn bei sich. Letzteres sprach dafür, daß es in der Tat mein Retter war, der als Sieger aus dem Kampf hervorgegangen war. Fest stand auf jeden Fall, daß es eine einzelne Person war. Noch ein Hinweis, der gegen die beiden Engelkrieger sprach.

All dies machte mir neuen Mut. Gerade wollte ich mich rückwärts wieder aus dem Schacht hinausschieben, als auf dem Gang neuerliche Schritte laut wurden. Diesmal waren es mehrere, ja, ein regelrechter Menschenauflauf schien in dem engen Flur aufzumarschieren.

»He da!« rief eine Stimme, die nur dumpf bis zu mir in den Luftschacht vordrang. »Öffnet die Tür! Wir wissen, daß ihr euch dahinter versteckt. Und falls du es bist, Faustus, dann solltest du dich um so mehr beeilen – vielleicht lasse ich dann Gnade walten!« Diese letzten Worte, eindeutig voller Hohn und keineswegs ernstgemeint, machten mir klar, wer dort draußen auf dem Gang stand.

Asendorf hatte uns gefunden.

Was auch immer hier während meiner Abwesenheit vorgefallen war, es hatte keinesfalls eine Wendung zum Guten gebracht. Der Inquisitor mußte die Wartburg am frühen Morgen erreicht haben.

Wir waren entdeckt! Der Gedanke bereitete mir solches Entsetzen, daß ich erst nach einer Weile begriff, daß er nicht völlig der Wahrheit entsprach. Faustus war entdeckt. Und Angelina. Ich aber befand mich noch in Sicherheit. Niemand wußte, daß ich in diesem Schacht steckte.

Der ganze Gang war jetzt voller Menschen. Zweifellos Asendorfs Landsknechte. Ich verfluchte mich, daß ich nicht rückwärts in den Schacht gekrochen war; dann hätte ich sie wenigstens sehen können. So aber wandte ich ihnen die Schuhsohlen zu, und eine Drehung war in dem engen Schlauch unmöglich.

»Faustus!« rief die Stimme erneut. »Ich weiß, daß du dort drinnen bist. Glaube ja nicht, daß ich die Tür einschlagen lasse! Diese Kammer ist als Gefängnis so gut wie jede andere.«

Asendorf konnte nicht sicher sein, daß es wirklich Faustus war, der sich dort vor ihm versteckte. Es sei denn, Berlepsch hätte geplaudert. Freilich, ob er es wußte oder nur vermutete – einen Unterschied machte das nicht.

»Meine Männer werden hier draußen auf dich warten«, sagte Asendorf. »Es wird eine Weile dauern, die Scheiterhaufen für dich und deine Ketzerfreunde zu errichten. Bis dahin magst du in dieser Kammer sitzen und dein Schicksal erwarten.« Daraufhin gerieten die Männer auf dem Gang erneut in Unordnung, denn Asendorf wandte sich ab und stieg über die Wendeltreppe ins Freie. Seine Soldaten blieben zurück. Sie machten rauhe Scherze und lachten. Tatsächlich hatten sie allen Grund zur Freude. Der Erzfeind ihres Meisters war gefaßt.

Ich selbst hatte keine Wahl. Langsam und so lautlos wie nur möglich schob ich mich tiefer in den Schacht. Ich hegte die vage Hoffnung, auf diesem Weg das Gitter zu erreichen, das in die Geheimkammer führte.

Schon nach kurzer Strecke gelangte ich an eine Gabelung. Zum einen führte der Schacht weiter geradeaus, wahrscheinlich zur Außenmauer; nach rechts aber machte er einen scharfen Knick. Mit aller Mühe gelang es mir, mich um die Ecke zu schlängeln. Der Stein schien von allen Seiten tonnenschwer auf meinen Körper zu drücken. Einen Augenblick lang bedrängte mich die entsetzliche Vorstellung, in diesem Tunnel stekkenzubleiben, weder vor noch zurück zu können, eingepfercht, hilflos, verloren. Ich würde verdursten oder von Ratten und Spinnen gefressen. Wahrhaft erbauliche Gedanken.

Trotz allem gelang es mir, weiter voranzukommen. Gleich einem Schiffsbug, der sich durch Algenschleier schiebt, stieß mein Gesicht durch hauchdünne Spinnweben. Immer wieder war mir, als krabbelten dürre Beine über meine Haut, über meine Wangen und Lippen. Ich war froh, in der Dunkelheit nichts sehen zu können. Schließlich aber quoll mir ein fahler Schein entgegen, und da wußte ich, daß ich am Ziel war.

Mit beiden Händen umfaßte ich das Gitter und zog mich mit dem Gesicht heran. Von hier aus hatte ich einen Großteil der Geheimkammer im Blick. Die Kerzen tauchten sie in orangefarbenes Halblicht.

Angelina hockte unverändert an der Wand, beide Knie angezogen, das verbrannte Gesicht gesenkt. Faustus ging aufgeregt auf und ab. Zweifellos grübelte er über einen Weg, Asendorfs Häschern zu entkommen. Zudem aber befand sich eine dritte Person in dem Raum. Es war ein Mann, feist und schwer, gekleidet in die weiten Gewänder eines Priesters. Ich hatte sein Gesicht nie zuvor gesehen; es war breit und fleischig, die Lippen rote Wülste. Sein Schädel war vollkommen haarlos. Doch obwohl ich den Mann nicht kannte, wurde mir mit einem Mal klar, wer er war und was hier seit meinem Abschied geschehen sein mußte (später erfuhr ich, daß ich damit goldrichtig lag)

Asendorf hatte im Morgengrauen die Burg erreicht. Deshalb brachte Berlepsch den anderen, uns unbekannten Besucher – den fetten Priester, also – hinauf in unsere Kammer, denn auch er war auf der Flucht. Der Hauptmann hoffte wohl, daß der Pfaffe ebenso wie wir hier oben sicher sein würde. Nachdem ich selbst so lange auf mich warten ließ, wurde Faustus unruhig. Er war dank Berlepsch nicht länger eingeschlossen, und so machte er sich auf den Weg, mir zur Hilfe zu kommen – was ihm ja auch im letzten Augenblick gelungen war. Er besiegte oder vertrieb die beiden Engelkrieger unten im Geheimgang und folgte mir nach oben. Ich aber versteckte mich dank meiner Dummheit vor ihm im Schacht, und Faustus eilte zurück in die Kammer, wohl weil er glaubte, ich sei bereits dort eingetroffen. Zugleich mußte aber auch Asendorf oder einer seiner Männer auf ihn aufmerksam geworden sein; wahrscheinlich, als Faustus durch die Falltür den Stall betrat. Den Rest der Ereignisse hatte ich mit eigenen Ohren belauscht: Der Hexenjäger folgte meinem Meister mit seinen Soldaten und belagerte die Tür.

Da also waren wir nun: Faustus, Angelina und der Priester gefangen, ich selbst in diesem Luftschacht verborgen, ohne Aussicht, ihn lebend zu verlassen, denn an seinem Ausstieg warteten Asendorfs Schergen.

»Meister!« flüsterte ich leise durchs Gitter.

Faustus fuhr herum. Er sah mich und lächelte sogleich. »Wagner! Du bist also frei«, entfuhr es ihm erfreut.

»Nun, wenn Ihr es so seht ...« erwiderte ich vorsichtig. Freilich schrie alles in mir danach, zu widersprechen – Freiheit stellte ich mir doch ein wenig anders vor –, doch wollte ich ihm nicht die geringe Hoffnung zerstören, die ihm die letzten Stunden versüßen mochte.

Er ging vor dem Gitter in die Hocke. Der dicke Priester gesellte sich daneben, deutlich behäbiger, und verstellte mir die Sicht auf Angelina, die mir weit wichtiger war als er. Ich hoffte, daß sie näher kommen würde, wohl weil ich wünschte, daß auch sie sich um mich sorgte. Doch Angelina kam nicht.

Bemüht, mir meine Bedrückung darüber nicht anmerken zu lassen, schilderte ich Faustus mit wenigen Worten, was geschehen war. Als ich ihm die Versammlung der Männer und Frauen im Wald beschrieb, nickte er wissend, sagte aber nichts. Statt dessen polterte der Priester:

»Das sind sie, das sind sie!«

Ich schenkte ihm einen zweifelnden Blick – er hatte sich mir noch immer nicht vorgestellt –, und fuhr dann in meinem Bericht fort. Faustus erlaubte sich ein schwaches Schmunzeln, als ich erzählte, wie ich in den Schacht geraten war.

Dann berichtete er seinerseits, daß sich meine beiden Verfolger nach dem Duell mit ihm zurückgezogen hatten. Er sei nicht sicher, ob er sie tatsächlich in die Flucht geschlagen habe oder ob die Männer andere Gründe für ihren Rückzug gehabt hätten.

Endlich, nachdem wir nun beide über das Geschehene aufgeklärt waren, sagte Faustus: »Dies hier ist Pater Gregorius.« Er nickte dem Priester aufmunternd zu: »Es hat eine Weile gebraucht, bis er endlich Vertrauen zu mir gefaßt hat.«

»Ihr in meiner Lage hättet nicht anders ...« begann Gregorius, doch Faustus unterbrach ihn.

»Natürlich, Pater, natürlich.« Dann wandte er sich wieder an mich. »Gibt es von deiner Seite aus eine Möglichkeit, dieses Gitter zu öffnen?«

Ich betrachtete eingehend die dicken Eisenstangen und schüttelte den Kopf. »Sie sind fest ins Gestein eingelassen.«

Faustus nickte. »Das dachte ich mir.«

»Gibt es keine andere Möglichkeit, aus der Kammer zu entkommen?« fragte ich entgegen besseren Wissens. Die Angst um ihn und Angelina gab mir die Worte ein, nicht der Verstand.

»Keine«, entgegnete Faustus.

»Heißt das etwa, Ihr wollt Euch geschlagen geben?« fragte ich enttäuscht.

»Geschlagen geben kann sich nur ein Verlierer«, erwiderte Faustus rätselhaft.

Dies schien auch den Priester zu verwirren. Seine fetten Züge wellten sich empört. »Aber wir müssen irgend etwas tun!«

»Ihr seid ein Diener Gottes, Pater«, sagte Faustus. »Wie wäre es mit einem Gebet?«

Die Antwort des Paters zeugte von einer Schlagfertigkeit, die ich ihm keineswegs zugetraut hatte: »Ihr seid ein Diener Satans, Faustus. Gebt *Ihr* Euch mit Beten zufrieden?«

Mein Meister lächelte und nickte ihm anerkennend zu.

»Was ist mit Eurem Schwert?« fragte ich aufgeregt.

Faustus hob die Schultern. »Ich werde es Asendorf aushändigen, falls er es verlangt.«

»Ohne Euch zu verteidigen?«

»Glaubst du, ich könnte es mit zwei Dutzend Landsknechten aufnehmen?« Seine Stimme klang jetzt ernster, fast ein wenig streng. Es war ein Fehler gewesen, anzunehmen, daß er den Ernst der Lage unterschätzte.

Wir mußten ein merkwürdiges Bild abgeben: Faustus und der Pater auf den Knien vor der Gitteröffnung, und ich selbst dahinter, lang ausgestreckt im Schacht. Mein ganzer Körper wurde von einem grauenvollen Juckreiz befallen, doch der Schacht war so eng, daß ich mich nicht einmal kratzen konnte, und so begann ich in recht seltsamen Verrenkungen mit Rücken, Beinen und Hinterteil an der Decke und den Wänden zu reiben, um mir so zumindest ein wenig Erleichterung zu verschaffen. Das Jucken aber blieb trotzdem.

Faustus sah Gregorius an. »Warum erzählt Ihr meinem Schüler nicht, was Ihr mir und dem Mädchen eben berichtet habt?«

»Hat das noch Sinn?« erwiderte der Pater und betrachtete mich zweifelnd in meiner armseligen Lage.

»Was meint Ihr damit?« fragte ich beleidigt. »Zumindest stehe ich nicht mit einem Bein auf dem Scheiterhaufen, wie manch anderer hier.«

Der Pater zuckte zusammen, und Faustus seufzte. »Ich bitte Euch, Gregorius, erzählt Wagner, was Ihr wißt.«

Der Dicke rümpfte pikiert die Nase und schwieg.

Die Miene meines Meisters verdüsterte sich. »Nun denn«, sagte er beherrscht, »dann muß wohl ich selbst das übernehmen.«

Und so erfuhr ich, daß der Pater aus dem nahen Gotha, östlich von Eisenach, zur Burg geflohen war. Offenbar, so hatte er Faustus erzählt, war er nur mit Not einem Anschlag auf sein Gotteshaus und das eigene Leben entkommen. Man habe ihm das Dach über dem Kopf anzünden wollen – und ihn selbst gleich mit. Die Mordbrenner hatten ihn zweifellos für tot gehalten, nur deshalb war er ihnen entwischt. Bevor er sich jedoch davongeschleppt hatte, war es ihm gelungen, einen Blick auf die Attentäter zu werfen: sechs Männer und Frauen mit hellem Haar und noch hellerer Haut, die sich untereinander in lateinischer Sprache unterhielten – ein fraglos ungewöhnlicher Umstand. Es bestand kein Zweifel, daß es sich bei den Mördern um dieselben Männer und Frauen gehandelt hatte, die ich im Wald beobachtet hatte.

»Habt Ihr sie je zuvor gesehen?« wandte ich mich

an Gregorius, nachdem mein Meister den Bericht beendet hatte.

Der Pater schien seine Abneigung gegen mich zu überwinden und erwiderte: »Nein.« Und zögernd fügte er hinzu: »Zumindest nicht nach ihrer heutigen Erscheinung.«

»Was meint Ihr damit?« fragte Faustus erstaunt.

»Nun ja«, sagte Gregorius und fühlte sich dabei sichtlich unwohl, »möglicherweise habe ich einen von ihnen gesehen, als er noch ein Kind war.«

»Ein Kind?« entfuhr es mir und Faustus wie aus einem Mund.

Der Pater nickte und sah dabei keinem von uns in die Augen. »Habt Ihr je vom Auszug der Erleuchteten gehört?« fragte er.

Ich schüttelte den Kopf und sah Faustus an. Doch auch der schien nicht zu wissen, von was Gregorius sprach.

Der Pater fuhr fort: »Bis vor zwölf Jahren regierte in Rom Papst Alexander VI., das ist Euch bekannt. Sicher wißt Ihr auch um seinen Ruf, mit dem Teufel paktiert zu haben.« Dabei schenkte Gregorius meinem Meister einen vielsagenden Blick, den dieser gelassen erwiderte.

Der Pater fuhr sogleich fort, doch erlaubt mir an dieser Stelle eine neuerliche Unterbrechung. Dem unwissenden Leser will ich in wenigen Worten das sündige Leben des Papstes Alexander schildern, kommt ihm doch in Gregorius' Bericht eine wesentliche Rolle zu.

Rodrigo Borgia war im Jahre 1492 durch einen geschickten Handel mit Ämtern, die er an seine Getreuen verteilte, an die Macht im Vatikan gelangt und hatte den Namen Alexander VI. angenommen. Er hielt sich einen ganzen Stall von Mätressen und zeugte mit ihnen zahlreiche Kinder – neun, sagen die einen, neunzig, die anderen –, von denen zwei zu besonderer Berühmtheit gelangten: die Hure Lucrezia, die von ihrem Vater mehrfach verheiratet wurde, stets so, wie es seine politischen Dünkel erforderten – und Cesare, der finstere Giftmischer und Mordbube. Der Papst machte in seiner Verruchtheit kein Geheimnis aus seinem verbotenen Nachwuchs, im Gegenteil, er förderte ihn offen aus den Truhen der Kirche. Religion bedeutete ihm nichts, ebenso das Ansehen des Heiligen Stuhls. Er vergab die vatikanischen Ländereien an seine Familie und genoß es, mit Dutzenden von Dirnen ausschweifende Orgien zu feiern. Schon bald war sein Gesicht von der Syphilis zerfressen, was ihm den Ruf einbrachte, selbst ein Dämon zu sein, der sich zum Herrscher der Christenheit emporgeschwungen hatte. Bei öffentlichen Auftritten verbarg er seine entstellte Fratze stets hinter einer schwarzen Maske. Sein Schreiber berichtete kurz nach Alexanders Tod von Satansmessen und Ritualen der schwarzen Magie, die er in den heiligen Hallen beobachtet hatte, um Feinde zu verderben und die Macht der Borgia zu mehren. Auch die schöne Lucrezia, Alexanders Tochter, stand demnach mit dem Teufel im Bunde – sie machte sich alle Männer in ihrer Umgebung zu Sklaven und galt schon bald als Hexe, die einen unheiligen Einfluß auf ihren Vater ausübte. Es kam sogar vor, daß sie in Abwesenheit Alexanders die kirchlichen Geschäfte führte – man stelle sich vor, eine Frau auf dem Heiligen Stuhl!

Man hat später viel über die Umstände von Alexanders Tod getuschelt. Der Borgia erkrankte kurz nach den Feierlichkeiten zum zwölften Jahrestag seiner Weihe und starb nur wenige Tage später unter seltsamen Umständen. Es hieß, er habe vor seiner Wahl zum Papst einen Pakt mit dem Teufel unterzeichnet und seine Seele dem Leibhaftigen versprochen – im zwölften Jahr seiner Herrschaft. Als der gefürchtete Tag nun nahte, flehte der Papst seinen höllischen Gönner vergeblich um Aufschub an. Daraufhin ergriff ihn eine tödliche Krankheit, die ihn unter entsetzlichen Qualen ans Bett fesselte. Man munkelte, sieben Dämonen hätten in der Gestalt schwarzer Affen an seiner Seite Wache gestanden, während der Papst im Todeskampf die Hände um die Brüste seiner Dirnen krallte.

Als Alexander endlich starb, begann seine Haut zu kochen, Blasen quollen ihm aus Mund und Nase, und seine Glieder schwollen an, bis nichts Menschliches mehr an ihnen war. Die Zunge, die ihm gespalten aus dem Maul hing, färbte sich schwarz und verbreitete ihre Fäulnis auf den ganzen Körper. Überall in der Stadt veranstalteten schwarze Hunde einen teuflischen Lärm, sie bellten und jaulten und weinten mit Kinderstimmen. Einige Nonnen, die sich in einer kleinen Kapelle nahe des Vatikans hatten einmauern lassen, um ihr Lebensende in freiwilliger Klausur zu verbringen, sollen daraufhin schreiend um Erlösung gebeten haben und seien, so die Gerüchte, aus ihrem gewählten Gefängnis befreit worden. Keine von ihnen fand den Weg zurück in Gottes Schoß; sie wurden zu Lustsklavinnen bösartiger Satansdiener und beschlossen ihr Dasein im tiefsten Sündenpfuhl.

Niemand brachte es über sich, den aufgequollenen Leichnam des Borgia-Papstes zu berühren. Deshalb schleppten ihn die Totengräber an Seilen aus seinen Gemächern, zwängten ihn mit Schaufeln in einen viel zu engen Sarg und verscharrten ihn in geheiligter Erde. Dann erst soll das satanische Treiben, das in jener Nacht über die Stadt gekommen war, ein Ende gefunden haben.

(Ihr, zweifelnder Leser, glaubt mir natürlich kein Wort. Ihr seht, ich kenne Euch gut! Und doch haben weisere Männer, als ich einer bin, auf dieser Schilderung beharrt. Selbst meinem Meister konnte ich kein Wort des Widerspruchs entlocken, als wir über den verfluchten Borgia sprachen. Das Jahr 1515, der Zeitpunkt meiner Erzählung, war laut Kalender das zwölfte Jahr nach dem Ende der zwölfjährigen Amtschaft Alexanders – eine Übereinstimmung, die von Bedeutung sein mochte. Nun ist die Zahl Zwölf nach den Lehren der Kabbala das Sinnbild für Seligkeit und Heiligkeit – worin mir kaum ein Zusammenhang zum Borgia-Papst zu bestehen scheint. Betrachten wir aber das Todesdatum Alexanders genauer – er starb im August 1503 –, so stellen wir fest, daß unser Aufenthalt auf der Wartburg im Mai 1515 vor Abschluß des zwölften Jahres nach seiner Regentschaft stattfand. Was uns eine Zahl zurück zur Elf führt. Und die Elf, das lehrt Euch jeder Kabbalist, ist das Sinnbild der Sünde! Wen also mag es wundern, daß das Treiben des Teufelspapstes mit einem Mal an neuer Bedeutung gewann? Es ist keine Übertreibung, wenn ich behaupte, daß seine Geisterkrallen noch aus dem Grabe nach uns griffen. Und wer glaubt, meine Rechnung prüfen zu müssen, der sollte sein Talent lieber aufs Schafe zählen oder das Eintreiben von Steuern verwenden – ein wahrer Okkultist wird aus ihm nie.)

Doch wo war ich stehengeblieben? Richtig, bei Pater Gregorius.

»Im Jahre 1502 ließ Alexander einen geheimen, päpstlichen Erlaß an all seine Priester überstellen«, fuhr der in seiner Erklärung fort. »Darin verlangte er, daß man ihm Auskunft über bestimmte Kinder gebe – nicht irgendwelche, versteht sich. Es mußten solche sein, deren Eltern hellblonde Haare hatten und durch Schönheit, Geschick und Klugheit aufgefallen waren.«

Ich schüttelte ungläubig den Kopf, wollte ihn aber nicht durch Fragen unterbrechen.

Auch Faustus blickte verständnislos drein.

»Ihr vermögt Euch vorzustellen, daß dies keine einfache Aufgabe war«, sagte Gregorius. »Die Auswahl der Haarfarbe beschränkte die Suche auf die Länder des Nordens. Zudem bestand Alexander darauf, daß das Haar der Eltern nicht einfach ein schlichtes Blond sein durfte – nein, beinah weiß mußte es sein. Denn er wollte sichergehen, daß die Kinder sich genauso entwickelten. Und was Schönheit, Klugheit und Geschick anging: Auch sie mußten im Übermaß bei beiden Eltern vorhanden sein.« Er strich sich mit dem Handrücken den perlenden Schweiß von der Stirn. »Um es kurz zu machen: Alles in allem wurden wohl einige Dutzend Kinder ausfindig gemacht. Wir Priester wurden verpflichtet, sie zu melden und fortan darüber zu schweigen. Auch ich fand ein solches Kind in meiner Gemeinde und meldete den Namen der Eltern einem persönlichen Gesandten des Papstes, der allein zu diesem Zweck durch die Lande zog. Und was glaubt Ihr, geschah? Zwei Tage später verschwand die Familie vom Erdboden.«

»Sie wurde ermordet?« fragte ich tonlos.

Der Pater holte tief Luft. »Man fand keine Leichen und kein Blut. Alles, was blieb, war ein leeres Haus. Damals wußte ich nicht, daß anderswo ähnliche Dinge geschahen, daher nahm ich an, die Familie, die ich selbst gemeldet hatte, sei vielleicht mit dem Gesandten gezogen oder, schlimmstenfalls, vor ihm davongelaufen. Ich hatte nicht die mindeste Ahnung, was der Papst mit diesen Menschen vorhatte, aber natürlich war ich überzeugt, daß es eine gute Sache war, etwas, das zu Ehren des Herrn geschah. Erst später erkannte ich ein Stück der Wahrheit. Durch eine Reihe von Zufällen erfuhr ich, daß in anderen Gemeinden, weit verstreut über das ganze Reich, ähnliche Gesandte aufgetaucht waren. Und auch dort schien es, als habe der Boden die betreffenden Familien verschluckt. Alle verschwanden ohne eine Spur. So begann ich, mit meinen bescheidenen Mitteln Nachforschungen anzustellen, und ganz allmählich erfuhr ich, daß die Kinder von den Gesandten nach Süden gebracht worden waren – nach Rom. In den Annalen der Kirchenschreiber wird dieser Vorfall als Auszug der Erleuchteten geführt, oder auch als Zug der Engel.«

Da war es wieder, das gefürchtete Wort.

Engel.

»Was geschah mit den Eltern?« fragte Faustus. »Brachte man auch sie nach Rom?«

Der Pater senkte betreten den Blick. »All jene, mit denen ich sprach, Menschen also, die die Gesandten auf ihrem Weg beobachteten, erwähnten stets nur die Kinder. Von ihren Eltern hatte keiner etwas bemerkt. Ich glaube nicht, daß sie jemals nach Rom gelangten. Und im Lichte der neuen Ereignisse befürchte ich das Schlimmste für sie.«

»Aber ... das ist unmöglich«, keuchte ich atemlos. »Der Papst mag ein Wahnsinniger gewesen sein, vielleicht gar ein Satansjünger. Aber er konnte unmöglich all diese Kinder entführen und ihre Eltern ermorden ...«

»Meint Ihr?« fragte Gregorius und sah fast ein wenig mitleidig zu mir herab. »Die Päpste haben über die Jahrhunderte hinweg ganz Städte ausrotten lassen. Sie haben Kriege geführt und ritten höchstpersönlich an der Spitze ihrer Armeen. Hunderttausende wurden getötet, gemartet – »

» – und verbrannt«, fügte Faustus trocken hinzu.

Fast hätte ich gegrinst. Nur fast.

Gregorius ließ sich dadurch nicht beirren. »Kein weltlicher Herrscher hat in den letzten fünfhundert Jahren so grausam regiert wie einige der Stellvertreter Petri. Und Alexander war einer der Schlimmsten.«

Faustus blieb gelassen. »Nehmen wir an, Ihr hättet recht mit Eurer Annahme. Was hätte der Borgia dann mit den Kindern anfangen sollen?«

Natürlich mußte auch Faustus längst zu einem ähnlichen Schluß gekommen sein wie ich selbst: Daß nämlich die weißhaarigen Krieger draußen im Wald niemand anders waren als eben jene Kinder, dreizehn Jahre nach ihrer Entführung durch den Heiligen Schlächter. Sie alle waren geworden wie ihre Eltern – weißhaarig und wunderschön, dazu voller Kraft und Geschicklichkeit. Nur die Entschloßenheit, mit der sie anderen nach dem Leben trachteten, mußte ihnen von Alexanders Häschern eingepflanzt worden sein.

Gregorius gab die gleiche Antwort: »Der Papst hat diese Kinder zu Mördern gemacht. Mörder, die jetzt den Auftrag haben, auch die letzten Spuren ihrer Existenz zu tilgen. Deshalb wollten sie mich töten. Ich selbst und einige andere Priester sind die einzigen, die noch vom Auszug der Erleuchteten wissen.«

»Warum aber sollten sie so lange damit gewartet haben?« wollte ich wissen.

Es war natürlich eine dumme Frage.

Faustus bewies, daß er längst viel weiter gedacht hatte. »Sagt, Gregorius, wißt Ihr noch, wieviele Jahre das Kind zählte, das Ihr dem Gesandten gemeldet habt?«

»Nicht mehr als fünf.«

»Demnach wäre es heute achtzehn.«

»In der Tat.«

Mein Meister sah mich durch das Gitter an. »Und wie alt waren die Männer und Frauen, die du im Wald beobachtet hast?«

»Es war dunkel, und ihre Schönheit verschleierte ihr wahres Alter. Sie sahen sich alle sehr ähnlich, fast wie Geschwister. Mag sein, daß sie nicht mehr als achtzehn Lenze zählten.«

Die beiden anderen nahmen es schweigend zur Kenntnis. Wieder fügten sich einzelne Bruchstücke zu einem großen Bild zusammen.

»Trotzdem«, gab ich zu Bedenken, »welchen Sinn hätte es für den Borgia gehabt, sich eine Armee hellblonder, weißhäutiger Mörder heranzuzüchten?« Nun, da ich es aussprach, schien es noch ungleich absurder.

Faustus hob die Schultern und lächelte schwach. »Lieber Wagner, eben diese Frage wird mir auf dem Weg zum Scheiterhaufen zu denken geben. Und ich fürchte, daß ich die Antwort nicht mehr erfahren werde. Eine elende Vorstellung, bei meiner Treu!«

»Sagt so etwas nicht«, bat ich flehend.

Was sollte aus mir und Angelina werden, wenn Faustus nicht mehr war?

Angelina!

Herrgott, ich hatte sie völlig vergessen.

Sie war eine der Erleuchteten! Mußte das nicht bedeuten, daß auch sie –

Ich kam nicht dazu, den Gedanken zu Ende zu denken. Angelina war schneller. Plötzlich legten sich ihre weißen, schmalen Hände von hinten um den Hals des Paters. Gleichzeitig hieb sie ihm ein Knie in den Rükken. Gregorius ging mit einem heiseren Keuchen zu Boden.

Ich riß den Mund auf, doch der Schrei blieb mir im Halse stecken. Das entstellte Mädchen bildete mit Zeige- und Mittelfinger ihrer rechten Hand ein V und rammte es in die winzigen Schweinsaugen das Paters.

Faustus überwand seine Überraschung um ein Vielfaches schneller als ich selbst. Er warf sich auf Angelina und wollte sie von Gregorius zerren, doch sie entwand sich ihm mit kraftvoller Geschicklichkeit. Ihre Wunden mußten sie vor Schmerzen fast um den Verstand bringen, und doch schien ihr einziges Streben der Tod des Paters zu sein. Als hätte sie sich erst jetzt wieder an ihren eigentlichen Auftrag erinnert.

Faustus packte sie erneut, und diesmal ging er gezielter vor. Er holte aus und schlug ihr mit der flachen Hand zwischen die Schulterblätter. Ihr Zustand würde sich dadurch kaum verschlimmern, doch der Schmerz mußte höllisch sein. Er *mußte* sie einfach außer Gefecht setzen.

Die Rechnung ging auf.

Ehe Gregorius sein Augenlicht einbüßen mußte, ließ Angelina von ihm ab und krümmte sich vor Pein. Aus ihrem Mund drang erst ein Keuchen, dann ein Schrei. Der erste Laut, den ich überhaupt von ihr hörte! Mußte das nicht bedeuten, daß sie auch sprechen konnte?

Mir blieb keine Zeit, länger darüber nachzudenken, denn im selben Moment wurde von außen gegen die Tür gehämmert. Asendorfs Männer mußten den Tumult gehört haben. Der Eingang war noch immer verschlossen, und nun mochten sie erstmals bereuen, daß sie ihn nicht öffnen konnten. Mit einem Streit unter den Gefangenen hatte keiner gerechnet.

»He, was ist los?« rief eine gedämpfte Stimme durch das Holz.

Der Soldat wartete vergeblich auf Antwort. Faustus dachte nicht daran, und Angelina und der Pater waren mit sich selbst und ihrem Schmerz beschäftigt.

Vor der Tür ertönte aufgeregtes Gerangel. Offenbar sandte man nach Asendorf. Der Inquisitor sollte entscheiden, was zu tun war.

Dabei erinnerte ich mich erstmals wieder an DeAriel. Wo war der Kardinal? Hielt er sich auch in der Burg auf? Seine Stimme zumindest hatte ich vorhin nicht gehört. Nur die von Asendorf. Doch das mußte nichts bedeuten.

Aber natürlich! DeAriel! Warum nur hatte ich nicht früher an ihn gedacht? Hatte es nicht geheißen, er selbst hätte den Auftrag, die Mordbrenner ausfindig zu machen? Welch üble List! Der Vatikan schickte mit seinen Mördern gleich denjenigen, der sie nach außen hin überführen sollte. Dabei war seine wahre Aufgabe die, das Treiben der Mordbrenner zu decken und durch falsche Ermittlungen zu vertuschen. Nur so und nicht anders war seine Anwesenheit an Asendorfs Seite zu erklären.

Doch es blieb keine Zeit, über die Hintergründe des vatikanischen Komplotts nachzudenken. Soviele Fragen blieben offen: Was steckte hinter dem Plan des Borgia, sich eine Armee von Mördern mit Engelsgesichtern heranzuziehen? Und warum zeigte man in Rom selbst heute noch, dreizehn Jahre und drei Päpste später, Interesse an der Vertuschung jener Ereignisse von 1502?

»Angelina«, sagte ich leise. »Angelina, hör mir zu!«

Sie schien einen Augenblick zu zögern, dann unterdrückte sie ihren Schmerz und sah mich an. Ihr erstarrtes Gesicht verriet keinen ihrer Gedanken. Zumindest machte sie keinen weiteren Versuch, sich auf Gregorius zu stürzen.

»Du verstehst uns, nicht wahr?« sagte ich. Es war keine wirkliche Frage. Ihr Angriff auf den Pater hatte sie verraten. Die ganze Zeit über hatte sie uns im ungewissen gelassen, ob sie unsere Worte verstand oder nicht. Dabei hatte sie stets gewußt, über was wir sprachen. Trotzdem mochte ich nicht glauben, daß sie uns wirklich Böses wollte.

Sie nickte langsam. Ja, sie verstand nur zu gut.

»Kannst du sprechen?« fragte ich.

Angelina schüttelte den Kopf.

»Dieses Biest!« schrie Gregorius, der sich allmählich von dem Angriff erholte. Er hatte beide Fäuste geballt, als wollte er sich auf das Mädchen stürzen. Doch ob ihm ihre katzengleiche Attacke Respekt eingeflößt hatte oder ob er sich schlichtweg seines gesunden Menschenverstandes entsann – er zügelte sich und ließ sie in Frieden.

Was ihn freilich nicht davon abhielt, sie mit Worten anzugreifen. »Dieses Miststück hat es nur darauf abgesehen, uns alle zu verraten! Sie wird uns an ihre Brüder und Schwestern ausliefern.« Er klang jetzt ganz und gar nicht mehr wie ein Geistlicher im friedfertigen Dienste des Herrn.

»Ihr wißt, wie sie zu dem geworden ist, was sie heute ist«, versuchte Faustus ihn zu besänftigen. »Angelina trägt daran keine Schuld.«

Daraufhin schwieg der Pater und ging in sich. Vielleicht sah er ein, daß Faustus die Wahrheit sprach. War nicht sogar er selbst verantwortlich für das, was aus diesen Kindern geworden war? Hatte er nicht selbst eines von ihnen in sein Verderben geschickt – auch wenn es ohne Absicht geschah? Es gehörte nicht viel dazu, sich die Gedankengänge des Paters auszumalen. Der gequälte Ausdruck auf seinem Gesicht war keine Folge von Angelinas Attacke – es war das Spiegelbild seiner Selbstzweifel.

Angelina rollte sich zusammen wie ein hilfloses Kind. Sie schien verwirrt über ihr eigenes Benehmen. Vielleicht war ihr der Haß auf ihre auserwählten Opfer so tief eingesät worden, daß er selbst in einer Lage wie der unseren noch zur Blüte reifte. Obwohl ihr doch klar sein mußte, daß sie in den Augen ihrer früheren Gefährten längst die Seiten gewechselt hatte. Spätestens in jenem Augenblick, in dem sie Faustus – aus Mitleid? – vom Scheiterhaufen befreit hatte, mußte sie die anderen gegen sich aufgebracht haben. Hatten die Engel des Borgia sie deshalb so grausam bestraft? Wurde sie deshalb verstümmelt und achtlos am Wegrand liegengelassen, um dort zu verenden wie ein Tier? War das die Strafe für ihren Verrat an der Sache des Vatikans?

Wie aber war sie dann hinauf in den Baum gelangt?

Erneutes Hämmern am Eingang. Dann ein lautes Krachen. Asendorfs Männer brachen die Tür auf. Das Holz war dick und die Beschläge massiv, trotzdem würden sie nur eine Zeitlang standhalten. Wieder warf sich jemand dagegen. Und wieder.

Faustus packte das Schwert, mit dem er die beiden Engelkrieger in die Flucht geschlagen hatte. Er legte es vor sich auf den Boden und schob es mir durch das Gitter entgegen.

»Nimm es!« sagte er. »Du wirst es dort draußen besser gebrauchen können als ich.«

Ich wollte widersprechen, ihn bitten, damit um sein Leben zu kämpfen, doch im selben Moment flog die Tür nach innen und Asendorfs Männer stürmten in die Kammer. Es gelang mir gerade noch, die Klinge unbemerkt in den Schacht zu ziehen, dann rissen ein halbes Dutzend Hände meinen Meister grob auf die Füße. Angelina lag immer noch zusammengerollt am Boden. Einer der Kerle machte eine bösartige Bemerkung über ihr verbranntes Gesicht, die übrigen lachten. Weitere Beachtung schenkten sie ihr nicht, ebensowenig wie Gregorius, der dasaß und die Soldaten mit glasigen Augen anstarrte. Offenbar glaubte er, auch sein Ende sei gekommen.

Doch die Landsknechte hatten es allein auf Faustus abgesehen. Er wurde durch die Tür gezerrt und fortgebracht. Zwei Soldaten blieben zurück. Sie fesselten die Hände der übrigen Gefangenen – beide ließen es willenlos über sich ergehen – und verließen dann die Kammer. Sie zogen die Tür hinter sich zu, obwohl das Schloß zerbrochen war. Ich hörte, wie die beiden draußen ihre Posten bezogen. Niemand schien Gregorius und Angelina einen Fluchtversuch zuzutrauen.

Meine Angst um das Leben meines Meisters war übermächtig. Sein Scheiterhaufen konnte noch nicht vollendet sein; wahrscheinlich würde Asendorf zuerst mit ihm sprechen oder ihn gar foltern wollen. Zugleich aber wußte ich, daß das Schicksal Angelinas und des Paters nun in meinen Händen ruhte. Ich war der einzige, der sie jetzt noch retten konnte.

Der Rückweg durch den Schacht gestaltete sich weitaus schwieriger als der Hinweg. Aufgrund der Enge mußte ich die Strecke rückwärts bewältigen, mit den Füßen voran. Vor allem die scharfe Abzweigung bereitete mir Sorgen. Ich hatte gerade meinen Unterkörper um die Ecke gebogen, als ich mit einem Mal feststeckte. Ich kam nicht vor und nicht zurück. Panik überflutete mein Denken. Plötzlich war ich sicher, nie mehr ans Tageslicht zu kommen. Ich ruckte, schob und zerrte, immer schneller, immer verzweifelter, bis es mir schließlich doch noch gelang, vollends um die Ecke zu kriechen. Dabei gab ich mir alle Mühe, keine lauten Geräusche zu verursachen, doch es war keine Frage, daß das Rascheln meiner Kleidung bis hinaus auf den Gang zu hören sein mußte. Ich hoffte inständig, daß die beiden Landsknechte Ratten im Schacht vermuten würden. Ohnehin war es mir ein Rätsel, wie ich unbemerkt hinaus auf den Gang gelangen sollte, ohne daß die Soldaten bemerkten, daß sich gleich neben ihnen zwei Füße, dann Beine und schließlich ein ganzer Kerl aus der Wand schoben. Sie würden mich in aller Ruhe in Scheiben schneiden, ehe ich überhaupt bis zum Knie im Freien war.

Gemartert von bösen Vorahnungen blieb ich ausgestreckt liegen und dachte nach. Ich schmiedete allerlei unsinnige Pläne und verwarf sie wieder. Meine Schuhsohlen mußten jetzt noch etwa eine Elle von der Öffnung in der Flurwand entfernt sein. Was mir fehlte, war die rechte Gelegenheit, in der die beiden Wachmänner abgelenkt waren.

Als hätte man mein stummes Flehen erhört, ertönte plötzlich ein Schrei. Dann lautes Schimpfen und Hilferufe.

Natürlich! Gregorius! Ich wußte nicht, ob er wirklich mit Angelina stritt oder nur mein Dilemma erkannt hatte. Wie auch immer – sein Gezänk erfüllte seinen Zweck. Ich hörte, wie die Landsknechte fluchend in die Kammer stürmten.

Das war der Moment, den ich nutzte. Eilig schlüpfte ich rückwärts kriechend aus dem Schacht, in der Hoffnung, daß beide Männer mit ihren Gefangenen beschäftigt waren. Zu meinem Glück blieb ich unbemerkt. Ich packte das Schwert und sprang auf die Füße.

Der Gang war leer. Die eingetretene Tür der Geheimkammer stand offen. Ich machte einige Schritte darauf zu und blickte vorsichtig um die Ecke in den Raum. Gregorius und Angelina saßen immer noch mit gebundenen Händen am Boden. Das Mädchen trat mit beiden Füßen nach ihm, während der dicke Pater blasphemische Flüche ausstieß.

Die beiden Landsknechte standen davor und hatten mir den Rücken zugewandt. Das merkwürdige Schauspiel schien sie zu belustigen. Einer lachte leise.

Das Lachen verging ihm, als ich ihm die Schwertklinge von hinten handbreit in die Schulter hieb. Der Angriff war keineswegs ehrenvoll, doch hier ging es nicht um Anstand oder Kampfesruhm. Schreiend brach der Mann zusammen. Eine Blutfontäne schoß als roter Fächer aus der Wunde. Der andere Landsknecht fuhr herum und riß seinerseits das Schwert hoch. Viel zu langsam. Meine Klinge durchstieß seine Brust, bevor er überhaupt begriff, wie ihm geschah. Sein Blut spritzte über Gregorius' Kutte, dann brach auch er zusammen. Sein verletzter Gefährte lebte noch; er patschte ungläubig mit der linken Hand in der entsetzlichen Wunde herum und winselte um Gnade. Das Leben quoll ihm dunkelrot zwischen den Fingern hervor. Es war nicht nötig, ihn zu töten. Er würde jeden Augenblick an der Blutung sterben.

Es war das erste Mal, daß ich einem anderen das Leben nahm. Man sollte meinen, daß mich dieser Augenblick zeichnete. Daß er mich schockierte, entsetzte oder auf andere Weise berührte. Doch alles, was ich empfand, war – nichts! In meinem Kopf war nur die Angst um Angelina und die Furcht vor Entdeckung durch weitere Schergen des Hexenjägers. Alles andere blieb außen vor. Ich empfand nicht mehr, als hätte ich einen hungrigen Wolf erschlagen, der sich in den Wäldern auf mich stürzte – der Wille zu überleben nahm mir in gleichem Maße alle Furcht und mein Gewissen.

Erst viel später begriff ich die wahre Tragweite dieses Moments.

Gregorius starrte ungläubig auf das grausige Schlachtfest, dann auf die frischen Flecken im Stoff seiner Kutte. Willenlos ließ er zu, daß ich seine Fesseln durchschnitt. Ganz anders Angelina: Sie sprang sofort auf, nachdem ich sie befreit hatte, achtete nicht auf die rote Pfütze, in der ihre Füße standen, und riß den Pater auf die Beine. Offenbar war der letzte Streit zwischen den beiden doch nur gespielt gewesen; Angelina schien den Haß, den man ihr eingepflanzt hatte, überwunden zu haben. Ihr eigener Wille gewann die Oberhand.

»Los, kommt!« Ich rannte los, während die beiden anderen über die reglosen Körper der Landsknechte stolperten und mir folgten. Ungehindert gelangten wir bis zur Wendeltreppe, sprangen die Stufen hinunter und verhielten unsere Schritte erst vor der Geheimtür zum Pferdestall. Vorsichtig schob ich sie einen Spaltweit auf und blickte hinaus.

Die zahlreichen Tiere der Landsknechte schienen den Stall schier zu sprengen. Selbst auf dem Mittelgang hatte man viele von ihnen angebunden. Soldaten waren keine zu sehen, doch es wäre dumm gewesen, anzunehmen, daß sich keine Wachen vor dem Tor des Stalls befanden. Trotzdem mochten wir es im Schutz der Pferdeleiber unbemerkt bis zur Falltür schaffen.

Wir hatten keine Wahl. Ich gab Angelina und dem Pater ein Zeichen. Gemeinsam schlüpften wir durch die Tür. Sofort umwogte uns der Geruch von Tieren und Stroh. Während wir hinüber zur Falltür liefen, sah ich durch das offene Tor Asendorfs Männer. Gleich vier von ihnen standen draußen auf dem Hof, höchstens ein Dutzend Schritte entfernt, und sprachen miteinander. Zwei von ihnen stützten sich auf armlange Handbüchsen.

Eilig beugte ich mich über die Klappe im Boden und riß sie auf. Angelina begriff sofort und sprang ohne Zögern hinab in die Dunkelheit. Gregorius hatte offenbar Bedenken, doch ich stieß ihn nur wortlos an und gab ihm zornig zu verstehen, er möge sich beeilen. Mit geschlossenen Augen wuchtete er seinen fetten Körper durch die Öffnung und verschwand in der Tiefe.

Nun war die Reihe an mir, doch ich dachte nicht daran, den beiden zu folgen. Statt dessen beugte ich mich vor und flüsterte hinab ins Dunkel: »Folgt der Treppe nach unten. In einer Höhle findet ihr Pferde. Reitet in die Wälder und versteckt euch.«

»Was ist mit Euch?« hörte ich Gregorius leise aus dem Abgrund.

»Ich muß den Meister retten«, entgegnete ich entschlossener, als ich mich tatsächlich fühlte.

Ich hörte noch, wie der Pater zu einem Widerspruch ansetzte, dann schloß ich von außen die Falltür und streute Stroh über ihre Fugen. Ich wußte nicht, ob die Engelkrieger sich vielleicht in dem Treppenschacht aufhielten und ob die beiden dort unten wirklich in Sicherheit waren. Und doch war die Flucht durch den Berg ihre einzige Hoffnung. Erstaunt, ja fast panisch stellte ich fest, daß ich zum ersten Mal nicht an mein eigenes Wohlergehen dachte.

Das allerdings sollte sich schleunigst ändern, denn nun war ich gänzlich auf mich allein gestellt. Ich machte mir keine falschen Vorstellungen von der Unmöglichkeit meines Vorhabens. Was konnte ich alleine schon gegen Asendorfs ganze Soldatenschar ausrichten?

Ich faßte keinen wirklichen Plan, sondern beschloß viel mehr, Schritt für Schritt vorzugehen. Als erstes mußte ich erfahren, wo Faustus festgehalten wurde.

Ich schlich zwischen den unruhigen Pferden hindurch zu einem Fenster. Der Stall befand sich im Erdgeschoß der Vogtei, und ich hatte von hier aus gute Sicht über den gesamten Nordhof. Er war voller Landsknechte, die auf Treppen und am Boden saßen, allein und in Gruppen, ihre Waffen säuberten, Karten spielten oder ihren Sold beim Würfeln einsetzten. Es war unmöglich, ungesehen an ihnen vorbeizugelangen.

Ein Scheiterhaufen war nirgends zu sehen.

Das Verbindungstor zum Südhof stand offen. Auch dort ließ nichts auf eine bevorstehende Hinrichtung schließen.

Da begriff ich, was Asendorf vorhatte. Als Inquisitor war er stets auf eine große Wirkung seiner Urteile bedacht. Weshalb also hätte er Faustus – ausgerechnet ihn – hier oben auf der Burg verbrennen sollen? Nein, Asendorf wollte Zuschauer, wollte die große Menge als Zeugen. Folglich würde er die Scheiterhaufen für Faustus, mich und die anderen in der Stadt errichten lassen, unten auf dem Marktplatz.

Obwohl dies für mich einen Zeitaufschub brachte und vielleicht sogar andere Möglichkeiten, meinen Meister zu befreien, so stellte es mich doch vor neue Schwierigkeiten. Befand Faustus sich überhaupt noch auf der Burg? Oder war er bereits auf dem Weg nach Eisenach? Mir kam nicht die Spur eines Einfalls, wie ich in diesem Punkt Gewißheit erlangen konnte.

Nur eines war gewiß: Ich mußte schnellstens aus diesem Stall heraus, irgendwie – was sich in Anbetracht der gewaltigen Anzahl von Landsknechten vor seinem Tor als schwerste Hürde von allen erweisen mochte.

Gebückt schlich ich von Pferd zu Pferd und zerschnitt ihnen mit dem Schwert die Zügel. Es mochten an die drei Dutzend Tiere sein, und sie alle zu befreien nahm gehörige Zeit in Anspruch. Anschließend lief ich durch die Geheimtür zurück zur Kammer unterm Dach. Mit einer brennenden Kerze kehrte ich zurück, nahm sie zwischen die Zähne und klammerte mich mit Armen und Beinen fest an die Flanke eines der Pferde. Dann erst spie ich die Kerze in hohem Bogen ins Stroh. Die Flamme sprang sofort über, und innerhalb weniger Augenblicke loderte im hinteren Teil des Stalls ein kniehohes Feuer.

Die ängstlichen Tiere gerieten in Aufregung. Der Rauch fraß sich in ihre empfindlichen Nüstern, und die plötzliche Hitze ließ die Pferde an der Rückwand mit schrillem Wiehern vorwärtspreschen. Panik brach aus. Von einem Herzschlag zum nächsten verwandelte sich die eben noch friedliche Szene in einen brodelnden Hexenkessel. Auf dem Hof wurden Schreie laut, doch sie wurden übertönt vom Wiehern der Tiere und dem harten Schlag ihrer Hufe. Wie eine Sturzflut aus dunklen Leibern ergossen sich die Pferde ins Freie, trampelten alles nieder, was ihnen in den Weg geriet, wollten nur fort von dem Stall und dem Feuer, das sich darin in Windeseile ausbreitete.

Das Pferd, an dessen Seite ich hing wie eine Zecke, preschte als eines der letzten durchs Tor. Da waren die Menschen im Hof schon längst nicht mehr um die Tiere bekümmert, sondern vielmehr um das Feuer, das zur Bedrohung für die ganze Burg werden konnte. Eimerketten wurden gebildet, und während die ersten Wasserkübel ihren Inhalt in die Flammen ergossen, ließ ich mich nahe des Torhauses zu Boden fallen. Blitzschnell rollte ich mich zur Seite, um nicht unter den stampfenden Hufen zu enden. Mit viel Glück entging ich einem tödlichen Tritt, rappelte mich im Schutz des Tumults aus Pferdeleibern, schreienden Mägden und verwirrten Landsknechten auf und sprang zur nahen Treppe eines Wehrgangs. Niemand schenkte mir Beachtung. Soweit war meine List geglückt.

So schnell ich konnte stürmte ich die Treppe hinauf, nahm immer drei Stufen auf einmal, bis ich mit wenigen Sätzen oben anlangte. Der überdachte Fachwerkgang war menschenleer. Alles war beim Ausbruch des Feuers hinab in den Hof gelaufen. Ich machte mir keine falschen Vorstellungen: Die Flammen sahen größer und gefährlicher aus, als sie es tatsächlich waren, und schon in Kürze würde man sie gelöscht haben. Man würde sich der Gefangenen entsinnen und in der Dachkammer nach dem rechten sehen. Was geschähe, wenn man die beiden Leichen entdeckte, wagte ich mir nicht auszumalen. Spätestens dann mußte ich die Burg verlassen oder aber ein todsicheres Versteck gefunden haben. Beides schien mir aussichtslos.

Trotzdem war es wichtig, daß ich vom Wehrgang aus einen Blick auf den Weg warf, der sich aus dem Tor, quer durch den Wald und den Berg hinunter bis in die Stadt schlängelte. Zumindest Teile davon waren von hier aus einzusehen. Falls man Faustus wirklich nach Eisenach bringen wollte, konnte er in so kurzer Zeit unmöglich dort angelangt sein. Doch die schmale Straße war verlassen, weder von Faustus noch Asendorf war etwas zu erkennen. Es sprach also einiges dafür, daß mein Meister noch hier in der Burg festgehalten wurde. Wenigstens hatte ich nun den Ort näher eingegrenzt, an dem ich nach ihm suchen mußte. Freilich entfiel damit auch die Möglichkeit einer Flucht von der Wartburg. Erst galt es, Faustus zu befreien.

Ich rannte den Wehrgang hinunter nach Süden, wo er an das Wohnhaus grenzte, in dem wir die erste Nacht auf der Burg verbracht hatten. Die Erinnerung an die hübsche Dienstmagd flimmerte mir trotz aller Eile durchs Gedächtnis, und Wehmut überkam mich bei dem Gedanken an friedlichere, lustvollere Augenblicke.

Ich riß die Verbindungstür auf und betrat das Gebäude. Auch hier war wegen des Aufruhrs im Hof niemand zu sehen. Ich war mir wohl bewußt, daß ich mich immer weiter vom Tor entfernte und mich statt dessen dem Palas näherte, jenem Bau mit seinem Festsaal, in dem der prunkverwöhnte Asendorf zweifellos residierte. Ich erhoffte mir, daß man eher in den abgelegenen Teilen der Burg nach mir suchen würde, und nicht hier, in direkter Reichweite des Hexenjägers. Vielleicht nahm man an, ich hätte die allgemeine Aufregung gemeinsam mit den beiden anderen zur Flucht in die Wälder genutzt, eine Vorstellung, die mir einleuchtend schien. Die Frage war, ob Asendorf und DeAriel eine Verfolgung anordnen würden. Faustus saß gefangen, wir anderen waren im Vergleich dazu nur unbedeutende Mitläufer. Ohne ihn waren wir nichts. Möglicherweise würde der Hexenjäger uns laufenlassen.

Doch die schönsten Hoffnungen und besten Pläne taugen nichts, wenn man den Feind unterschätzt. Und eben das war der Fehler, den ich in diesem Augenblick beging.

Statt abzuwarten und zu beobachten, was Asendorf als nächstes plante, glaubte ich, es sei am besten, gleich einen Versuch zur Befreiung meines Meisters zu unternehmen. Ich hoffte, daß auch die Wachmannschaft ihre Pflichten vernachlässigen und hinaus auf den Hof laufen würde. Man möge mir anrechnen, daß ich nie zuvor in einer ähnlichen Lage war. Bei Gefahr hatte ich stets die Flucht ergriffen, und mich ihr keinesfalls, so wie jetzt, wagemutig ins offene Maul geworfen. Ich wußte nicht, wie Heerführer ihre Strategien planten, und ich hatte nicht den Schimmer einer Ahnung, wie ein Mann wie Asendorf seine Verteidigung organisierte. Allein diesem Mangel an Erfahrung war es anzulasten, daß ich wie ein Blinder ins offene Messer lief.

Ich hatte eben das Wohnhaus im ersten Stock durchquert und das anliegende Treppenhaus betreten, als mir eine breite Gestalt den Weg vertrat. Ich blickte ihr nicht ins Gesicht – statt dessen wurden meine Augen von der schwarzen Mündung der Handbüchse angezogen, die genau in meine Richtung wies.

»Wenn das nicht der kleine Zauberlehrling ist«, frohlockte eine rauhe Stimme, dann rammte ein harter Gegenstand in meine Seite. Ein zweiter Büchsenlauf.

Jetzt erst blickte ich auf und sah in die Gesichter meiner Gegner.

Zwei Landsknechte des Inquisitors. Und sie schienen mehr als glücklich, mir hier und jetzt den Garaus zu machen.

Der eine lachte grimmig, doch der andere blieb ernst.

»Abrakadabra«, sagte er leise.

Kapitel 5

Die Landsknechte machten sich nicht einmal die Mühe, mich in einen Kerker zu stecken. Statt dessen führten sie mich hinaus auf den Südhof, legten mir Handeisen an und ketteten mich im Freien an einen Eisenring am Fuße des Bergfrieds. Dutzende Augen beobachteten mich, wie ich mit angezogenen Knien am Boden saß und mir alle Mühe gab, einen klaren Gedanken über meine neue Lage zu fassen.

Das Feuer im Stall war offenbar erfolgreich gelöscht worden. Man hatte die Pferde im Nordhof zusammengetrieben, so daß sich die Soldaten und Dienstleute nun im Süden aufhielten. Die umstehenden Landsknechte beachteten mich kaum, wohl aber einige der Frauen und Dienstboten. Und dann, gerade als ich alle Hoffnung fahren ließ, entdeckte ich auch die hübsche Magd, die mir die erste Nacht versüßt hatte. Sie eilte schnurstracks an mir vorüber und gab sich offenbar alle Mühe, mich nicht anzusehen. Es gelang ihr nicht gänzlich, und so fing ich einen ihrer Blicke auf, der durchaus bekümmert wirkte.

Nun, dachte ich, zumindet wird jemand deinen Tod betrauern.

Ich hatte weder Faustus noch Asendorf oder gar De-Ariel getroffen. Ich war niemandem gegenübergestellt und von keinem verhört worden. Dabei mußten die Schergen des Hexenjägers doch mittlerweile sicher sein, daß ich derjenige war, der die beiden Wachtposten getötet und das Feuer gelegt hatte. Oder trauten sie mir solche Entschlossenheit nicht zu?

Wahrscheinlich war es schlichtweg einerlei – ich würde so oder so verbrannt. Ob mich die Todesstrafe wegen Ketzerei oder Ermordung zweier Landsknechte ereilte, war letztenendes gleichgültig. Ich hoffte nur, daß ich noch einige Worte mit meinem Meister wechseln durfte. Mir lag viel daran, ihm zu versichern, daß ich Angelina und Gregorius in Sicherheit gebracht hatte. Vorausgesetzt, die beiden Streithähne zerfleischten sich nicht gegenseitig.

Nach einer ganzen Weile, während der ich phantastische Fluchtpläne schmiedete und allesamt wieder verwarf, öffnete sich das Tor des Palas. Vier Landsknechte traten ins Freie, gefolgt vom Inquisitor und seinem Bibelzwerg.

Konrad von Asendorf schenkte mir einen eisigen Blick aus seinen schmalen Augen. Sie waren von funkelndem Grün, beinah wie Edelsteine. Ich erwartete, daß er mich ansprechen würde, doch statt dessen trat er mit einem siegessicheren Lächeln an mir vorüber und ging durch das Verbindungstor zum Nordhof. Ihm folgten Kardinal DeAriel und als letzter schließlich, umringt von einem halben Dutzend Landsknechte, mein armer Meister. Faustus trat hocherhobenen Hauptes ins Freie, stolz, ungeschlagen, keineswegs wie einer, den nur noch der Tod erwartet. Langsam sah er sich um, als wolle er sich vergewissern, daß sein Auftritt von einem ausreichend großen Publikum verfolgt wurde. Er brachte es gar über sich, einigen Mägden ein galantes Lächeln zu schenken. Himmel, er verstand es wirklich, sich in Szene zu setzen!

Da aber entdeckte er mich, und für einen kurzen

Augenblick fiel seine Maskerade in sich zusammen. Pure Verzweiflung stand ihm mit einem Mal ins Gesicht geschrieben. Es währte nicht lange, da glättete sich die Oberfläche seiner selbstbewußten Erscheinung wieder, doch der Moment hatte ausgereicht, um mich erkennen zu lassen, wie es wirklich in ihm aussah. Dabei glaubte ich nicht einmal, daß er allzusehr um sich selbst fürchtete; doch daß nun auch ich – sein schutzbefohlener Schüler – in die Hände der Inquisition gefallen war, schien ihn mehr als alles andere zu bekümmern.

Man führte ihn ebenfalls durchs Tor, wo er mit den übrigen aus meinem Blickfeld verschwand. Dann traten plötzlich zwei Landsknechte vor und befreiten mich aus meinen Ketten. Mit groben Stricken fesselten sie mir die Hände auf den Rücken und trieben mich mit Stößen und Tritten hinter Faustus, dem Kardinal und Asendorf her.

Als ich den Nordhof betrat, stand dort bereits ein offener Pferdewagen bereit, auf dem man notdürftig zwei Pfähle aufgestellt hatte. Soeben wurde Faustus an einen davon gebunden, mit dem Rücken zum Kutscher. Ich selbst wurde ebenfalls dort hinaufgetrieben und an den anderen Pfahl gefesselt, so daß mein Meister und ich uns im Abstand von zwei Schritten von Angesicht zu Angesicht gegenüberstanden. Mit uns setzten sich zwei Soldaten auf den Wagen.

Asendorf, DeAriel und ihr Gefolge bestiegen die Pferde, lenkten sie zwischen den übrigen Tieren hindurch, die notgedrungen noch immer auf dem Hofe standen, und ritten über die Zugbrücke zum Burgtor hinaus. Unser Wagen folgte ihnen. Den Abschluß der Prozession bildete ein weiterer Trupp von Landsknechten.

Es gab keinen Zweifel mehr, daß man uns hinab nach Eisenach bringen würde. Die Scheiterhaufen standen bereit.

Als der Wagen durchs Tor rumpelte, gelang es mir, einen Blick auf den Burghauptmann zu erhaschen. Berlepsch stand am Fenster seiner Vogtei und starrte uns mit leerem Blick hinterher. Was geschah und noch geschehen würde, war nicht seine Schuld. Ich zweifelte nicht, daß Kardinal und Hexenjäger all ihre kirchliche Macht aufgeboten hatten, um sich gegen den Hauptmann durchzusetzen. Ihr Glück war, daß der Kurfürst nicht persönlich auf der Wartburg weilte; Friedrich hätte ihre Pläne durchkreuzt. Berlepschs Macht allein aber reichte dazu nicht aus. Hätte ich keine anderen Sorgen gehabt, so hätte er mir leid getan.

»Die anderen sind in Sicherheit«, zischte ich Faustus zu, als wir die Rampe herabrollten.

Sofort gab mir einer der Landsknechte einen heftigen Stoß in den Magen. »Halt's Maul!« fuhr er mich an.

Faustus nickte mir zu. »Das hast du gut gemacht.«

Der Soldat fuhr herum und starrte Faustus finster ins Gesicht. »Bist du taub, Ketzer?«

Einen Moment lang verhärtete sich der Blick meines Meisters, als er wieder einmal den Versuch unternahm, einem anderen seinen Willen aufzuzwingen. Doch wie so oft mißlang es auch diesmal.

Der Landsknecht wandte sich mit einem Kopfschütteln ab und setzte sich neben seinen Gefährten auf den Rand des Wagens. Die Straße durch den Wald war alles andere als ebenmäßig, und beide hatten Mühe, sich an der Holzkante festzuhalten.

Meine Sicht war durch die Fesselung am Pfahl auf das beschränkt, was vor uns lag, während Faustus nur an mir vorbei nach hinten und zur Burg hinaufsehen konnte. Ich blickte auf Asendorf und DeAriel, die sich leise miteinander unterhielten. Der Bibelzwerg saß freihändig auf seinem Pony und las wie üblich aus der Heiligen Schrift. Asendorf gab ihm schon nach kurzer Zeit einen Wink, so daß sich der Zwerg in seiner Litanei auf lautlose Mundbewegungen beschränkte. Er las weiter, doch kein Wort drang über seine Lippen.

Wieder gingen mir tausend Fragen durch den Kopf. Welche Rolle spielte Kardinal DeAriel wirklich? Sicher, er war vom Vatikan beauftragt und hatte fraglos den Oberbefehl über die Engel des toten Borgia. Diese aber hielten sich im Wald versteckt. Daher bestand kein Zweifel, daß ihr Handeln, ja selbst ihre Anwesenheit strenggeheim gehalten wurden.

Und hatte Asendorf meinen Meister in Wittenberg nicht um Hilfe im Fall der verbrannten Priester ersucht? Wenn aber doch der Vatikan hinter den Anschlägen steckte, warum gab der Inquisitor sich dann solche Mühe, die Täter aufzudecken?

Darauf konnte es nur eine einzige Antwort geben:

Asendorf war in die Pläne nicht eingeweiht. Er wurde von DeAriel und seinem Herrn in Rom ebenso an der Nase herumgeführt wie der Rest der Christenheit. Schlimmer noch: Der Heilige Stuhl nutzte den Hexenjäger ohne dessen Wissen aus, um die Attentate zu verschleiern. Denn zweifellos ritt DeAriel vor allem deshalb an Asendorfs Seite, um diesen stets von neuem in die Irre zu leiten. Nur so konnte sichergestellt werden, daß niemand die vatikanischen Mordbrenner bei ihrem Todeshandwerk störte.

Im selben Augenblick, da ich die Zusammenhänge begriff, brach ein gehässiges Lachen aus mir hervor. Asendorf war der größte Narr von allen! Papst Leo und seine Kardinäle mußten sich die Wänste halten vor

Gelächter über seine vergeblichen Mühen. Und warum sollte ich ihnen darin nachstehen?

Ich lachte und lachte, lauter und lauter, bis sich selbst der Inquisitor im Sattel nach mir umwandte. Ich hätte nicht aufhören können, selbst wenn ich gewollt hätte. Faustus musterte mich erstaunt, doch ich sah es nur verschwommen durch die Tränenströme, die mir aus den Augen quollen. Herrgott, diese Ironie! Asendorf glaubte sich auf der Höhe seines größten Sieges, und doch war er nicht mehr als ein jämmerlicher Hanswurst an den Fäden des Vatikans.

Ich wollte ihm die Wahrheit entgegenschreien, ihm die größte aller Erniedrigungen zukommen lassen, hier und jetzt, vor all seinen Männern, doch ein brutaler Schlag ließ mich verstummen. Dann traf mich ein zweiter, direkt in die Magengrube, und der Schmerz löschte für eine Weile jeden anderen Gedanken aus.

Ich muß wohl zusammengesunken sein, denn als meine Sinne sich lichteten, brannten meine Handgelenke wie Feuer, so tief schnitten die Fesseln ein, an denen ich mit meinem ganzen Körpergewicht hing. Um uns erkannte ich Häuser und jubelnde Menschen. Für Faustus wiederholten sich die Ereignisse aus Wittenberg, doch für mich war *diese* Sicht einer Hinrichtung neu. Zum ersten Mal war ich selbst das Opfer, und als wir nun durch Eisenachs Gassen rollten, da wurde mir plötzlich die ganze Tragweite meines Schicksals bewußt. Ich würde nicht einfach nur sterben, nein, ich sollte brennen, die schlimmsten aller Qualen erleiden, bis mir die kochende Haut vom Gerippe tropfte.

Unser Troß erreichte den Marktplatz im Schatten schmutziger Fachwerkhäuser. Vier Scheiterhaufen waren in einem Halbrund errichtet worden. Hatte man Angelina und Gregorius doch noch gestellt? Nein, unmöglich. Der Auftrag, die Holzgerüste aufzubauen, mußte überbracht worden sein, als die beiden noch mit Faustus gefangensaßen. Das bedeutete aber auch, daß man zu jenem Zeitpunkt schon fest damit gerechnet hatte, auch meiner habhaft zu werden. In jeder anderen Lage hätte mich solche Schmach beleidigt; jetzt aber war es mir gleichgültig.

Henkersknechte stopften Reisig und Stroh in die Lükken der beiden mittleren Scheiterhaufen. Die Gerüste sahen ähnlich aus wie jenes in Wittenberg – hölzerne Plattformen mit einem Pfahl in der Mitte –, obgleich man ihnen die Eile anmerkte, in der sie errichtet worden waren.

Unsere Bewacher standen auf und lösten unsere Fesseln. Während uns die versammelte Menschenmenge neugierig anstarrte, wurden Faustus und ich vom Wagen gezogen. Das letzte Stück mußten wir zu Fuß gehen. Wir beeilten uns, trotz dessen, was uns erwartete, denn sonst hätte man uns vorwärtsgetrieben wie Vieh. Mir war weder nach ehrenvollem Auftritt noch nach sonstigen Etiketten zumute, doch die äußerliche Ruhe und die Beherrschtheit, mit der mein Meister durch die Gasse zwischen den Menschen schritt, steckte mich an. Ich bemühte mich, all mein Denken auf ihn auszurichten, als sei er eine Art Priester oder, besser noch, ein Gott, zu dem man aufblickte und dem man selbst im Augenblick des Todes nacheifern wollte.

Irgendwo wurden Trommeln geschlagen, erst langsam, dann immer schneller. Auf den Gesichtern der Männer und Frauen erschien ein Ausdruck angespannter Erwartung. Münder, Augen und Nasen verschmolzen zu einer einzigen, gewaltigen Grimasse, fleischig und verzerrt, die sich lachend an unserem Elend ergötzte.

Die Henkersknechte führten uns getrennt auf die Scheiterhaufen und fesselten uns an die Pfähle.

Das Tempo der Trommelschläge steigerten sich.

Asendorf betrat ein Podest am Rande der Menge. Der Bibelzwerg ging zu seinen Füßen in die Hocke.

So also endet es, dachte ich.

Der Trommelwirbel fand seinen Höhepunkt – und verstummte.

Der Inquisitor ergriff das Wort: »Doktor Johannes Faustus, der du dich den Quellbrunn der Nekromanten nennst, den Zweiten unter den Magiern, Astrologe, Chiromant, Aeromant, Geomant, Pyromant und Hydromant! Du, und mit dir dein Diener, bist angeklagt der Ketzerei. Du bist angeklagt, anders zu glauben und zu lehren als die römische Kirche. Du bist angeklagt des Mordes an den Dienern der Kirche.«

Damit mochte er die beiden erschlagenen Landsknechte meinen oder auch die verbrannten Priester. Mir war es längst egal.

»Das Urteil der Heiligen Inquisition lautet Tod durch Verbrennung!« Asendorf bemühte sich redlich, jeden Anflug von Triumph zu unterdrücken, doch gänzlich vermochte er seinen Siegestaumel nicht zu verbergen. Nach jahrelanger Jagd hatte er seinen Erzfeind endlich dort, wo er ihn längst hatte haben wollen. Und diesmal würde es keine falschen Pestkranken geben, um die Hinrichtung zu vereiteln.

Ich zwang mich, einen klaren Gedanken zu fassen – was nahezu unmöglich war, denn jetzt tauchten die Henkersknechte ihre Fackeln in ein Feuerbecken. Der berüchtigte Anfang vom Ende.

Ich sah über die Menge hinweg, hoch über die Dächer der Häuser zu den dunkelgrünen Berghängen jenseits der Stadt. Wir hatten drei Verbündete, irgendwo dort draußen. Angelina, Gregorius und wohl auch Mephisto. Der Hund mochte mit Faustus sprechen können, wie er wollte – befreien konnte er uns nicht. Und Gregorius war vor allem anderen ein fetter Mönch, den die Furcht um das eigene Leben und die Flucht vor seiner Schuld vollkommen nutzlos machten. Blieb allein Angelina. Sie war ein verstoßener Engel des Borgia; das bedeutete, sie konnte mit Waffen umgehen, war schnell und geschickt. Doch Angelina war verletzt und schlimmer noch – allein. Gegen den Hexenjäger und seine Soldaten war sie machtlos.

Die Henkersknechte mit ihren lodernden Fackeln kamen näher.

Beide bückten sich. Hielten die Flammen an unsere Scheiterhaufen.

Die Glut sprang über.

Bis zuletzt hatte ich nicht wirklich daran geglaubt. Hatte es nicht wahrhaben wollen. Jetzt aber sah ich mit aufgerissenen Augen, wie das Holz am Fuße der Plattform Feuer fing. Der Scheiterhaufen brannte!

Mein Herzschlag raste. Mit aller Kraft bäumte ich mich gegen meine Fesseln auf. Ich hörte, wie mein Blut in den Ohren rauschte, als kochte es bereits in den Adern.

Im selben Moment sauste irgend etwas durch die Luft. Kein Pfeil oder Armbrustbolzen. Kein Dolch im letzten Augenblick. Nichts, das meine Fesseln zerschnitt. Das Ding landete vor den Flammen am Boden. Für mich änderte sich nichts. Ich war noch immer gefesselt. Das Feuer brannte weiter. Niemand beachtete das, was herangeflogen war.

Warum auch? Es sah aus wie ein Lumpenbündel. Irgendein unförmiges Knäuel, kaum größer als ein Kopf.

Und doch war da etwas, das ihm den Anschein von

Bewegung gab. Es mochte an der Hitze liegen, welche die Luft erflimmern ließ. Vielleicht war es auch nur ein Wahnbild im Angesicht des Todes.

Trotzdem – je länger ich das Ding betrachtete, desto sicherer war ich, daß sich an seiner Oberfläche etwas rührte.

Ja, kein Zweifel. Etwas bewegte sich.

Noch ein Bündel flog heran. Dann ein weiteres.

Ich sah hinüber zu Faustus. Flammen tanzten um den Sockel seines Scheiterhaufens. Auch in ihrer Nähe lagen zwei der merkwürdigen Knäuel. Er sah sie an und verhielt sich vollkommen reglos.

Verdammt, was ging hier vor?

Einige der Männer, Frauen und Kinder am vorderen Rand der Menschenmenge begannen plötzlich, um sich zu schlagen. Ebenso die beiden Henkersknechte.

Asendorf blickte sich verwirrt um.

Auch DeAriel schien ratlos.

Schreie wurden laut. Immer mehr Menschen hoben die Arme, wedelten wild damit umher, sprangen auf und ab und drängten schließlich nach hinten. Innerhalb weniger Herzschläge verwandelte sich der Marktplatz in ein kreischendes Tollhaus. Fast, als griffe die Tanzwut um sich oder …

Wespen! Tausende und Abertausende!

Die Bündel waren nichts anderes als Wespennester, die irgendwer in Lumpensäcke gesteckt hatte. Beim Sturz auf den harten Boden hatten sie sich geöffnet. Die Hitze der nahen Scheiterhaufen tat das ihre, die winzigen Tiere in einen regelrechten Blutrausch zu stürzen. Gewaltige Schwärme brachen surrend und stechend aus ihren zerstörten Nestern hervor und stürzten sich auf alles, was sich regte.

Nur Faustus und ich blieben verschont. Die Flammen, die am Fuße der Scheiterhaufen brannten, schreckten sie ab.

Die Menschenmenge brach schreiend auseinander. Es gab nun keinen Unterschied mehr zwischen Bürgern und Bauern, Landsknechten und Kirchendienern. Selbst Asendorf und DeAriel wirbelten jetzt mit den Händen um ihre Köpfe und versuchten vergeblich, sich vor den rasenden Wespen zu schützen.

Während die Männer und Frauen in alle Himmelsrichtungen davonstürzten, liefen rechts von uns aus einer Gasse mehrere vermummte Gestalten. Sie hielten Schwerter und Dolche in den Händen, einer sogar eine Armbrust, mit der er tödliche Bolzen auf die Landsknechte Asendorfs verschoß.

Der Inquisitor schrie nach seinen Männern und befahl ihnen mit schriller Stimme, für den Fortgang der Hinrichtung zu sorgen. Er selbst aber wandte sich um, sprang auf sein Pferd und preschte davon.

Da entdeckte ich zwei weitere Menschen, die inmitten des Tumultes standen, ohne zu flüchten. Es waren Angelina und Gregorius, beide in weite Kapuzenmäntel gehüllt. Einen Augenblick lang glaubte ich, sie steckten hinter der teuflischen Wespenlist, doch tatsächlich schienen sie von den Ereignissen ebenso überrascht wie alle anderen. Sie zogen sich die Ränder ihrer Mäntel vor die Gesichter und kamen wagemutig näher, der Pater nur zögerlich, Angelina aber schnell und entschlossen.

Dann verlor ich sie aus den Augen, denn im selben Moment sprangen gleich zwei der vermummten Gestalten auf mein Podest und machten sich an meinen Fesseln zu schaffen. Mit einem dumpfen Laut lösten sich die Seile, und ich war frei. Einer der beiden zog mir einen groben Leinensack übers Gesicht, in den man einen dünnen Spalt für die Augen geschnitten hatte. Dann zerrte mich meine Retter in einem weiten Satz über die Flammen hinweg und riefen mir zu, so schnell wie möglich davonzulaufen.

Das tat ich – und stieß schon nach wenigen Schritten mit Faustus zusammen, dem man offenbar denselben Rat gegeben hatte. Polternd stürzten wir übereinander. Ich riß mir den Sack vom Gesicht und bemerkte, daß die Wespen sich allmählich verteilten. Die meisten schwirrten immer noch dort umher, wo sich einige der unglücklichen Zuschauer voller Qual am Boden wälzten. Der Rest flog davon, um sich in Dachstühlen und Bäumen neue Nester zu bauen.

Auch Faustus zog sich den Sack herunter und grinste mich an.

»Lauf!« rief er mir zu. »Ich will derweil unseren Freunden beistehen.«

»Unseren Freunden?« fragte ich, denn ich wußte noch immer nicht, wem wir unsere Rettung verdankten.

»Ja, hast du sie denn nicht erkannt?« erwiderte er, gab mir aber keine Erklärung, sondern rannte los zu den anderen.

Ich stand einen Augenblick lang ratlos da, dann folgte ich ihm.

Asendorfs Landsknechte hatten sich zu einem erbärmlichen Haufen zusammengerottet. Viele hatten ihre Waffen fortgeworfen und schlugen mit bloßen Händen nach den stechenden Insekten. Einigen schwollen bereits Gesichter und Finger an, dort, wo sich die Stacheln der Wespen in ihr Fleisch gebohrt hatten. Noch dazu drangen nun die Vermummten, nicht mehr als ein knappes Dutzend, auf sie ein. Es bereitete ihnen keine Schwierigkeiten, die angeschlagenen Landsknechte gänzlich zu entwaffnen und jene, die Widerstand leisteten, niederzumachen.

Die Pferde der Soldaten irrten ziellos auf dem Marktplatz umher. Drei der Vermummten packten je ein Tier an den Zügeln, schwangen sich hinauf und folgten dem flüchtenden Asendorf. Die vorderste der Gestalten riß sich die Tücher vom Kopf. Zum Vorschein kam ein schwarzer Haarschopf, der hinter ihr wehte wie ein Schweif. Lady Lara schien mir schöner denn je.

Die Gauklerin hieb ihrem Pferd die Fersen in die Flanken und preschte stadtauswärts davon. Ihre beiden Gefährten folgten ihr. Sie waren entschlossen, Asendorfs Flucht zu vereiteln.

Faustus griff nach einem herrenlosen Schwert, zog sich gleichfalls auf ein Pferd und folgte den dreien auf der Spur des Hexenjägers. Ich wollte es ihm gleichtun, doch es gelang mir nicht, eines der panischen Pferde zu zähmen. So blieb mir nur, ihm besorgt hinterherzublikken. Er rief mir etwas zu, doch wurden seine Worte vom Lärm der Kämpfenden verschlungen. Einen Augenblick später war er fort.

Ich blickte ihm nach und zögerte noch, dann schloß ich mich mit einem Schwert in der Hand unseren Rettern an. Nach und nach entledigten sie sich ihrer Vermummung. Immer mehr bekannte Gesichter kamen zum Vorschein. Selbst der Junge, Gisbrands Sohn, war darunter. Ich sah, wie er mit dem viel zu großen Schwert ausholte und es einem wehrlosen Landsknecht in den Rücken hieb. Blut besudelte ihn vom Scheitel bis zur Sohle, und doch stieß er wieder und wieder zu. Dann erst zog ihn einer der Gaukler von dem Leichnam zurück. Gisbrand selbst, der Magier und Heiler der Truppe, war nirgends zu sehen.

Ich wußte nicht recht, an welchen der Gaukler ich

mich wenden, wem ich danken sollte. Lara war die einzige gewesen, mit der wir gesprochen hatten, die übrigen kannte ich allein vom Sehen. Ein wenig unentschieden stand ich daher einige Schritte abseits und beobachtete das Ende des Kampfes.

Die Gaukler hatten die restlichen Landsknechte zusammengetrieben. Vierzehn von Asendorfs Männern hatten den Angriff überlebt. Sie knieten jetzt entwaffnet am Boden, während die Sieger des Getümmels übermütig um sie herumsprangen, ihnen mit überzogener Gebärde drohten und das Ganze wie eine Aufführung ihrer Gaukelspiele erscheinen ließen. Die Männer und Frauen hüpften auf und ab, wedelten mit den Schwertern und schnitten Grimassen. So absurd dieser Anblick auf den Unbeteiligten auch wirken mußte, die Landsknechte stürzte er in heillose Angst und Verwirrung. Solche Gegner hatten sie zweifellos noch nie erlebt. Dabei schien ihnen vor allem die Unberechenbarkeit der Gaukler zu schaffen zu machen. Immer wieder surrten Klingen nur um Haaresbreite über ihre Köpfe hinweg. Die Soldaten waren keineswegs sicher, ob die Waffen ihre Schädel absichtlich oder ungewollt verfehlten. Tatsächlich aber schienen sich die merkwürdigen Gesellen mit ihren Opfern lediglich einen wilden Spaß zu erlauben. Und wer mochte ihnen das verübeln; sie hatten gerade ihr Leben aufs Spiel gesetzt, und zwei von ihnen hatten es verloren. Die beiden Gaukler lagen niedergestreckt zwischen den Leichen der erschlagenen Landsknechte. Auf Asendorfs Seite hatten neun Männer den Kampf nicht überlebt.

Eine junge Gauklerin mit rotem Haar und einem Gesicht voller Sommersprossen hatte ihre Klinge fallengelassen und war neben einem ihrer toten Gefährten in die Knie gegangen. Während die übrigen ihre Anspannung in gemeinen Späßen mit den Gefangenen lösten, weinte die junge Frau bittere Tränen über dem Toten.

Von schlechtem Gewissen getrieben trat ich zu ihr. Dieser Mann hatte sein Leben gelassen, um meines zu retten.

Doch als ich nun nach besänftigenden Worten suchte, um die Frau zu trösten, fuhr sie plötzlich herum und sah mich mit versteinerter Miene an. »Er starb nicht für dich«, sagte sie schluckend. »Er ließ sein Leben für Gisbrand.«

»Was ist mit Gisbrand?« fragte ich.

Die junge Frau zerrte den Oberkörper des Toten in ihren Schoß und wiegte seinen blutüberströmten Kopf sanft hin und her wie ein Neugeborenes. Sie sah mich nicht an, als sie antwortete: »Der Hexenjäger ließ ihn foltern und töten. Asendorf hat Gisbrand ermordet.«

»Wegen uns?« fragte ich betroffen und dachte wieder daran, mit welchem Haß der Junge den hilflosen Landsknecht erschlagen hatte.

Ein Mann legte mir von hinten die Hand auf die Schulter. Er hatte dunkle Haut wie ein Muselmane, und an seinen Ohren waren goldene Ringe aufgereiht wie Jagdtrophäen. Auch ihn kannte ich aus dem Gauklerlager. Er führte mich einige Schritte von der Trauernden fort und sagte: »Gisbrand wußte, daß ihr zur Wartburg wolltet.«

Ein Kloß in meinem Hals raubte mir den Atem. Es war also meine Schuld. Ich hatte in meiner Dummheit unser Ziel ausgeplaudert. Gisbrand und Lara hatten es beide gehört.

Ich schloß für einen Moment die Augen und überließ mich einem quallvollen Schuldgefühl. Nur dumpf, wie durch eine Wand, hörte ich die weiteren Worte des Gauklers.

»Asendorf und seine Männer kamen in unser Lager. Sie ahnten, daß wir Euch geholfen hatten. Sie drohten, uns alle zu töten. Gisbrand trat vor und nahm die ganze Schuld auf sich. Er behauptete, er hätte euch die Pferde ohne unser Wissen überlassen, da auch er ein Magier sei und deinen Meister bewunderte. Lara, die es besser wußte, mußte schweigen; sonst wären wir alle getötet worden. Asendorf ließ Gisbrand fesseln und zwang uns, dabei zuzusehen, wie er ihn langsam zu Tode folterte.«

»Auch sein Sohn mußte zuschauen?« fragte ich entsetzt. Ich sah mich um und entdeckte den Jungen, wie er mit glasigen Augen in die lodernden Scheiterhaufen starrte.

»Auch er«, erwiderte der Gaukler. »Es dauerte den ganzen Morgen, dann erst war Gisbrand tot, und Asendorf wußte, wo er euch zu suchen hatte. Wir sind ihm gefolgt, um Rache zu nehmen. Dies hier« – er deutete auf die haushohen Feuer – »war die beste Gelegenheit.«

»Asendorf ist geflohen«, wandte ich ein.

»Ohne seine Männer ist er machtlos«, entgegnete der Muselmane überzeugt. »Lara und die anderen werden ihn finden und bestrafen.«

»Mein Meister reitet mit ihnen.«

»Um so besser.«

Noch immer wußte ich nichts über die wahre Natur der Feindschaft, die Faustus und Asendorf verband. Erst später sollte ich alles darüber erfahren. Doch das ist Teil einer anderen Geschichte.

»Wie ist dein Name, Freund?« fragte ich den Dunkelhäutigen.

»Musil«, erwiderte er und schüttelte mir zögernd die Hand.

Ich schaute mich erneut um, und mit einem Mal fiel mir etwas auf. Obgleich die Männer des Hexenjägers gefangen waren, mußte es weitere Landsknechte in Eisenach geben. Allein die Stadtwache mußte mehr als eine Hundertschaft zählen. Doch keiner von ihnen griff uns an. Tatsächlich war der Markt noch immer in der Hand der Gaukler, und allein an seinen Rändern, an den Einmündungen der Gassen und Straßen, zeigten sich verängstigte Bürger, die das Treiben mit großen Augen beobachteten. Doch von den Soldaten ließ sich keiner sehen.

Der Grund wurde mir erst nach einigen Augenblikken klar. Berlepsch! Der Hauptmann mußte den Befehl an die Stadtgarde gegeben haben, nicht in das Geschehen einzugreifen. Demnach hatte er beobachtet, was sich abgespielt hatte. Ich vermochte mir vorzustellen, daß ihn Asendorfs und DeAriels Niederlage mit grimmiger Freude erfüllte. Freilich durfte er sich nicht zeigen; später würde er beteuern, von all dem nichts gewußt zu haben. Und schließlich, so würde er zweifellos bemerken, sei eine Ketzerverbrennung Sache der Kirche und nicht der weltlichen Herrschaft.

Was für ein gerissener Hund!

Ohne Berlepschs geheime Duldung hätten die Gaukler keine lange Freude an ihrem Sieg gehabt. In ihrer Unbedarftheit tanzten sie weiter über den Marktplatz und ahnten nichts von ihrem Schutzengel. Einen besseren Zeitpunkt für ihre Rache hätte es in der Tat nicht geben können.

Jenseits der ausgelassenen Gauklerschar entdeckte ich Gregorius und Angelina. Sie kamen eilig auf mich zu. Der Pater hob die Hand zum Gruß.

Da ertönte plötzlich ein gellender Schrei.

Musil und ich wirbelten gleichzeitig herum.

Inmitten der toten Landsknechte stand Kardinal DeAriel. Seinen linken Arm hatte er um den Hals der jungen Frau gelegt, die eben noch ihren Gefährten beweint hatte. In der rechten hielt er einen Dolch, dessen Spitze unters Kinn der Gauklerin wies. Er zitterte. Gesicht und Gewänder des Kardinals waren über und über mit Blut beschmiert. Er mußte sich unter den Leichen der Soldaten verborgen und auf den rechten Moment zur Flucht gewartet haben. Die Geisel erschien ihm da als ein Geschenk des Himmels.

»Ein Pferd!« schrie er schrill. »Ich will ein Pferd!«

Musil wollte vorspringen und DeAriel angreifen, doch ich hielt ihn am Arm zurück. Er schenkte mir einen giftigen Blick, gehorchte aber.

Auch Angelina und Gregorius blieben stehen. Sie waren noch etwa fünfzehn Schritte entfernt.

»Er wird die Frau töten«, zischte ich dem Muselmanen zu.

»Das wird er so oder so«, erwiderte er.

Der Kardinal tat, als hätte er die Worte nicht gehört. Dabei standen wir ihm von allen am nächsten.

»Ein Pferd«, wiederholte er noch einmal. Der Dolch in seiner Hand war voller Blut, doch es war nicht zu erkennen, ob die Spitze die Haut der jungen Frau bereits durchstoßen hatte. Ihr Gesicht war schmerzverzerrt.

Die Gaukler machten keinerlei Anzeichen, die gefangenen Landsknechte freizulassen. Sie hatten aufgehört zu springen und zu tanzen und hatten ihre Waffen nun ihrerseits auf die Gefangenen gerichtet. Doch DeAriel schien nichts an den Männern zu liegen.

Einer der Gaukler packte jetzt ein Pferd an den Zügeln und ging damit langsam auf den Kardinal zu. Stille lag mit einem Mal über dem Platz. Nur die lodernden Scheiterhaufen knisterten und krachten im Hintergrund. Ich umfaßte den Griff meines Schwertes fester. Noch zehn Schritte trennten DeAriel und den Mann mit dem Pferd voneinander.

Plötzlich blieb der Gaukler stehen und gab dem Tier einen kräftigen Schlag. Das Pferd machte einen Satz nach vorn und sprang auf den Kardinal zu. Verwirrt wollte DeAriel danach greifen und ließ dabei seine Gefangene los. Schon wollte ich mich auf ihn werfen, doch der Geistliche war schneller. Innerhalb eines Herzschlages begriff er seinen Fehler, stieß mit dem Dolch zu, rammte ihn der jungen Frau in den Rücken und fuhr gleichzeitig herum. Er ergriff den Sattelknauf des Pferdes, zog sich mit beachtlichem Geschick hinauf und galoppierte in westlicher Richtung vom Marktplatz.

Wir anderen erwachten aus unserer Erstarrung. Ein Heulen ging durch die Reihen der Gaukler, als sie sahen, wie die Frau kraftlos nach vorn fiel. Die Klinge des Dolches steckte zwischen ihren Schulterblättern. Nur der Griff war noch zu sehen. Aus dem Mund der Gauklerin schoß Blut.

Was mir vorhin nicht gelungen war, schaffte ich nun auf Anhieb: Ich griff nach den Zügeln eines der Pferde, schwang mich auf seinen Rücken und folgte DeAriel. Musil tat es mir gleich, ebenso ein anderer Gaukler. Zu dritt preschten wir über den Platz, während einige der übrigen sich um die Verletzte kümmerten. Es gab keinen Zweifel, daß ihre Wunde tödlich war.

Das Hämmern der Hufe hallte hohl zwischen den Häusern wieder, als wir durch das Gassenlabyrinth der Stadt galoppierten. Niemand stellte sich uns in den Weg. Auf geraden Straßen konnten wir DeAriel in einiger Entfernung vor uns sehen, in den verwinkelten Gäßchen aber war er durch seinen Vorsprung im Vorteil. Statt sich jedoch in einem Torweg oder Hinterhof zu verstecken, wie es die Vernunft gebot, ritt er weiter bis zum Stadtrand und von dort hinaus in die Wälder.

Schweigend rasten wir hinter ihm her, ungeachtet der Zweige, die unsere Gesichter peitschten. DeAriel hatte den Tod verdient, und ich war ebenso begierig, die Strafe zu vollstrecken, wie jeder meiner Gefährten. Wir sprachen kein Wort, während wir durch die Wälder preschten, immer auf der Spur des Kardinals, blind und taub für alles andere.

Da, plötzlich, zügelte Musil sein Pferd. Wir anderen bemerkten es einen Augenblick später. In einigem Abstand voneinander brachten wir die Tiere zum Stehen.

»Was ist los?« fragte der zweite Gaukler.

Die Antwort war überflüssig.

Um uns herum geriet das Dickicht in Bewegung.

DeAriel trat als erster zwischen den Büschen hervor, doch er blieb nicht der einzige. In einem weiten Kreis brachen sechs Gestalten aus dem Unterholz, mit gezogenen Schwertern und den Gesichtern von Engeln.

Mein Pferd scheute leicht, als ich es sich einmal um sich selbst drehen ließ. Die Sechs kamen bedrohlich auf uns zu.

Musil straffte seinen Oberkörper. Er war bereit.

»Gott im Himmel, hilf!« entfuhr es dem zweiten Gaukler, als er die Falle erkannte.

Die Engel des Borgia hatten uns fast erreicht.

Ich schüttelte langsam den Kopf. »Schau sie dir an«, sagte ich leise. »Glaubst du nicht auch, daß Gott auf *ihrer* Seite steht?«

***

Mein Meister berichtete mir später, wie es ihm und den anderen erging, während sie der Spur des Inquisitors folgten.

Asendorf floh nicht blindlings in die Wälder, wie Faustus zuerst angenommen hatte. Statt dessen schlug er den einzigen Weg ein, der ihn vor der Rache der Gaukler retten konnte: Er folgte der Straße in die Berge, hinauf zur Wartburg.

Die Dämmerung breitete ihren finsteren Mantel über die bewaldeten Kuppen. Der Himmel ging von einem trüben Blau in ein ungemütliches Dunkelgrau über. Weiter südlich zog ein Gewitter auf. Spätestens in der Nacht würde sich seine Wut über der Burg und der Stadt an ihrem Fuß entladen. Der Weg, dem Asendorf und seine Jäger jetzt folgten, verwandelte sich bei starkem Regen in einen reißenden Sturzbach; seine Böschung wölbte sich steil, wenn auch niedrig nach oben. Die talwärts schießenden Wassermassen machten einen Aufstieg an solchen Tagen unmöglich. Faustus hoffte, daß ihre Jagd bis dahin ein Ende hatte.

Sollte es Asendorf gelingen, die Wartburg zu erreichen, war er in Sicherheit. Berlepsch mochte ihn noch sehr verachten, die Aufnahme in seinen Mauern durfte er dem Hexenjäger nicht verwehren. Nicht einmal der Kurfürst hätte dem Hauptmann beistehen können, hätte sich dieser offen gegen die römische Kirche gestellt.

Also galt es, den Inquisitor einzuholen, bevor er es bis zur Zugbrücke schaffte.

Faustus hatte sich den Weg genau eingeprägt, und so vermochte er grob abzuschätzen, wieviel Zeit ihnen noch blieb. Nicht mehr viel, das war sicher. Zwar waren ihre Pferde offenbar ein wenig schneller als das Tier des Hexenjägers, doch sein Vorsprung betrug gut und gerne zweihundert Schritt. Vor allem Lara hatte in der Wahl ihres Tieres Glück gehabt; sie ritt mehrere Pferdelängen vor den anderen. Falls einer von ihnen Asendorf noch rechtzeitig einholen konnte, dann war sie es.

Zudem besaß die Anführerin der Gaukler eine kleine Armbrust, die ihr jedoch bislang keinen Nutzen gebracht hatte. Abgesehen von der Unmöglichkeit, einen Pfeil zielsicher vom Rücken eines galoppierenden Pferdes abzuschießen, verlief auch der Weg bergauf in einer Vielzahl von Biegungen und Schleifen, so daß das Schußfeld stets durch Bäume und Abhänge blockiert war.

Schon rückte die Wartburg näher und näher, und es mochten kaum noch hundert Schrittweit sein, die Asendorf vom Burgtor trennten. Da ging mit einem Mal alles so schnell, daß weder Faustus noch die anderen auf den ersten Blick begriffen, was wirklich geschehen war. Plötzlich knickte Asendorfs Pferd mit den Vorderläufen ein, strauchelte und warf seinen Reiter in hohem Bogen ab. Mit einem Aufschrei stürzte der Inquisitor ins Unterholz.

»Vorsicht! Nicht weiter!« schrie Faustus den anderen zu, vor allem aber Lara, die immer noch um einiges vorausritt.

Die Gauklerin brachte ihr Pferd mit einem heftigen Ruck zum Stehen und sah Faustus erstaunt an. Auch die anderen zügelten ihre Tiere.

»Seht, dort unten«, sagte Faustus und wies mit ausgestrecktem Finger vor Laras Pferd auf den Weg. Nun, da sie direkt davorstanden, sahen alle ganz deutlich, was er meinte.

Ein dünnes Seil war auf Kniehöhe über den Weg gespannt. Asendorfs Pferd war mitten hineingelaufen. Das Tier lag mit gebrochenem Vorderlauf am Waldrand. Einer der Gaukler stieg ab und befreite es von seiner Qual.

Faustus blickte hinauf zur Burg. Es war nun beinahe dunkel, und er vermochte nicht zu erkennen, ob jemand auf den Zinnen des Bergfrieds stand. Trotzdem hätte er jeden Eid darauf geschworen, daß Berlepsch von dort aus das Geschehen beobachtete. Und er war sicher, daß ihnen der Hauptmann erneut durch eine List zur Hilfe gekommen war. Als Berlepsch aus der Ferne gesehen hatte, daß Asendorf den Weg zur Burg einschlug, hatte er seinen Leuten in aller Eile befohlen, das Seil über die Straße zu spannen. Später würde er es wieder entfernen; keine Spur wies dann mehr darauf hin, daß der Abwurf des Inquisitors keine natürliche Ursache hatte. Es würde nicht schwerfallen, die Schuld auf ein Erdloch oder eine Wurzel zu schieben.

Während Faustus das Seil mit einem Schwerthieb durchtrennte, machten die Gaukler den Inquisitor ausfindig. Er lag stöhnend im Dickicht und versuchte vergeblich, seinen Verfolgern kriechend zu entkommen. Mochte sein, daß eines seiner Beine gebrochen war. Faustus machte sich nicht die Mühe, es herauszufinden. Er wußte, was Asendorf bevorstand. Ein Knochenbruch war im Vergleich dazu ohne Bedeutung.

Die beiden Gaukler packten den Hexenjäger an den Armen und zerrten ihn tiefer ins Unterholz. Asendorf bemühte sich, zu protestieren, doch aus seiner Kehle entwich nur ein schmerzerfülltes Keuchen. Er war beinahe ohnmächtig. Auch das würden die Gaukler ändern. Der Inquisitor sollte wissen, was mit ihm geschah. Er sollte es spüren.

Nach etwa fünzig Schritten ließen ihn die beiden Männer auf einer kleinen Lichtung ins Gras fallen. Die Dunkelheit kam nun immer schneller, und es dauerte eine Weile, ehe die Gaukler ein kleines Feuer entzündet hatten. Die ganze Zeit über lag Asendorf am Boden, stöhnte, spuckte, zuckte mit allen Gliedern und war doch unfähig zu fliehen. Die Flammen spiegelten sich als glühender Schimmer auf seinem glänzenden Gesicht. In der Ferne grollte der erste Donner.

Lara und die beiden Gaukler entledigten sich der Säcke und Stoffbahnen, die sie zum Schutz vor den Wespen um ihre Kleidung gewickelt hatten. Dann rissen sie dem Inquisitor die Gewänder vom Leib, bis er nackt und schutzlos am Boden lag. Einer von ihnen brachte in den Flammen eine Dolchklinge zum Glühen.

Faustus beobachtete das Geschehen vom Rande der Lichtung aus. Er lehnte an einem Baumstamm, kaute auf einem Grashalm und sah zu. Er wußte, daß er nichts an Asendorfs Schicksal ändern konnte. Niemand würde auf seine Einwände hören; zudem war er nicht sicher, ober er überhaupt welche hatte. Es stand außer Zweifel, daß der Inquisitor jede Unze Schmerz verdient hatte, die ihm die Gaukler zufügen konnten. Lara und ihre Leute hatten den Weg nach Eisenach und den Kampf gegen die Landsknechte allein aus Rachsucht auf sich genommen, das wußte Faustus mittlerweile. Und ihre Rache wollten sie nun nehmen. Niemand konnte ihnen das verübeln.

Sie fesselten Asendorfs Hände, hoben ihn unter den Achseln hoch und schleppten ihn zum nächstbesten

Baum. Lara schlug mit dem Schwert einen der unteren Äste ab, eine Handbreit vom Stamm entfernt. Die beiden Männer rissen die Arme des Hexenjägers nach oben und hängten seine gefesselten Hände über den Aststumpf. Er war gerade niedrig genug, daß Asendorfs Zehenspitzen den Boden berührten. Er hing jetzt da, mit den Armen nach oben, den nackten, knöchernen Körper angespannt, während aus seinem Mund eine ganze Flut von Keuchlauten drang, die sich allmählich zu Worten formten.

»Bitte, tut das nicht!« Seine aufgerissenen Augen hingen wie gebannt an der glühenden Klinge, die einer der Männer jetzt aus dem Feuer zog.

»Wer sollte uns daran hindern?« fragte Lara.

»Ich gebe euch Gold. Viel Gold.«

Eine Antwort darauf war unter der Würde der Gauklerin.

»Was wollt ihr sonst? Ich tue alles, was ihr verlangt.«

»Zweifellos«, erwiderte Lara und nahm den Dolch entgegen.

»Aber das ... das könnt ihr doch nicht machen!«

Lara hob die rotglühende Klinge und bewegte sie langsam auf Asendorfs Bauchnabel zu. »Du selbst hast es doch oft genug getan.«

»Großer Gott, nein! Bitte nicht!« winselte der Inquisitor.

Die Gauklerin legte ihre Linke auf Asendorfs Oberschenkel. Der Hexenjäger zuckte zusammen und schrie auf.

»Na?« fragte die Gauklerin. »Sind etwa das schon Schmerzen für dich?«

Die Dolchklinge wanderte vom Bauchnabel zur rechten Brustwarze, ohne jedoch die Haut zu berühren.

»*Tut es nicht!*« kreischte Asendorf.

Lara schob ihr Gesicht bis auf eine Fingerbreite an den Hexenjäger heran. »Erinnere dich an Gisbrand«, flüsterte sie ihm zu.

Es waren für lange Zeit die letzten Worte, die gesprochen wurden.

Faustus sah aus der Entfernung zu und schwieg. Er hatte schon Schlimmeres gesehen. Er hatte Asendorf bei der Arbeit erlebt.

Die Gaukler vergolten Gleiches mit Gleichem. Sie taten Asendorf all das an, was er ihrem Heiler angetan hatte – und vielleicht noch ein wenig mehr. Sie zerschnitten seine Brustwarzen, verbrannten seine Haare und Fußsohlen, schlugen ihm spitze Äste und Fichtennadeln unter die Nägel und rissen ihm einzelne Zähne heraus. Sie brachen seine Finger und zerrten an seinem Oberkörper, bis die Arme aus den Gelenken sprangen.

Als sie sich an Asendorfs Augen vergreifen wollten, beschloß Faustus, zurück in die Stadt zu reiten. Er hatte sich gerade abgewandt und wollte zu den Pferden gehen, als eine kleine Gestalt aus dem Unterholz brach.

»Eminenz! Eminenz!« schrie sie mit hoher Stimme, stürmte an Faustus vorüber und rannte auf Asendorf und seine Peiniger zu.

Das Gesicht des Bibelzwergs war tränenüberströmt, und er heulte laut auf, als er sah, was die Gaukler seinem Herrn angetan hatten. Der kleine Kerl griff nach einem Stock und wollte damit auf Lara einschlagen, als ihn einer der Männer zurückhielt.

Unverständliche Laute drangen aus dem Mund des Hexenjägers, Blut und Speichel quollen hervor. Er nahm nichts mehr wahr von dem, was um ihn herum vorging.

Der Bibelzwerg entwand sich dem Griff des Gauklers, sprang auf Asendorf zu und umarmte verzweifelt seine Beine. Er sah aus wie ein Kind, das sich an den geschundenen Leib seines Vaters klammerte.

Faustus blieb stehen und beobachtete, was weiter geschah. Sollten die Gaukler dem Kleinen ein Leid antun wollen, würde er eingreifen. Asendorf hatte seine Strafe verdient, doch der Zwerg war unschuldig. Faustus war nicht sicher, welchen Einfluß der kleine Mann auf den Hexenjäger hatte, und welche Rolle er in dessen Gefolge spielte; doch eine innere Stimme gebot ihm, den Zwerg zu schonen. Er mochte noch einmal von Wichtigkeit sein.

Lara zögerte einen Augenblick, dann gab sie ihren Männern ein Zeichen. »Laßt sie, alle beide!« befahl sie. »Für Asendorf wird es schlimmer sein, weiterzuleben.«

Die Gaukler gehorchten ohne Murren, wischten sich Blut und Schweiß von den Händen und folgten ihrer Anführerin. Sogleich begann der Bibelzwerg vergeblich, auf und ab zu hopsen, um Asendorf zu befreien. Faustus zog sein Schwert, trat zwischen den Gauklern hindurch vor den Gemarterten und zerschnitt seine Fesseln. Schweigend sackte der Hexenjäger zusammen und blieb gekrümmt und zitternd am Boden liegen. Der Zwerg ließ sich neben ihm auf die Knie fallen und weinte bitterlich.

Faustus, Lara und die beiden Gaukler wandten sich ab und gingen zurück zu den Pferden. Gemeinsam ritten sie den gewundenen Weg hinab in die Stadt. Irgendwo in der Ferne bellte Mephisto.

Hinter ihnen zuckte der erste Blitz vom schwarzen Himmel.

Es begann zu regnen.

***

Die Engel nahmen uns in einem engen Kreis in ihre Mitte. Ihre Schwerter wiesen wie anklagende Zeigefinger aus scharfem Stahl in unsere Richtung. Im Dämmerlicht des verblassenden Tages schimmerten ihre weißen Gesichter über der schwarzen Kleidung wie blanke Totenschädel. Eine Flucht war unmöglich, ebenso jeglicher Widerstand. Wir waren zu dritt, sie zu sechst; wir waren erschöpft, sie ausgeruht, besser bewaffnet und kampfgeschult.

DeAriel trieb sein Pferd an und ritt langsam auf uns zu. Er sah noch immer aus, als hätte man ihn kopfüber in ein Faß voller Blut getaucht. Ein roter Schleier lag über seinen Zügen, seiner Kleidung, selbst seinen Händen. Das Zwielicht vertiefte die Schatten um seine Augen. DeAriel war Kardinal, einer der höchsten christlichen Würdenträger, doch in diesem Augenblick erschien er uns allen wie ein grinsender Dämon, aufgestiegen aus den Schlünden der Hölle, gebadet im Blut seiner Opfer.

»Eure Überheblichkeit ist unerträglich«, sagte er leise, während er sich näherte. »Was glaubt ihr, gegen wen ihr kämpft? Gegen mich? Gegen ein paar Landsknechte?«

Er zügelte sein Pferd jetzt außerhalb des Kreises seiner Engelkrieger. »Ihr habt euch gegen Gottes Willen aufgelehnt. Der Herr selbst ist es, gegen den ihr euch erhoben habt. Seine Macht ist es, die euch zerschmettern wird.«

Als wollte der Himmel seiner Zustimmung Ausdruck verleihen, grollte in weiter Ferne ein Donner. Ein Gewitter war im Anzug.

»Ihr lügt!« rief ich zu meinem eigenen Erstaunen. Ich deutete auf die Schwerter der Engelkrieger. »Sind es nicht diese Klingen, die uns töten werden? Und seid nicht Ihr derjenige, der den Befehl dazu gibt?«

DeAriel verzog keine Miene. »Ich bin der verlängerte Arm des Herrn. Ich führe seine Befehle aus.«

»Die Befehle des Papstes!«

»Glaubst du das wirklich, kleiner Ketzer? Glaubst du, Papst Leo hätte mich hierhergesandt? Es gibt andere Mächte im Vatikan, die sich weit über jene des Heiligen Stuhls erheben. Mächte, die nicht schwach werden, wenn man sie mit einem Sack voll Gold besticht.«

»Alexander hat das gewußt, nicht wahr?« Ich versuchte den Augenblick unseres Todes so lange wie möglich hinauszuzögern. Auch wenn ich dabei vorgeben mußte, von Dingen zu wissen, von denen ich nicht die geringste Ahnung hatte. Die Erwähnung des Borgia-Papstes schien mir so gut wie jede andere.

Zu meiner Überraschung brachte Alexanders Name DeAriel gänzlich aus der Fassung. »Was weißt du davon?« fuhr er mich an. »Und was wissen andere?«

Ich überlegte fieberhaft, was ich darauf erwidern könnte, doch der Kardinal schien meine Ratlosigkeit als Weigerung mißzuverstehen. Er starrte mich einen Augenblick lang mit versteinerten Zügen an, dann warf er plötzlich den Kopf zurück und stieß ein schallendes Lachen aus. »Du bist ein Spieler, Zauberlehrling. Ein Spieler und ein Narr. Du hast mit dem fetten Priester gesprochen, nicht wahr? Gregorius hat dir gesagt, was er während seiner lächerlichen Nachforschungen herausgefunden hat. Das ist alles. Du hast keinen Schimmer von der ganzen Wahrheit!«

»Seid Ihr da sicher?« fragte ich mit schwankender Stimme. Meine Unsicherheit mußte ihm längst verraten haben, daß er recht hatte. In der Tat wußte ich nichts, was über Gregorius schmale Erkenntnisse hinausging. Sovieles blieb offen: Warum hatte der Borgia-Papst die Kinder vor dreizehn Jahren zu einem Trupp falscher Engel heranziehen lassen? Und welche Rolle spielte das Geheimnis, das die Ereignisse von damals umgab, bis zum heutigen Tag? Weshalb hatte DeAriel – oder wer immer hinter ihm stehen mochte – erst soviele Jahre später damit begonnen, alle Mitwisser des Auszugs der Erleuchteten zu beseitigen?

Da stieß der Kardinal mit einem Mal einen markerschütternden Schrei aus. Ganz langsam senkte er seinen Kopf und blickte mit weit aufgerissenen Augen auf den Dolch, der aus seiner Brust stak. Zitternd hob er beide Hände, legte sie um den Griff und zog ihn mit letzter Kraft heraus. Eine Blutfontäne schoß wie eine Springflut bis über das weiße Haar eines der Engel. Dann stürzte DeAriel ohne ein weiteres Wort vom Pferd und schlug mit dem Rücken auf den Waldboden. Noch im Liegen preßte er seine Brust weit heraus, sein Kopf schob sich nach hinten, sein ganzer Oberkörper bildete einen Bogen. Und genau so ließ der Tod ihn erstarren, verzerrt, verkrampft, grauenvoller denn je.

Noch während der Kardinal seinen letzten Atemzug verhauchte, wirbelten die Engel des Borgia herum. Suchend fächerten ihre Blicke durch die umliegenden Bäume. Die anbrechende Dunkelheit spannte Vorhänge aus Schatten zwischen den Stämmen. DeAriels Mörder konnte sich überall versteckt halten.

Ich bezweifelte, daß selbst die Engelkrieger mit ihren geschulten Sinnen und übermenschlichem Geschick den Attentäter gefangen hätten, hätte er sich während der ersten Aufregung im Schutze des Abends davongestohlen. Einen Moment lang schienen sie uneins, ob es wichtiger sei, uns zu bewachen, oder sich auf die Jagd nach dem Mörder zu machen. Aufgeregte Worte in lateinischer Sprache wurden gewechselt. Zwei von ihnen, ein Mann und eine Frau, ließen ihre Waffen sinken und knieten sich neben DeAriel auf den Boden. Eine seltsame Wandlung schien mit ihnen vorzugehen. Der Disput wurde immer heftiger, schien sich zum ausgewachsenen Streit zu wandeln. Schon schöpfte ich neue Hoffnung, als einer von ihnen den übrigen zurief, ruhig zu sein. Darauf folgten lateinische Sätze, so schnell, daß ich nichts verstand.

Die Engelkrieger drehten sich allesamt zu uns herum. Die Entscheidung schien gefallen – offenbar zu unseren Ungunsten. So sehr sie der Tod ihres Anführers DeAriel doch verstörte, so gebunden fühlten sie sich doch an seinen letzten Befehl.

Ich hob mein Schwert, um ihnen trotz aller Sinnlosigkeit Widerstand zu leisten. Die anderen taten es mir gleich.

Das Rauschen weiter Gewänder drang an mein Ohr. Das Geräusch kam von oben. Ich blickte auf, hoch in die Baumkronen über unseren Köpfen, und da sah ich sie.

Angelina hockte sprungbereit im Geäst und blickte auf uns herab. In einer Hand hielt sie eine Armbrust, die auf einen der Engel zeigte, der sein Schwert gegen mich erhoben hatte. In der anderen lag ein zweiter Wurfdolch, ein Ebenbild jener Waffe, die DeAriel getötet hatte. Sie saß dort oben mit der Selbstverständlichkeit eines Vogels, der sich einen Moment der Ruhe gönnte. Sie hielt sich nicht fest, hockte vielmehr allein auf den Zehenspitzen auf einem Ast und behielt dabei mühelos ihr Gleichgewicht.

Auch die Engelkrieger blickten voller Erstaunen nach oben. Fraglos erkannten sie ihre einstige Gefährtin wieder. Einer von ihnen rief Angelina etwas zu, doch sie schüttelte zur Antwort nur den verbrannten Kopf – und wirbelte mit einem einzigen, sicheren Sprung zu einem anderen Ast hinüber. Sie nahm dabei keine ihrer Hände zur Hilfe, stieß sich einfach mit den Füßen ab und flog mit wehendem Umhang über unsere Köpfe hinweg in die Krone des Nachbarbaums. Dort landete sie ohne zu schwanken und hatte innerhalb eines Herzschlages wieder Armbrust und Dolch im Anschlag.

Da endlich begriff ich, wie das Mädchen damals in den Baum gelangt war, in dem Lady Lara und die Gaukler sie entdeckt hatten. Angelina war keineswegs vom Himmel gefallen, wie Gisbrand es vermutet hatte. Vielmehr mußte sie sich mit letzter Kraft, trotz ihrer furchtbaren Wunden, hinauf in die Äste geflüchtet haben. Der Grund dafür konnten nicht die übrigen Engel gewesen sein – die waren fertig mit ihr, hatten sie zum Sterben am Wegesrand liegengelassen. Es war eine gänzlich andere Furcht, die sie trieb, trotz aller Qual hinauf in den Baum zu steigen: Sie hatte Angst vor den Menschen, die sie finden mochten. Eine Angst, die größer war als die Hoffnung auf Hilfe. Es war dieselbe Menschenscheu, die auch die anderen Engel dazu trieb, sich im Wald abseits der Straßen zu verbergen und ihr Versteck nur auf ausdrücklichen Befehl zu verlassen. Die Kirche in Angelinas Zeichnung war nichts anderes als der Vatikan gewesen. Der Borgia mußt die Kinder vor dreizehn Jahren im tiefsten Keller vor der Menschheit verborgen haben, und seine Nachfolger hatten die Ausführung dieses Plans zu Ende gebracht. Dafür sprach auch die Bleiche ihrer Haut. Ich ahnte nun, daß die Engelkrieger mehr Angst vor uns verspürten als wir vor ihnen. Ihnen blieb allein ihre Schulung, die sie uns allen überlegen machte. Für nichts anderes hatten sie all die Jahre gelebt.

Die Flut dieser Erkenntnis überkam mich in einem

einzigen Augenblick. Angelina, die waffenstarrend oben in den Bäumen saß, hatte mir unbeabsichtigt den letzten Hinweis gegeben. Plötzlich glaubte ich, die fahlen Männer und Frauen besser zu verstehen. Und am besten von ihnen verstand ich Angelina.

Als sie Faustus beim Anschlag auf die Wittenberger Kirche befreite, mußte sie zum ersten Mal eigenen Willen bewiesen haben. Dafür ließ DeAriel sie grausam durch die Hand ihrer Brüder und Schwestern bestrafen. Was immer sie ihr aus dem Rücken geschnitten hatten, es mußte eine Art Zeichen sein, irgend etwas, das allen Engeln des Borgia gemein war.

Mit einem Mal taten sie mir nur noch unendlich leid.

Ausgenommen Angelina. Bei ihr wurde mein Mitleid zu einer Art zarter Zuneigung, trotz ihrer entstellten Züge und trotz der Geheimnisse, die sie umgaben.

Einer der Engel stürmte vorwärts und erklomm mit blitzschnellen Bewegungen den Baumstamm, in dessen Krone Angelina saß. In der Erinnerung scheint es mir fast, daß seine Hände und Füße wie die Beine eines Käfers an der Rinde hafteten, so schnell, so flink ging sein Aufstieg vonstatten.

Angelina wirbelte herum und schoß die Armbrust ab. Der Bolzen rammte in den schlanken Körper des Engelkriegers, gleich unterhalb seines Brustbeins, und schleuderte ihn zurück auf den Boden. Dort blieb er liegen, während ihm das Leben als schmales Rinnsal entfleuchte.

Ich erwartete, daß es zu einem Tumult kommen würde, einer Hetzjagd auf meine treue Gefährtin.

Doch zu meinem maßlosen Erstaunen blieben die übrigen Männer und Frauen vollkommen ruhig. Ich wechselte einen Blick mit Musil und dem anderen

Gaukler. Fassungslos verfolgten sie das Geschehen. Sie begriffen längst nicht mehr, was wirklich um sie herum geschah, weshalb wer wen tötete.

Die Engelkrieger sahen sich untereinander an und wechselten lateinische Sätze. Ich verstand einige Bruchstücke; offenbar war ihre Verwirrung weit größer als ihr Wille, weiter gegen uns und Angelina zu kämpfen. Sie fürchteten uns nicht wirklich, natürlich nicht. Doch schien ihnen endlich die Erkenntnis zu dämmern, daß ohne DeAriel keiner mehr da war, der ihnen Befehle erteilte.

So trug zuletzt ihr Freiheitdrang den Sieg aus diesem Kampf davon.

Ohne weiteres Blutvergießen oder kriegerische Gesten zogen sie sich zurück. Zwei hoben den toten Engel auf und nahmen ihn mit sich. Innerhalb weniger Herzschläge waren sie im Dickicht verschwunden. Nach einem Augenblick hörte ich hinter den Büschen das Hämmern von Pferdehufen, die sich eilig entfernten.

Schweigend wünschte ich ihnen Glück bei dem, was sie vorhatten. Ich nahm nicht an, daß sie zurück nach Rom gehen würden. Die Engel des Borgia waren frei, zumindest diese fünf. Wer aber wußte schon, wieviele von ihren Brüdern und Schwestern noch in den Gewölben des Vatikans auf ihren Einsatz warteten?

Die einzige, die eine Antwort darauf kannte, war stumm und schien weder lesen noch schreiben zu können. Es würde lange dauern, mehr über sie und ihr Leben zu erfahren. Suchend sah ich mich nach ihr um, doch Angelina war nirgends zu entdecken. Ich fürchtete schon, sie hätte sich den übrigen Engelkriegern angeschlossen, als sie auf einem Pferd aus dem Unterholz brach und langsam auf mich zutrabte.

Erste Regentropfen zerplatzten auf ihrem erstarrten Gesicht, während sich um uns die Nacht aus den Wäldern erhob. Ich versuchte, durch die verkrustete Maske ihrer Brandwunden zu blicken, und suchte nach Spuren jenes verletzlichen Wesens, das sich darunter verbarg. Sie machte es mir leicht und reichte mir ihre schmale Hand. Ihre weißen Finger waren kalt, und doch drang aus ihnen eine Wärme in mein Inneres, die mich auf dem ganzen Weg bis in die Stadt begleitete. Wir ritten nebeneinander, die beiden Gaukler irgendwo hinter uns. Es war bedeutungslos, daß wir nicht miteinander sprechen konnten.

Das Mädchen, das nicht lächeln konnte.

Ich fragte mich, ob sie weiter mit Faustus und mir reisen würde, in der Hoffnung, die Lösung aller Rätsel zu finden.

Ich wußte die Antwort, auch ohne daß Angelina sie aussprach.

ENDE
des ersten Bandes

Im September 1996 erscheint
Der Traumvater
Die neue Historia des Doktor Faustus, Band 2

Nachwort des Autors

Gewiß haben Sie es sofort bemerkt: Der Doktor Faustus dieses Romans hat wenig Ähnlichkeit mit dem Faust des Dichterfürsten Goethe. Wie Dutzende andere Autoren während der vergangenen Jahrhunderte hat sich auch Goethe einer Figur bedient, die Ende des 15. bis Anfang des 16. Jahrhunderts tatsächlich gelebt hat. Goethes Interpretation der Faust-Geschichte ist zweifellos die berühmteste, gefolgt von jenen Christopher Marlowes und Thomas Manns. Aber auch zahlreiche andere Autoren haben Romane, Dramen, Dialoge und Gedichte über Faustus verfaßt, manche bedeutend, andere trivial. Knapp siebzig Bearbeitungen des Themas habe ich während meiner Recherchen eingesehen. Zum Vergleich: Die Faust-Sammlung der Weimarer »Herzogin Anna Amalia Bibliothek« nennt 13 000 literarische und wissenschaftliche Werke über Faustus ihr eigen!

Denjenigen, auf den all diese Erzählungen und Berichte, Dichtungen und Kurzgeschichten zurückgehen, hätte dieser posthume Ruhm gewiß verwirrt. Sicher ist, er hätte ihn genossen. Denn das Streben nach Berühmtheit, der Drang, sich zu verewigen, muß eines der vordringlichsten Merkmale des historischen Doktor Faustus gewesen sein.

Vieles ist aus heutiger Sicht rätselhaft und widersprüchlich im Leben dieser Persönlichkeit. Schon sein

Vorname sorgt seit Jahrzehnten für einen Gelehrtenstreit: Hieß er nun Johannes, Georg, Jörg oder Heinrich? Und überhaupt – nannte er selbst sich Faustus oder Faust? Ganz genau weiß das niemand.

Geboren wurde er zwischen 1480 und 1490; manche Historiker haben sich – wohl im Sinne der goldenen Mitte – auf 1485 geeinigt. Als mögliche Geburtsorte werden in zeitgenössischen Schriften gleich vier Städte angegeben: Knittlingen (bei Pforzheim), Simmern (bei Kreuznach), Rode (bei Weimar) und schließlich Salzwedel (in Sachsen-Anhalt). Faustus starb zwischen 1536 und 1540 – die einen sagen bei Wittenberg, die anderen in Staufen.

Auch über seinen Studienort besteht Unklarheit: Wittenberg, Heidelberg und Ingolstadt werden genannt. Andere Quellen geben an, er habe überhaupt keine Universität besucht.

Während seiner Zeit an der Hohen Schule, wo er anfangs Theologie, später aber Medizin, Astronomie und Astrologie studiert haben soll, sei Faustus über Kontakte zu Zigeunern und Tataren der Magie verfallen, heißt es. Was unter »Magie« zu verstehen ist, bleibt freilich unklar. Lange sprach man ihm tatsächliche Zauberkräfte zu, später aber zog man es vor, ihn zum schnöden Taschenspieler zu degradieren. Doch welche Talente er auch immer besessen haben mag – sie sorgten damals schon für gehörigen Wirbel. Zahllose Zeitgenossen haben ihn in ihren Schriften erwähnt, darunter Martin Luther. Bereits zu Faustus' Lebzeiten waren Legenden und Gerüchte im Umlauf, die ihn zum mächtigen Schwarzkünstler stilisierten.

Unterstützt wurde er auf seinen Reisen von seinem Schüler Christof Wagner (manchmal auch Johannes Wagner oder Wayger), der später Faustus' Vermögen geerbt haben soll. Über ihn ist weit weniger bekannt als über seinen Meister; eine Quelle schildert ihn als einstigen Betteljungen, der es in Wittenberg zum Theologiestudenten brachte, ehe er in die Dienste des Doktors trat.

1587 schließlich, rund fünf Jahrzehnte nach Faustus' Tod, erschien das Volksbuch *Historia von D. Johann Fausten dem weitbeschreiten Zauberer und Schwarzkünstler.* Fortan setzte ein wahrer Faust-Boom ein, der sich durch viele Länder, Jahrhunderte und Erzähltraditionen bis in heutige Zeiten zieht.

Von der Weltliteratur bis zum Heftroman, der berüchtigte Doktor und seine Zaubershow haben auf mehr als einer Bühne gastiert. Und trotz aller Unbill, die Faustus zu Lebzeiten erdulden mußte, eines hat ihm sein Pakt mit dem Teufel gebracht – die Unsterblichkeit. Zumindest in der Literatur.

Kai Meyer, Juli 1995